피터 팬

피터 팬

Peter and Wendy

J. M. 배리 장편소설   최용준 옮김

PETER AND WENDY
by J. M. BARRIE(1911)

이 책은 실로 꿰매어 제본하는 정통적인 사철 방식으로 만들어졌습니다.
사철 방식으로 제본된 책은 오랫동안 보관해도 손상되지 않습니다.

1
피터가 모습을 드러내다

모든 아이는, 한 명만 빼고, 다 어른이 된다. 아이들은 자신이 어른이 되리라는 걸 곧 알게 되는데, 웬디의 경우에는 다음과 같았다. 두 살이던 어느 날, 정원에서 놀던 웬디는 꽃한 송이를 꺾어 어머니에게 달려갔다. 내 짐작에 웬디는 꽤 사랑스러웠던 게 분명하다. 왜냐하면 달링 부인은 자기 가슴에 손을 얹고 〈오, 이 모습 그대로 영원히 있으면 좋으련만!〉 하고 외쳤기 때문이다. 이때 둘 사이에 오고 간 말은 이게 전부였지만, 그 뒤로 웬디는 자신이 어른이 되어야 한다는 걸 알았다. 두 살이 지나면 누구든 그 사실을 알게 된다. 두 살은 끝의 시작이다.

당연히 웬디 가족은 14번지에 살았고, 웬디가 태어나기 전까지는 웬디의 어머니가 이 집에서 가장 중요한 인물이었다. 웬디의 어머니는 마음에 낭만이 가득하고 입에서는 사랑스럽게 놀리는 말들이 톡톡 터지는 매력적인 여인이었다. 웬디 어머니의 낭만적인 마음은 신비로운 동양에서 온 작은 상자 같았다. 상자 안에 더 작은 상자가 있고, 그 안에 더 작은 상자가 계속 들어 있어, 아무리 여러 개를 꺼내도 언제나 안에 하나가 더 들어 있는 그런 상자 말이다. 그리고 웬디 어머니의 톡톡 쏘면서 매력 넘치는 입은 키스를 하나 머금고 있었다. 이 키스는 오른쪽 입꼬리에 눈에 잘 띄게 자리 잡고 있지만, 웬디는 그 키스를 절대로 받을 수가 없었다.

달링 씨가 부인과 결혼한 사연은 다음과 같았다. 달링 부인이 처녀였을 적, 어릴 때부터 함께 알고 지내던 많은 청년들은 자신이 그녀를 사랑한다는 사실을 동시에 깨달았고, 다들 청혼하기 위해 그녀의 집으로 뛰어갔다. 그러나 달링 씨만은 마차를 타고 갔고, 맨 먼저 도착했으며, 그래서 그녀와 결혼하게 되었다. 달링 씨는 달링 부인의 모든 것을 차지했지만, 가장 안쪽 상자와 입가의 키스만은 예외였다. 달링 씨는 그 상자에 대해 전혀 알지 못했고, 키스에 대해서는 얼마 지나지 않아 포기해 버렸다. 웬디는 나폴레옹이라면 그 키스를 받았을 거라고 생각했지만, 나폴레옹도 그 키스를 받으려 애쓰다 결국 불같이 성질을 내고는 문을 거칠게 닫고 떠나는 그림이 내 눈앞에 선하게 그려진다.

달링 씨는 웬디에게 엄마가 아빠를 사랑할 뿐 아니라 존경한다고 자랑하곤 했다. 달링 씨는 증권과 주식에 대해 잘 아는 그런 진중한 사람들 중 하나였다. 물론, 그에 대해 제대로 아는 사람은 아무도 없었지만, 달링 씨는 아는 것처럼 보이는 데 꽤 능했고, 종종 증권값은 오르고 주식값은 내렸다는 식으로 말하는 달링 씨의 모습을 보면 그 어떤 여자라도 달링 씨를 존경했다.

달링 부인은 흰옷을 입고 결혼했으며, 처음에는 가계부를 마치 놀이라도 하듯 거의 즐기면서 방울양배추 하나 빠뜨리지 않고 꼼꼼하게 썼다. 하지만 시간이 지나면서 꽃양배추가 통째로 빠졌고, 그 자리는 얼굴이 없는 아기들 그림이 차지했다. 달링 부인은 합계를 내야 할 때에 아기들을 그렸다. 그 그림들은 달링 부인의 마음속 깊은 곳의 기대감이었다.

웬디가 제일 먼저 태어났고, 다음으로 존, 그리고 마이클이 태어났다.

웬디가 태어나고 한두 주 동안, 달링 부부는 과연 자신들에게 아기를 키울 능력이 있는지 의구심이 들었다. 먹여야 할 입이 하나 더 늘었기 때문이었다. 달링 씨는 웬디가 자랑스러워 가슴이 터질 것만 같았지만 한편으로는 매우 합리적인 사람이었기에, 달링 부인이 애원하는 눈으로 자신을 바라보는 동안, 부인의 침대 가장자리에 앉아 부인의 손을 잡고 경비를 계산했다. 달링 부인은 앞날이 어찌되었든 부닥쳐 보고 싶었지만, 그건 달링 씨의 방식이 아니었다. 달링 씨의 방식은 종이와 연필로 계산하는 것이었고, 만약 달링 부인이 이런저런 제안을 해서 달링 씨를 헷갈리게 하면 달링 씨는 처음부터 다시 해야만 했다.

「이제 방해하지 말아요.」 달링 씨는 부인에게 간곡히 부탁하곤 했다.

「여기 내게 1파운드 17실링이 있고, 사무실에 2실링 6펜스가 있어요. 회사에서 커피값을 아끼면 그걸 10실링이라고 가정하고, 2파운드 9실링 6펜스가 되고, 거기에 당신 돈 18실링 3펜스를 더하면, 3파운드 9실링 7펜스 그리고 수표책에 있는 5파운드를 더하면, 8파운드 9실링 7펜스…… 그거 누가 움직이는 거예요? 8, 9, 7에 점 찍고 7을 올리면…… 이런, 말 걸지 말라니까요…… 지난번에 왔던 그 남자에게 당신이 빌려준 1파운드가 있고 조용히 하렴, 아가야…… 점 찍고 올리고 — 아이고, 아가 너 때문에 까먹었잖아! — 내가 9, 9, 7이라고 했던가? 맞아, 9, 9, 7이야. 자, 문제는, 우리가 1년 동안 9파운드 9실링 7펜스로 버틸 수 있을까요?」

「물론 할 수 있지요, 조지.」 달링 부인이 외쳤다. 하지만 부인은 무조건 웬디 편이었고, 둘 가운데 더 신중한 쪽은 달링 씨였다.

「볼거리를 잊으면 안 돼요.」 달링 씨가 거의 위협하듯 부인에게 경고했고, 다시 계산을 계속했다. 「볼거리에 1파운드, 일단 이렇게 적기는 하지만 아마 30실링이 드는 쪽이 맞을 거예요 — 말하지 말아요 — 홍역이 1파운드 5실링, 풍진에 반 기니를 잡으면 합이 2파운드 15실링 6펜스 — 손가락 좀 흔들지 말아요 — 백일해는 15실링이라고 잡고.」 — 이런 식이었고, 매번 계산 결과가 달랐다. 하지만 그래도 볼거리에 12실링 6펜스, 홍역과 풍진을 하나로 취급한 끝에 웬디를 키우기로 결정했다.

존이 태어났을 때도 똑같은 소동이 벌어졌고, 마이클이 태어났을 때는 예산이 더욱 빡빡해졌다. 하지만 둘 다 잘 자랐고, 얼마 지나지 않아 세 아이가 보모와 함께 나란히 풀섬 양의 유치원에 가는 모습을 여러분이 보았을지도 모르겠다.

달링 부인은 뭐든 정리 정돈이 잘된 상태를 좋아했고, 달링 씨는 이웃과 똑같이 해야 직성이 풀렸다. 그랬기에 부부에게는 당연히 보모가 있었다. 하지만 아이들이 마시는 우윳값을 대느라 빠듯했던 둘은 보모로 〈나나〉라는 이름의 꼼꼼한 뉴펀들랜드종 개를 썼다. 나나는 달링 부부가 데려오기 전까지는 떠돌이 개였다. 하지만 떠돌던 시절에도 나나는 언제나 아이들을 소중히 여겼고, 틈만 나면 켄싱턴 공원에서 유모차 안에 있는 아이들을 훔쳐보면서 시간을 보냈다. 달링 부부가 나나를 만난 곳도 켄싱턴 공원이었다. 나나는 게으름을 피우는 보모들의 미움을 사기도 했는데, 집까지 쫓아가서 어머니들에게 보모들의 게으름을 일러바쳤기 때문이었다. 나나는 자신이 훌륭한 보모라는 사실을 직접 증명했다. 아이들 목욕을 시킬 때면 꼼꼼함 그 자체였고, 아이들 중 누군가가 자그맣게 비명이라도 지르면 한밤중에라도 벌떡 일어났다. 당연히 나나의 집은 아이들 방에 있었다. 나나는 언제 기침을 그냥 두면 안 되는지, 언제 목에 긴 양말을 둘러 줘야 하는지를 귀신같이 알았다. 그런가 하면 대황 잎 같은 오래된 전통 요법을 철썩같이 믿었고 세균이니 뭐니에 대해 새로 유행하는 말을 들을 때면 비웃는 소리를 냈다. 아이들을 데리고 유치원에 가는 모습은 예의범절 교육 시간이라 해도 좋을 정도여서, 아이들이 얌전히 굴면 옆에서 조용히 걸었지만 아이들이 딴 데로 가면 머리로 툭툭 받아 다시 줄지어 가게 했다. 존이 축구를 하는 날이면 어김없이 존의 스웨터를 챙겼고, 비가 올 경우를 대비해 대개는 우산을 입에 물고 다녔다. 풀섬 양의 유치원 지하에는 수업이 끝날 때까지 보모들이 기다리는 방이 있었다. 보모들은 긴 걸상에 앉았고, 나나는 바닥에 엎드려 기다렸는데, 다른 점은 그것뿐이었다. 보모들은 나나를 자신들보다 사회적으로 열등한 존재로 보아 무시하는 태도를 보였고, 나나는 보모들의 경박스러운 대화를 경멸했다. 나나는 달링 부인의 친구들이 아이들 방에 오면 불쾌해했지만 일단 그 사람들이 오면 맨 먼저 마이클의 피나포어를 잡아당겨 벗긴 뒤 파란 실로 꼰 리본이 달린 것을 입혔고, 웬디의 옷매무새를 잡아 준 뒤 존의 머리도 재빨리 매만져 주었다.

나나만큼 제대로 아이들을 돌보는 보모는 어디에도 없었고, 달링 씨도 그 점을 알았지만 그럼에도 이웃들이 뭐라고 말할지 생각하면 마음이 불편해지곤 했다.

달링 씨는 이 도시에서 자신의 지위를 고려해야만 했다.

나나는 또한 다른 면에서 달링 씨를 골치 아프게 했다. 가끔 달링 씨는 나나가 자신을 존경하지 않는다고 느꼈다. 「나나가 당신을 무척이나 존경하는 걸 전 알아요, 조지.」 달링 부인이 남편을 안심시키곤 했으며, 부인은 아이들에게 신호를 보내 아버지에게 특별히 더 다정하게 굴도록 했다. 그러면 아이들은 귀여운 춤들을 추었고, 이 가족에게 단 한 명뿐인 하녀 리자도 가끔은 그 춤에 동참해도 된다는 허락을 받았다. 리자는 처음 달링 부부에게 고용되었을 때 자신이 이미 열 살이 넘었다고 맹세를 했지만, 긴 치마에 하녀 모자를 쓴 모습은 누가 봐도 꼬맹이였다. 야단법석인 와중에 피어오르는 흥겨움. 그리고 그 가운데 가장 즐거워하는 이는 달링 부인으로, 발레하듯 한 발 끝으로 열심히 돌 때면 보이는 것이라고는 입에 머금은 그 키스뿐이었다. 그리고 만약 누구든 부인을 향해 재빨리 달려간다면 그 키스를 얻을 수 있을 것만 같았다. 세상에 달링 가족만큼 천진난만하면서 행복한 가족은 없었다. 피터 팬이 오기 전까지는.

달링 부인이 피터에 대해 처음 들은 건 아이들 마음을 정리할 때였다. 훌륭한 어머니라면 누구나 아이들이 잠든 밤이 되면 아이들 마음을 샅샅이 뒤져 낮 동안 마구 어질러진 생각들을 정리한 뒤 이튿날 아침을 위해 적절한 장소에 잘 넣어 둔다. 만약 밤에 안 자고 깨어 있다면(물론 그럴 리는 없겠지만), 여러분 역시 어머니가 이렇게 정리하는 모습을 볼 수 있을 것이고, 그 광경은 참으로 재미날 것이다. 그건 마치 서랍 정리와 비슷하다. 여러분의 어머니는 무릎을 꿇고 앉아 〈도대체 이런 건 어디서 주워 왔지?〉 하고 피식거리며 여러분의 마음에 담긴 생각들을 찬찬히 살펴 예쁜 생각과 안 예쁜 생각을 구분하고, 예쁜 생각은 귀여운 고양이 새끼라도 되는 듯이 뺨에 갖다 대보고, 안 예쁜 생각은 안 보이는 곳으로 서둘러 치울 것이다. 아침이 되면, 여러분이 침대로 가져갔던 심술과 못된 생각들은 조그맣게 접혀 마음 맨 밑바닥에 놓여 있고, 예쁜 생각들은 여러분이 바로 꺼내 쓸 수 있도록 보송보송하게 말려 맨 위에 활짝 펼쳐져 있을 것이다.

여러분이 사람의 마음을 그린 지도를 본 적이 있는지 모르겠다. 의사들은 가끔 여러분의 다른 부분도 지도로 그리는데, 여러분 자신의 지도도 무척 재미있겠지만, 기회가 된다면 의사들이 뒤죽박죽에 빙글빙글 도는 아이들 마음을 지도로 그리려 애쓰는 모습을 한번 보길 바란다. 이 지도에는 카드에 기록된 체온처럼 지그재그의 선들이 나 있는데, 그 선들은 아마도 섬에 나 있는 길들일 것이다. 네버랜드는 언제나 섬이라 할 수 있으니 말이다. 네버랜드에는 여기저기에서 색색의 물보라가 일고, 앞바다에는 산호초와 날렵한 배가 있으며, 야만인들과 적막한 짐승 굴들, 재단사가 대부분인 난쟁이 요정들, 강이 흐르는 동굴들, 여섯 형을 둔 왕자들, 금방이라도 쓰러질 것 같은 오두막 한 채, 키가 아주 작은 매부리코 노파 한 명이 있다. 만약 이게 전부라면, 지도 그리기는 쉽겠지만, 아이들 마음속에는 또한 학교에 처음 간 날, 종교, 아버지, 둥근 연못, 바느질, 살인, 교수형, 여격을 취하는 동사, 초콜릿 푸딩 데이, 멜빵바지 입기, 병원에서 의사 앞에서 〈아아아〉 하고 숨 내쉬기, 혼자서 이 뽑고 받은 3펜스 등등이 있으며, 이것들이 섬의 일부인지 다른 지도가 비쳐 보이는 것인지는 영 헷갈리는데, 특히나 무엇 하나 한자리에 가만히 있지 않으니 더욱더 그럴 수밖에.

물론 네버랜드는 갖가지 모습으로 바뀐다. 가령 존의 네버랜드에는 석호가 하나 있고 그 위를 날아다니는 홍학들에게 존이 총을 쏘고 있는 반면, 한참 어린 마이클의 경우는 홍학이 한 마리 있고 그 위로 석호들이 날아다녔다. 존은 모래밭에 뒤집어 놓은 보트 안에서 살았지만, 마이클은 천막 오두막에서 살며, 웬디는 나뭇잎들을 솜씨 좋게 엮어 만든 집에서 살았다. 존에게는 친구가 없었고, 마이클은 밤에만 친구들이 있었다. 웬디는 부모에게 버림받은 늑대를 애완동물로 데리고 있었지만, 대체로, 아이들의 네버랜드들은 가족처럼 닮았고, 만약 일렬로 늘어세워 놓으면 서로 코가 닮았다거나 하는 걸 알 수 있다. 이런 마법의 해변에서 노는 아이들은 언제나 버드나무 가지로 짠 작은 보트를 뭍에 댄다. 우리역시 그곳에 간 적이 있다. 비록 더는 갈 수 없지만, 여전히파도 소리는 들을 수 있다.

신나는 섬들 가운데 아늑하고 옹골차기로는 네버랜드가으뜸이며, 모험과 다른 모험 사이에 지루하게 먼 길을 가야할 만큼 크거나 불규칙하게 뻗어 있지 않으며 모험들이 촘촘히 들어차 있다. 낮에 식탁보와 의자들을 가지고 네버랜드놀이를 할 때는 조금도 무서울 게 없지만, 잠자러 가기 2분전에는 진짜 현실이 된다. 바로 그 때문에 취침 등이 있는 것이다.

달링 부인은 아이들 마음속을 여행하다가 가끔씩 이해할수 없는 것들을 발견했는데, 이 가운데 가장 당혹스러운 것은 피터라는 단어였다. 달링 부인은 피터란 아이를 알지 못했지만, 피터는 존과 마이클의 마음 여기저기에 있었으며, 웬디의 마음에는 피터라는 단어가 여기저기 사방에 쓰이기시작했다. 그 이름은 다른 어떤 단어보다도 더 굵은 글씨로적혀 있었고, 그 이름을 물끄러미 바라보던 달링 부인은 그글씨체가 왠지 잘난 척하는 듯이 보인다고 느꼈다.

「네, 그 애가 좀 우쭐대기는 해요.」 웬디는 아쉽다는 듯이 인정했다. 어머니가 질문을 했을 때였다.

「그런데 갠 누구니, 얘야?」

「그 아인 피터 팬이에요. 아시잖아요, 엄마도요.」

처음에 달링 부인은 무슨 말인지 알아듣지 못했지만 어린 시절을 곰곰이 생각해 보니 요정들과 함께 산다는 피터 팬이 기억났다. 아이가 죽어 하늘나라로 갈 때면 무서워하지 않도록 피터 팬이 도중에 길동무가 되어 준다는 따위의 피터 팬에 대한 이상한 이야기들이 있었다. 그 시절에는 달링 부인도 피터 팬이 있다고 믿었지만, 결혼을 하고 분별력이 생긴 이제는 그런 아이가 진짜로 존재한다고 믿기 어려웠다.

「게다가,」 달링 부인이 웬디에게 말했다. 「지금쯤이면 피터 팬도 어른이 되었을 거야.」

「어, 아니에요, 피터는 어른이 되지 않아요.」 웬디가 자신만만하게 말했다. 「딱 저만 해요.」 웬디의 말은 피터는 몸과 마음이 자기 크기라는 뜻이었다. 웬디도 그걸 어떻게 아는지는 몰랐다. 그냥 알았다.

달링 부인은 남편과 이 일을 의논했지만 달링 씨는 코웃음을 칠 뿐이었다. 「내 말 잘 들으세요.」 달링 씨가 말했다. 「그건 나나가 애들에게 심어 준 허튼소리일 뿐이에요. 그건 개들이나 할 법한 생각이란 말이에요. 그냥 내버려 둬요. 알아서 잠잠해질 테니.」

하지만 알아서 잠잠해지지 않았고, 곧 이 문제의 소년이 달링 부인에게 큰 충격을 안겨 주었다.

아이들은 제아무리 이상한 모험이라도 아무렇지 않게 받

아들인다. 예를 들어, 숲속에서 죽은 아빠를 만나 함께 놀았다 하더라도 아이들은 그로부터 일주일이나 지나서야 그 이야기를 할 수도 있다. 웬디 역시 어느 날 아침에 심히 걱정이 되는 말을 그처럼 무심하게 내뱉었다. 아이들 방 바닥에는 간밤에 아이들이 잠들 때에는 분명히 없었던 나뭇잎이 몇 장 떨어져 있었고, 그걸 본 달링 부인이 의아해하자 웬디는 너그러운 웃음을 지으며 말했다

「피터 짓이 분명해요!」

「무슨 말이니, 웬디?」

「발을 닦지 않다니, 너무 못됐어요.」 웬디가 한숨을 쉬며 말했다. 웬디는 깔끔한 아이였다.

웬디는 있는 그대로를 말한다는 듯이, 피터가 가끔 밤에 아이들 방으로 찾아와 자기 침대 발치에 앉아 피리를 불어주는 것 같다고 설명했다. 아쉽게도 그럴 때 잠에서 깬 적은 없어서 어떻게 그걸 아는지는 자신도 모르지만, 어쨌든 그냥 안다는 거였다.

「무슨 뚱딴지같은 소리니! 노크를 안 하면 아무도 이 집에 들어올 수 없어.」

「제 생각에는 창문으로 들어오는 거 같아요.」 웬디가 말했다.

「애도 참, 여기는 3층이란다.」

「창가 밑에 나뭇잎이 떨어져 있지 않아요, 엄마?」

정말이었다. 창문 바로 근처에는 나뭇잎들이 떨어져 있었다.

달링 부인은 머리가 멍해졌다. 웬디에게는 모든 게 너무나 당연하게 보이고 있으니, 이것을 그냥 꿈이라고 하며 넘어갈 수는 없는 노릇이었기 때문이다.

「얘야.」 엄마가 큰 소리로 말했다. 「왜 진작 말 안 했니?」

「깜빡했어요.」 웬디는 별것 아니라는 듯이 말했다. 웬디는 아침을 먹으려 서두르고 있었다.

오, 분명히 웬디는 꿈을 꾼 걸 거야.

하지만, 한편으로는, 나뭇잎들이 있었다. 달링 부인은 그 나뭇잎들을 유심히 살폈다. 반투명에 잎맥이 드러나는 잎사귀들이었지만, 달링 부인은 잉글랜드에서 자라는 그 어떤 나무에도 그런 잎은 없다고 확신했다. 부인은 촛불을 들고 바닥을 기어다니며 혹시 수상한 발자국이 있는지 샅샅이 살폈다. 굴뚝 안으로 부지깽이를 넣어 쑤셔 보았고 벽을 두드려 보기도 했다. 또 창문에서 길 위로 줄자를 늘어뜨려 보았는데 똑바로 잰 그 길이는 915센티미터였고, 발을 딛고 올라올 홈통도 없었다.

웬디는 꿈을 꾼 게 분명했다.

하지만 웬디는 꿈을 꾼 게 아니었다. 바로 그 이튿날 밤, 아이들의 특별한 모험이 시작되었다고 말할 수 있는 그 밤이 보여 주듯 말이다.

우리가 말하는 그날 밤, 아이들은 또다시 잠자리에 들었다. 마침 나나가 쉬는 저녁이라 달링 부인이 아이들을 씻겼고, 아이들이 하나씩 엄마의 손을 놓고 꿈나라로 빠져들 때까지 자장가를 불러 주었다.

아이들이 안전하고 편안하게 잠든 모습을 본 달링 부인은 괜한 걱정을 했다는 생각에 싱긋 웃었고 바느질을 하려고 벽난로 앞에 조용히 앉았다.

바느질거리는 마이클이 생일날 입을 셔츠였다. 하지만 난롯가는 따뜻했고 세 개의 취침 등은 아이들 방 안을 희미하게 비추었으며, 바느질감은 어느새 부인의 무릎 위에 내려와 있었다. 이윽고 달링 부인은, 오, 너무나도 우아하게 고개를 끄덕이기 시작했다. 부인은 잠이 들었다. 저기 네 명을 보시길, 저쪽에 웬디와 마이클, 여기 존 그리고 벽난로 앞의 달링 부인. 취침 등이 네 개였어야 했는데.

달링 부인은 자는 동안 꿈을 꾸었다. 부인은 네버랜드가 너무 가까이 다가오더니 그 안에서 이상한 소년이 나타나는 꿈을 꾸었다. 소년의 출현에도 부인은 놀라지 않았다. 자식이 없는 많은 여자들의 얼굴에서 소년의 얼굴을 본 적이 있다고 생각했기 때문이다. 어쩌면 소년의 얼굴은 자식이 있는 몇몇 엄마들 얼굴에서도 본 적이 있는 듯했다. 하지만 꿈속에서 소년은 네버랜드를 감싸고 있던 얇은 막을 찢어 버렸고, 달링 부인은 그 틈 사이로 웬디, 존, 마이클이 엿보는 것을 보았다.

그 꿈 자체는 별것 아닐 수도 있겠지만, 부인이 꿈꾸는 동안 아이들 방의 창문이 바람결에 스르륵 열리더니 소년 한 명이 바닥에 내려왔다. 소년 곁에는 주먹만 한 크기의 이상한 불빛이 있었는데 이 빛은 살아 있는 것처럼 방 안을 마구 날아다녔고, 내 생각에 달링 부인이 잠에서 깬 건 분명히 이

불빛 때문이었다.

달링 부인은 소리를 지르며 벌떡 일어나 소년을 바라보았고, 이유는 모르겠지만 그 소년이 피터 팬임을 단번에 알아보았다. 여러분이나 나 또는 웬디가 거기에 있었다면 피터 팬이 달링 부인의 키스와 똑 닮았다는 것을 알았으리라. 피터 팬은 잎맥만 남은 나뭇잎과 나무즙으로 옷을 해 입은 사랑스러운 소년이었다. 하지만 가장 눈길을 사로잡은 건 피터 팬의 이가 모두 젖니라는 점이었다. 피터 팬은 달링 부인이 어른인 것을 알자 그 작은 진주알 같은 이를 바드득 갈았다.

2
그림자

달링 부인이 비명을 지르자, 초인종에 답이라도 하듯 문이 열리더니 밤 나들이를 갔다 돌아온 나나가 들어왔다. 나나는 으르렁거리며 소년에게 달려들었지만, 소년은 창밖으로 가볍게 뛰어내렸다. 달링 부인은 또 한 번 비명을 질렀다. 이번에는 피터 팬이 죽었다고 생각해 마음이 아팠기 때문이었다. 그리고 거리로 달려가 작은 소년의 시체를 찾아보았지만, 시체는 보이지 않았다. 부인은 위를 올려다보았고, 깜깜한 밤하늘에는 별똥별인 듯한 것만 하나 보일 뿐이었다.

달링 부인이 아이들 방으로 돌아와 보니 나나가 뭔가를 물고 있었는데, 자세히 보니 소년의 그림자였다. 소년이 창문을 뛰쳐나가는 순간 나나가 창문을 재빨리 닫았고, 비록 소년을 잡기에는 너무 늦었지만 그림자는 빠져나갈 시간이 없었다. 창문이 쾅하고 닫히며 그림자가 떨어진 것이다

여러분도 확신하다시피 달링 부인은 그 그림자를 유심히 살폈지만, 그건 그냥 평범한 그림자였다.

나나는 이 그림자를 어찌해야 좋을지 잘 알았다. 나나는

그림자를 창밖에 걸어 두었고, 그건 〈그 소년이 분명 그림자를 찾으러 다시 올 거야. 아이들 잠을 깨우지 않고도 그 소년이 쉽사리 찾아갈 수 있는 곳에 둬야지〉라는 의미였다.

하지만 유감스럽게도 달링 부인은 창밖에 걸린 그림자를 그냥 두고 볼 수 없었다. 축 늘어진 그림자는 영락없이 빨래같이 보였고 집 전체의 분위기를 우중충하게 만들었다. 달링 부인은 그걸 남편에게 보여 줄까도 생각했다. 하지만 달링 씨는 정신을 맑게 하기 위해 머리에 젖은 수건을 두르고 존과 마이클의 두꺼운 겨울 외투에 드는 비용을 계산하고 있었고, 그런 남편을 성가시게 할 수는 없었다. 게다가 달링 부인은 남편이 뭐라고 말할지 잘 알았다. 남편은 〈이건 다 개를 보모로 두어서 생긴 일이에요〉라고 할 터였다.

그래서 달링 부인은 남편에게 말을 꺼낼 적당한 기회가 올 때까지 그림자를 둘둘 말아 서랍 속에 잘 감춰 두기로 했다. 어이쿠.

그 기회는 일주일이 지난 뒤, 절대로 잊을 수 없는 금요일에 왔다. 당연히 그날은 금요일이었다.

「금요일에는 특별히 주의를 기울였어야 했는데.」 그날 이후 달링 부인은 남편에게 이렇게 말하곤 했고, 그러는 동안 나나는 맞은편에서 부인의 손을 잡고 있었다.

「아니에요, 아니야.」 달링 씨는 언제나 말했다. 「모든 책임은 내게 있어요. 전부 나, 조지 달링이 저지른 짓이에요. *MEA CULPA MEA CULPA*(내 탓이오, 내 탓이오).」 달링 씨는 라틴어 교육을 받은 사람이었다.

달링 부부는 밤마다 앉아서 그 운명의 금요일을 떠올렸고, 급기야는 그날 밤의 세세한 순간들이 그들의 뇌리에 새겨지다 못해 불량 동전의 인물화처럼 반대편으로 뚫고 나왔다.

「27번지에서 저녁 식사를 하자는 초대를 내가 받아들이지만 않았어도.」 달링 부인이 말했다.

「내가 내 약을 나나의 밥그릇에 붓지만 않았어도.」 달링 씨가 말했다.

〈내가 그 약을 좋아하는 척만 했더라도.〉 나나의 눈물 젖은 눈이 말했다.

「내가 파티를 좋아해서 그렇게 된 거예요, 조지.」

「내 몹쓸 유머 감각 때문이에요, 여보.」

〈사소한 일에 제가 민감하게 굴어서 그런 거예요, 주인님.〉

이윽고 셋 중 한둘은 함께 울음을 터뜨리곤 했다. 나나는 생각했다. 〈그래, 맞아. 주인님들은 나 같은 개를 보모로 두지 말아야 했어.〉 그런 나나의 눈을 손수건으로 닦아 준 건, 많은 경우 달링 씨였다.

「그 못된 놈!」 달링 씨는 소리를 지르곤 했고, 그러면 나나가 연이어 짖었지만, 달링 부인은 결코 피터 탓을 하지 않았다. 부인의 오른쪽 입가에는 피터의 험담을 원치 않는 뭔가가 있었다.

달링 부부와 나나는 텅 빈 아이들 방에 앉아 끔찍했던 그날 저녁을 한순간도 놓치지 않고 자세히, 그러나 헛되이 떠올렸다. 그날 저녁은 수많은 다른 저녁과 똑같이, 아무 일 없

23

이 시작되었다. 나나는 목욕물을 받아 놓고 마이클을 등에 태우고 욕실로 가고 있었다.

「난 안 잘 거야.」 마이클은 마치 이 주제에 관한 한 자신이 세계 최고의 권위자란 듯이 소리를 지르곤 했다. 「안 자, 안 자. 나나, 아직 6시도 안 됐단 말이야. 맙소사, 안 돼, 이젠 널 미워할 거야, 나나. 난 목욕 안 할 거야. 안 해. 안 한다고.」

그때 새하얀 야회복을 입은 달링 부인이 들어왔다. 부인은 일찌감치 옷을 차려입었는데, 남편에게서 선물받은 목걸이를 하고 야회복을 입은 모습을 웬디가 무척이나 좋아하기 때문이었다. 부인의 팔에는 웬디의 팔찌가 걸려 있었다. 웬디에게 빌려 달라고 한 것이었다. 웬디는 엄마에게 자기 팔찌를 기꺼이 빌려주었다.

달링 부인은 웬디와 존이 엄마 아빠 놀이를 하면서 웬디가 태어난 날을 흉내 내는 걸 보았다. 존이 말했다.

「이제 당신이 엄마라는 소식을 전할 수 있어 난 정말 행복해요, 달링 부인.」 달링 씨가 정말로 썼을 법한 말투였다.

웬디는 기뻐하며 춤을 추었다. 달링 부인이 정말로 했을 법한 그런 몸짓이었다.

이윽고 존이 태어나자 남자아이라는 이유로 좀 더 요란한 축하가 있었고, 목욕을 마친 마이클이 자기도 태어나게 해 달라고 졸랐지만 존은 더는 아기가 필요 없다고 단호하게 말했다.

마이클은 울음을 터뜨리기 직전이었다. 「아무도 날 원하지 않아.」 마이클이 말했고, 물론 야회복을 입은 숙녀는 그 모습을 두고 볼 수 없었다.

「내가 원한단다.」 달링 부인이 말했다. 「난 셋째 아이를 무척이나 원한단다.」

「아들이요, 딸이요?」 마이클이 별 기대 없는 목소리로 물었다.

「아들.」

그러자 마이클은 달링 부인 품으로 뛰어들었다. 이제 와 생각하면 그 일은 달링 부부와 나나에게 사소한 일일 수도 있지만, 그게 아이들 방에서 마이클의 마지막 밤이라고 생각하면 사소하지 않았다.

달링 부부와 나나는 계속해서 그날 저녁을 떠올린다.

「그리고 내가 토네이도처럼 들이닥쳤지요, 그렇죠?」 달링 씨는 자책하며 이렇게 말하곤 했다. 그리고 달링 씨는 그 당시 정말로 토네이도 같았다.

달링 씨에게도 변명의 여지는 있었다. 그때 달링 씨 역시 파티에 가기 위해 옷을 입는 중이었고, 넥타이를 매기 전까지는 모든 게 순조로웠다. 참으로 믿기 힘든 이야기이긴 하지만, 달링 씨는 주식과 증권은 알아도 넥타이 매는 솜씨는 형편없었다. 별 탈 없이 성공적으로 매지는 경우도 가끔은 있었지만, 자존심은 좀 상할지라도 이미 매듭이 지어진 넥타이를 하는 편이 가족을 위해서는 더 나았을 경우도 꽤 있었다.

그날 저녁이 바로 그런 때였다. 달링 씨는 손에 넥타이를 움켜쥐고 아이들 방으로 들이닥쳤다.

「이런, 무슨 일 있어요, 여보?」

「있고말고요!」 달링 씨가 소리쳤다. 「이 넥타이, 이게 안 매져요.」 달링 씨는 위험할 정도로 빈정거리기 시작했다. 「내 목에는 안 매져요! 침대 기둥에는 매지는데! 그렇다니까요, 침대 기둥에는 스무 번이나 맸는데 내 목에는 안 매진다니까요! 허참, 내 목을 거부해요!」

달링 씨는 아내가 신통찮은 반응을 보인다고 생각해 엄격한 목소리로 계속 말했다. 「경고하는데, 여보, 내가 넥타이를 매지 못하면 우리는 오늘 밤 저녁 식사 자리에 가지 않을 거고, 내가 저녁 식사 자리에 안 가면 앞으로 다시는 사무실에 출근 안 할 거고, 내가 다시는 출근을 안 하면 당신과 나는 굶어 죽고, 우리 아이들은 길거리에 나앉게 될 거예요.」

그 말에도 달링 부인은 평온했다. 「내가 한번 해볼게요, 여보.」 달링 부인은 이렇게 말했고, 사실 달링 씨가 이곳에 온 것도 아내에게 그걸 부탁하기 위해서였고, 아이들이 빙 둘러서서 자신들의 운명이 결정되길 기다리는 동안, 달링 부인은 능숙한 손놀림으로 남편의 넥타이를 매주었다. 어떤 남자는 아내가 이처럼 쉽게 넥타이를 매는 것에 대해 분하게 여기겠지만 달링 씨는 그러기엔 성격이 너무도 좋았다. 달링 씨는 아무렇지도 않게 아내에게 고마움을 표했고 어느새 마이클을 등에 업고 춤을 추며 방 안을 휘젓고 다녔다.

「그때 정말 요란스레 놀았는데!」 이제 달링 부인이 그때를 떠올리며 말한다.

「마지막으로 그랬죠!」 달링 씨가 신음했다.

「오, 조지, 마이클이 갑자기 나에게 〈엄마, 절 어떻게 알게 됐어요?〉라고 말한 거 기억나요?」

「기억해요!」

「아이들이 참 예뻤잖아요, 조지?」

「우리 아이들이잖아요, 우리 아이들! 그런데 이제는 떠나고 없지요.」

그 요란 법석은 나나의 등장으로 끝났고, 정말 운 나쁘게도, 달링 씨는 나나와 부딪치는 바람에 바지에 나나의 털이 묻고 말았다. 그 바지는 새것인 데다가 달링 씨가 난생처음으로 가져 본 끈 장식 달린 바지였기에, 달링 씨는 입술을 꾹 깨물며 흐르는 눈물을 참았다. 물론 달링 부인은 곧장 남편의 바지를 털어 주었지만, 달링 씨는 개를 보모로 둔 실수에 대해 또다시 이야기하기 시작했다.

「조지, 나나는 보물이에요.」

「그건 의심의 여지가 없지요. 하지만 나나가 아이들을 강아지 취급을 해서 가끔은 불안해요.」

「오, 아니에요, 여보. 나나는 아이들이 사람이라는 걸 아는 게 분명한걸요.」

「잘 모르겠어요.」 달링 씨가 생각에 잠기며 말했다. 「잘 모르겠어요.」 달링 부인은 지금이 그 소년에 대해 말할 기회라고 느꼈다. 처음에 달링 씨는 그 이야기에 콧방귀를 뀌었지만 아내가 그림자를 보여 주자 심각해지기 시작했다.

「누군지 모르겠군요.」 그림자를 자세히 살피며 달링 씨가 말했다. 「하지만 악당 같아 보이네요.」

「기억하겠지만, 우리가 계속 그림자에 대해 의논하고 있을 때,」 달링 씨가 말한다. 「나나가 마이클의 약을 갖고 들어 왔죠. 넌 이제 약병을 물고 다닐 일이 없겠구나, 나나야. 그리고 이건 다 내 잘못이란다.」

달링 씨는 강한 남자였지만 약을 가지고 꽤 어리석은 행동을 한 것만은 의심의 여지가 없었다. 만약 달링 씨에게 약점이 하나 있다면, 그건 자신이 평생 용감하게 약을 먹었다고 생각한 점이었고, 이제 나나가 물고 있는 약숟가락을 마이클이 잽싸게 피해 버렸을 때 달링 씨는 아들을 꾸짖었다. 「남자답게 행동해야지, 마이클.」

「싫어, 싫어!」 마이클이 버릇없이 외쳤다. 달링 부인은 마이클을 달랠 초콜릿을 가지러 방을 나갔고, 그런 아내를 본 달링 씨는 아이들을 좀 더 엄격하게 대해야겠다고 생각했다.

「여보, 애 응석을 받아 주지 말아요.」 달링 씨는 아내 등 뒤에 대고 외쳤다. 「마이클, 아빠가 너만 했을 때는 군소리 한번 안 하고 약을 먹었어. 아빠는 〈자상하신 엄마 아빠, 병이 나으라고 약을 주셔서 고맙습니다〉라고 말했단다.」

달링 씨는 정말로 이게 진실이라고 생각했고, 이제 잠옷으로 갈아입은 웬디 역시 그 말을 믿었고, 마이클을 격려하기 위해 말했다. 「아빠, 아빠가 가끔 드시는 그 약은 훨씬 더 써요, 그렇죠?」

「훨씬 더 쓰고말고.」 달링 씨가 씩씩하게 말했다. 「그리고 만약 그 약병만 잃어버리지 않았어도 지금 당장 시범으로 그 약을 먹었을 거야, 마이클.」

사실 달링 씨는 그 약병을 잃어버리지 않았다. 달링 씨는 한밤중에 옷장 꼭대기에 약병을 숨겨 놓았다. 다만 본분에 충실한 리자가 그걸 발견해 달링 씨의 세면대에 도로 갖다 놓은 걸 몰랐을 뿐이었다.

「그 약병 어디에 제가 있는지 알아요, 아빠.」 언제나 기꺼이 도움이 되고 싶어 하는 웬디가 외쳤다. 제가 가져올게요.」 그리고 웬디는 아빠가 말리기 전에 사라졌다. 달링 씨는 이상하게 기분이 가라앉았다.

「존.」 달링 씨는 몸서리를 치며 말했다. 「그 약은 정말 맛이 고약해. 역겹고 끈적거리고 달착지근하지.」

「하지만 금방 끝날 거예요, 아빠.」 존이 신나서 말했고, 이윽고 웬디가 약이 든 유리잔을 들고 서둘러 돌아왔다.

「최대한 빨리 갔다 왔어요.」 웬디가 헐떡이며 말했다.

「무척이나 빨리 갔다 왔구나.」 달링 씨는 정중함 속에 원망을 보태 날카롭게 말했지만, 웬디는 그 말뜻을 알아듣지 못했다. 「마이클 먼저 먹으렴.」 달링 씨가 집요하게 말했다.

「아빠 먼저요.」 의심 많은 마이클이 말했다.

「알겠지만, 이걸 먹으면 아빠는 아플 수도 있어.」 달링 씨가 위협하듯 말했다.

「어서요, 아빠.」 존이 말했다.

「넌 입 다물고 있어라, 존.」 달링 씨가 발끈해서 말했다.

웬디는 이해할 수가 없었다. 「저는 아빠가 단숨에 꿀꺽 삼키실 줄 알았어요, 아빠.」

「그게 중요한 게 아니야.」 달링 씨가 받아쳤다. 「중요한

29

건, 마이클의 숟가락에 있는 약보다 내 유리잔에 담긴 약이 더 많다는 거지.」 자기 말에 뿌듯해진 달링 씨는 심장이 거의 터질 것만 같았다. 「그리고 그건 공평하지 않아. 아빠는 죽는 한이 있어도 이렇게 말할 거야. 그건 공평하지 않아.」

「아빠, 저 기다리고 있어요.」 마이클이 냉정하게 말했다.

「네가 기다린다는 말을 하다니 잘됐구나. 나도 기다리고 있단다.」

「아빠는 비겁해요.」

「그러면 너도 비겁하지.」

「전 무섭지 않아요.」

「나도 안 무섭단다.」

「자, 그럼 약을 드세요.」

「자, 그럼 네가 약을 먹으럼.」

웬디가 좋은 수를 생각해 냈다. 「그러면 둘이 동시에 먹으면 어때요?」

「좋고말고.」 달링 씨가 말했다. 「준비됐지, 마이클?」

웬디가 하나, 둘, 셋 하고 셌고, 마이클은 약을 먹었지만 달링 씨는 등 뒤로 약을 숨겼다.

마이클이 분노에 찬 비명을 질렀고, 웬디도 〈아휴, 아빠!〉 하고 소리쳤다.

「〈아휴, 아빠〉라니 무슨 말이지?」 달링 씨가 다그쳤다. 「소란은 그만 피워라, 마이클. 나도 약을 먹으려 했는데, 그만 놓쳐 버렸지 뭐냐.」

셋은 더는 존경하지 않는다는 불쾌한 눈빛으로 달링 씨를 바라보았다.

「내 말 좀 들어 보렴, 얘들아.」 나나가 욕실로 들어가자마자 달링 씨가 애원하듯 말했다. 「아빠에게 방금 재미난 장난거리가 생각났어. 아빠 약을 나나의 밥그릇에 부으면 나나는 그게 우유인 줄 알고 먹을 거야!」

약은 우유색이었다. 하지만 아이들은 아빠의 유머 감각을 이해하지 못했고, 나나의 밥그릇에 약을 붓는 아빠를 책망하는 눈으로 바라볼 뿐이었다. 「정말 재밌다!」 달링 씨는 자신 없어 하며 말했고, 달링 부인과 나나가 돌아왔지만 아이들은 감히 아빠가 한 짓을 이르지 못했다.

「나나, 착하지.」 달링 씨가 나나를 쓰다듬으며 말했다. 「네 밥그릇에 우유를 조금 부어 놓았단다, 나나야.」

나나는 꼬리를 흔들며 약이 담긴 그릇으로 달려가 약을 핥아 먹기 시작했다. 이윽고 나나는 감정이 듬뿍 담긴 표정으로 달링 씨를 보았다. 하지만 화난 표정이 아니었다.

나나는 달링 씨 앞에서 절로 미안해지게 만드는 붉은 눈물을 뚝뚝 흘리더니 개집으로 기어 들어갔다.

달링 씨는 끔찍할 정도로 부끄러웠지만, 순순히 인정하지 않으려 했다. 무서운 침묵 속에서 달링 부인은 밥그릇에 코를 갖다 대고 냄새를 맡았다. 「오, 조지.」 달링 부인이 말했다. 「이건 당신 약이잖아요!」

「그냥 장난친 거예요.」 달링 씨가 투덜거렸고, 그사이 달링 부인은 남자아이들을 달랬고, 웬디는 나나를 껴안아 주었다. 「이거야, 원.」 달링 씨가 씁쓸하게 말했다. 「이 집에서는 장난 한번 치려면 뼛골이 빠진다니까.」

그리고 웬디는 여전히 나나를 껴안고 있었다. 「좋아.」 달링 씨가 외쳤다. 「나나나 달래 줘! 나를 달래 주는 사람은 아무도 없지. 아무도 없어! 나는 돈이나 벌어다 주는 사람일 뿐인데 왜 나를 달래 주겠어 ─ 왜, 왜, 왜!」

「조지.」 달링 부인이 남편에게 간청했다. 「조용히 좀 하세요. 하인들이 듣겠어요.」 웬일인지, 달링 부부는 리자를 하인들이라 불렀다.

「들으라지!」 달링 씨는 입에서 나오는 대로 말했다. 「세상 사람 누가 와도 상관없어. 하지만 앞으로 한 시간 동안 저 개는 아이들 방에 못 들어가!」

아이들은 눈물을 흘렸고, 나나는 빌듯이 달링 씨에게 달려갔지만, 달링 씨는 손을 저어 나나를 돌려보냈다. 달링 씨는 자신이 다시 강한 남자가 되었다고 생각했다. 「소용없어, 소용없어. 네가 있어야 할 곳은 마당이야. 그리고 지금 이 순간부터 넌 그곳에서 묶여 있을 거야.」

「조지, 조지.」 달링 부인이 속삭였다. 「내가 말했던 그 소년 기억하죠?」

이런, 달링 씨 귀에는 아내의 말이 들어오지 않았다. 달링 씨는 이 집안의 주인이 누구인지 확실히 보여 주기로 마음먹었고, 명령을 해도 나나를 개집에서 불러내지 못하자, 달콤한 말로 나나를 꾀어내 거칠게 붙잡은 뒤 아이들 방에서 끌어냈다. 달링 씨는 이런 자신이 부끄러웠지만 어쨌든 나나를 쫓아냈다. 이 모든 사건은 언제나 존경받길 간절히 원하는 달링 씨의 성격 탓이었다. 기어이 나나를 뒷마당에 묶은 달링 씨는 초라해진 모습으로 복도로 가서 손으로 눈을 가린 채 앉아 있었다.

그사이 달링 부인은 어색한 침묵 속에서 아이들을 침대에 눕히고 취침 등들을 켰다. 밖에서 나나가 짖는 소리가 들리자 존은 훌쩍였다. 「마당에 묶여서 저렇게 우는 거야.」 그러나 웬디는 동생보다 똑똑했다.

「저건 나나가 슬퍼서 우는 게 아니야.」 앞으로 일어날 일에 대해 까맣게 모르면서도 웬디가 말했다. 「저건 위험을 눈치채서 짖는 거야.」

위험!

「정말이니, 웬디?」

「오, 그럼요.」

달링 부인은 몸을 떨면서 창가로 갔다. 창문은 단단히 잠겨 있었다. 밖을 내다보니 밤하늘은 별들로 수놓여 있었다. 별들은 집 안에서 무슨 일이 벌어질지 궁금한 듯 집 주위에 우르르 모여 있었지만, 달링 부인은 그런 사실을 알아차리지 못했고, 작은 별 한두 개가 자신을 향해 반짝 윙크를 했다는 사실 또한 알아차리지 못했다. 하지만 뭔지 모를 두려움에 가슴이 오싹해진 부인은 외쳤다. 「아, 오늘 파티에 가지 않기로 했으면 좋으련만!」

심지어 이미 반쯤 잠들었던 마이클조차도 엄마가 심란한 것을 알고 물었다. 「엄마, 취침 등을 켜면 아무도 우리를 해치지 못하는 거죠?」

「그렇단다, 얘야.」 달링 씨가 말했다. 「취침 등은 엄마가 아이들을 지켜 주려고 남겨 둔 눈 같은 거야.」

달링 부인은 침대마다 돌아다니며 마법의 노래를 불러 주었고, 어린 마이클은 엄마를 감싸 안았다. 「엄마.」 마이클이 외쳤다. 「난 엄마가 좋아요.」 그건 오랫동안 마이클의 마지막 말이 될 터였다.

27번지는 불과 몇 미터 거리였지만 거리에는 눈이 조금 쌓여 있었고 세 남매의 부모는 신발을 더럽히지 않으려고 솜씨 좋게 눈을 피해 걸었다. 거리에는 달링 부부뿐이었고, 모든 별들이 둘을 지켜보고 있었다. 별들은 아름답긴 했지만 그 어떤 일에도 나서서 참견하지 못하고 영원히 지켜보기만 해야 했다. 그건 별들이 예전에 잘못을 저질러 벌을 받았기 때문인데, 하도 오래전의 일이라 그 잘못이 무엇인지는 그 어떤 별도 알지 못했다. 그래서 늙은 별들은 눈이 흐릿해져 거의 말을 하지 않는 반면(반짝거리는 건 별들의 대화법이다) 어린 별들은 여전히 궁금해했다. 별들은 짓궂게 뒤에서 다가와 자신들에게 훅 바람을 불어 빛을 끄려는 피터를 정말로 달가워하지 않았다. 그러나 별들은 재미난 일 앞에서는 꼼짝을 못 했기에 오늘 밤만큼은 피터의 편이었고, 얼른 어른들이 사라졌으면 하고 바랐다. 그래서 달링 부부가 27번지에 들어가고 문이 닫히자 밤하늘은 일제히 술렁거렸고, 은하수에서 가장 작은 별 하나가 크게 소리쳤다.

「지금이야, 피터!」

3
빨리 가자, 빨리 가자!

달링 부부가 집을 나선 뒤 한동안, 세 남매의 침대 옆에 있는 취침 등들은 밝게 타올랐다. 이 취침 등들은 무척이나 앙증맞았고, 여러분은 취침 등들이 밤새 눈을 부릅뜨고 피터가 오지는 않는지 감시해 주길 바랄 터이다. 하지만 웬디의 취침 등이 눈을 깜박이더니 하품을 늘어지게 했고 나머지 두 개도 하품을 하더니, 결국 셋은 하품하느라 벌렸던 입을 다 물기도 전에 꺼지고 말았다.

그리고 이제 방 안에는 또 다른 빛이, 취침 등보다 천배는 더 밝은 빛이 나타났고, 우리가 이 말을 하는 동안, 그 빛은 피터의 그림자를 찾기 위해 아이들 방에 있는 온 서랍을 들쑤셨고 옷장을 샅샅이 뒤지면서 주머니란 주머니는 몽땅 뒤집어 놓았다. 사실 그건 빛이 아니었다. 하도 잽싸게 날아다니며 번쩍거려 빛처럼 보이긴 했지만 단 1초라도 가만히 있는 걸 본다면 요정이라는 걸 금방 알 수 있었다. 그 요정은 손바닥만 했지만 계속 자라는 중이었다. 팅커 벨이라는 이름의 이 소녀는 잎맥만 남은 나뭇잎으로 목 부분을 사각형으로 깊이 파 만든 아름다운 옷을 입고 있었는데, 덕분에 훨씬 날씬해 보였다. 사실 팅커 벨은 통통한 모래시계 체형으로 좀 건강해 보이는 편이었다.

요정이 들어오고 곧이어 꼬마 별들이 입김을 훅 불자 창문이 활짝 열렸고, 피터가 들어왔다. 피터는 오는 길에 잠시 팅커 벨을 안고 날아왔고, 그 때문에 손은 아직도 요정 가루로 지저분했다.

「팅커 벨.」 아이들이 잠든 걸 확인한 피터가 소용히 불렀다. 「팅크, 어디 있어?」 그때 팅커 벨은 물병 단지 속에 있었고, 그곳을 무척이나 좋아했다. 물병 단지에 처음 들어가 봤기 때문이었다.

「어휴, 그 물병에서 어서 나와, 그리고 내 그림자가 어디 있는지 알아냈어?」

피터가 묻자 대답으로 마치 황금 종에서 나는 듯한 아름다운 방울 소리가 들렸다. 요정들의 언어였다. 평범한 아이들은 이 소리를 들을 기회가 절대로 없겠지만, 하지만 일단 듣게 된다면, 언젠가 들어 본 적이 있는 소리라는 걸 알 것이다.

팅크는 그림자가 큰 상자 안에 있다고 했다. 그 상자는 서랍장을 말하는 거였고, 피터는 서랍장으로 훌쩍 뛰어가, 마치 왕이 군중에게 반 페니 동전들을 던지듯, 서랍장 안에 있는 것들을 두 손으로 마구 집어 던졌다. 피터는 이내 자기 그림자를 찾아냈고, 너무 기쁜 나머지 안에 팅커 벨이 있다는 걸 깜박하고 서랍을 닫아 버렸다.

비록 나는 피터가 생각이란 걸 한 적이 없다고 믿지만, 만약 피터가 생각이란 걸 한다면, 아마도 그림자를 몸에 대기만 하면, 물방울 두 개가 합쳐지듯 몸에 착 달라붙을 거라고 생각한 듯하다. 그리고 그렇게 되지 않자 피터는 더럭 겁이 났다. 욕실에서 비누를 가져와 그걸 발라 붙여 보려 했지만, 역시 소용없었다. 피터는 몸을 바르르 떨고는 바닥에 앉아 울었다.

피터가 훌쩍이는 소리에 웬디가 잠에서 깨어 침대에 일어나 앉았다. 낯선 이가 아이들 방 바닥에서 우는 걸 보았는데도, 웬디는 놀라기는커녕 이 아이는 누굴까 궁금할 뿐이었다.

「애,」 웬디가 예의 바르게 물었다. 「왜 그렇게 울고 있니?」

요정들의 예식에서 훌륭한 예절을 익혔기에 피터도 필요하면 아주 예의 바르게 행동할 수 있었고, 그래서 일어나 웬디에게 허리를 굽혀 멋지게 인사를 했다. 웬디는 무척이나 기분이 좋아졌고, 답례로 침대에서 허리를 굽혀 멋지게 인사했다.

「이름이 뭐야?」 피터가 물었다.

「웬디 모이라 앤절라 달링.」 웬디는 살짝 흡족해하며 물었다. 「네 이름은 뭐야?」

「피터 팬.」

웬디는 이미 이 소년이 피터일 거라고 짐작했지만, 이름이 좀 짧다고 생각했다.

「그게 다야?」

「응.」 피터가 조금 날카롭게 말했다. 피터는 자기 이름이 좀 짧다는 걸 처음으로 느꼈다.

「미안해.」 웬디 모이라 앤절라가 말했다.

「괜찮아.」 피터가 감정을 꾹 누르고 말했다.

웬디는 피터에게 어디에 사는지 물었다.

「오른쪽에서 두 번째,」 피터가 말했다. 「그리고 아침이 될 때까지 곧장.」

「주소가 참 재밌네!」

피터는 기분이 착 가라앉았다. 피터는 자기 주소가 재밌을 수도 있다는 걸 처음 느꼈다.

「아니야, 안 그래.」 피터가 말했다.

「그러니까, 내 말은,」 웬디는 피터가 손님이라는 걸 떠올리면서 상냥하게 말했다. 「사람들이 편지에 그렇게 쓰는 거야?」

피터는 웬디가 편지 이야기를 하지 않았더라면 좋았을 텐데 하고 생각했다.

「편지 따윈 받지 않아.」 피터가 경멸조로 말했다.

「하지만 네 엄마는 편지를 받을 거잖아?」

「엄마가 없어.」 피터가 말했다. 피터는 엄마가 없을뿐더러 엄마가 있으면 좋겠다는 생각 역시 조금도 없었다. 피터는 엄마들이란 지나치게 과대평가를 받는 사람들이라고 생각했다. 하지만 웬디는 그 말을 듣자마자 비극의 현장에 있는 듯한 느낌이 들었다.

「어머, 피터, 그래서 울고 있던 거구나.」 웬디는 말하고 침대에서 나와 피터에게 달려갔다.

「엄마들 때문에 울던 게 아니야.」 피터가 아주 발끈하며 말했다. 「내 그림자를 다시 붙일 수가 없어서 울었던 거야. 게다가, 나는 울지 않았어.」

「그림자가 떨어졌어?」

「응.」

이윽고 무척이나 더러워진 채 바닥에 놓여 있는 그림자를 본 웬디는 피터가 한없이 가여워졌다.

「어쩜 이럴 수가!」 하지만 피터가 그림자를 비누로 붙이려 한 것을 보자 웬디는 웃음을 참지 못했다. 정말 남자아이들은 어쩜 이렇게 한결같을까!

다행히도, 웬디는 어떡하면 될지 금방 알아냈다. 「꿰매야겠네.」 웬디가 아주 살짝 생색을 내며 말했다.

「꿰매는 게 뭔데?」 피터가 물었다.

「너 엄청나게 무식하구나.」

「아니, 그렇지 않아.」

하지만 웬디는 피터의 무식함에 무척이나 기뻐했다. 「내가 널 위해 그림자를 꿰매 줄게, 꼬마야.」 피터는 웬디와 키가 비슷했지만 웬디는 이렇게 말했고, 자기 반짇고리를 꺼내 피터의 발에 그림자를 꿰맸다.

「아마 좀 아플 거야.」 웬디가 피터에게 경고했다.

「오, 난 울지 않을 거야.」 이미 평생 한 번도 운 적이 없다고 생각하기로 한 피터가 말했다. 그리고 이를 악물고 울지 않았으며, 약간 구겨지긴 했지만 곧 그림자가 제대로 움직였다.

「다림질을 했어야 했나 봐.」 웬디가 생각에 잠겨 말했지만, 피터는 남자아이답게 겉모습이야 어떻든 상관없었고, 이제 신이 나서 방방 뛰었다. 이런, 피터는 자기가 웬디에게 신세를 졌다는 사실을 벌써 까맣게 잊고 말았다. 피터는 자신이 그림자를 붙였다고 생각했다. 「난 정말 똑똑해!」 피터는 기쁨에 겨워 외쳤다. 「아, 난 정말이지 참 똑똑해!」

말하기 참으로 창피하지만, 이렇게 우쭐대는 것이 피터의 최고 매력이었다. 솔직하게 털어놓자면, 피터만큼 우쭐대는 아이도 없었다.

하지만 웬디는 잠깐 동안 충격을 받았다. 「너 건방지구나.」 웬디가 매섭게 비꼬며 외쳤다. 「물론 나는 아무 일도 한 게 없지!」

「조금 있기는 해.」 피터는 무심하게 내뱉은 뒤 계속해서 춤을 추었다.

「조금!」 웬디가 거만하게 대답했다. 「나는 아무짝에도 쓸모가 없으니 없어도 되겠네.」 그리고 더할 나위 없이 위엄 있는 태도로 침대로 뛰어 오르더니 얼굴까지 담요를 뒤집어썼다.

피터는 웬디의 관심을 끌려고 가는 척했지만 소용없었고, 그래서 침대 끝에 걸터앉아 발로 웬디를 톡톡 건드렸다. 「웬디,」 피터가 말했다. 「좀 봐줘. 난 기분이 좋으면 으스대고 싶어서 참을 수가 없단 말이야.」 그래도 웬디는 여전히 피터를 보려고 들지 않았지만, 귀를 쫑긋 세우고 피터의 말을 열심히 듣고 있었다. 「웬디,」 피터는 지금까지 그 어떤 여자도 저항하지 못한 목소리로 계속해서 말했다. 「여자애 한 명이 남자애 스물보다 더 나아.」

웬디는 아직 다 자랐다고 할 수는 없지만 이 순간만큼은 머리끝부터 발끝까지 여자였고, 그래서 이불 밖을 빼꼼 엿보았다.

「정말로 그렇게 생각해, 피터?」

「응, 그렇게 생각해.」

「너 정말 다정한 애 같아.」 웬디가 말했다. 「일어날게.」 그리고 웬디는 일어나 피터 옆에 앉았다. 그리고 피터만 좋다면 키스도 주겠노라고 말했지만, 웬디의 말을 이해하지 못한 피터는 기대에 차서 손을 내밀었다.

「키스가 뭔지는 당연히 알겠지?」 웬디가 깜짝 놀라 물었다.

「네가 그걸 줘야 뭔지를 알지.」 피터는 뻣뻣하게 대답했고, 피터가 난처하지 않도록 웬디는 피터에게 골무를 줬다.

「이제,」 피터가 말했다. 「내가 너에게 키스를 줄까?」 그러자 웬디는 살짝 새침을 떼며 말했다. 「원한다면.」 웬디는 부끄러움도 없이 피터를 향해 얼굴을 댔지만, 피터는 웬디의 손에 도토리 단추 하나만 떨어뜨릴 뿐이었고, 그래서 웬디는 내밀었던 얼굴을 천천히 물리면서 피터가 준 키스를 목걸이에 달아 목에 두르겠다고 상냥하게 말했다. 웬디가 그걸 목걸이에 단 것은 행운이었다. 나중에 웬디는 그 도토리 덕분에 목숨을 구했기 때문이다.

사람들이 처음 만나 소개를 할 때는 보통 서로 나이를 묻고, 그래서 언제나 올바르게 행동하길 좋아하는 웬디는 피터에게 나이를 물었다. 피터에게는 나이를 묻는 질문이 달갑지

않았다. 그건 마치 영국의 왕들이 누구냐라는 질문을 원하는 사람에게 문법을 묻는 시험지와도 같았다

「몰라.」 피터가 거북하게 말했다. 「하지만 꽤 어려.」 피터는 진짜로 자기 나이를 몰랐고 대충 짐작만 할 뿐이었고, 그래서 되는대로 말했다. 「웬디, 나는 태어난 날 집에서 도망쳤어.」

웬디는 꽤 놀랐지만 또한 흥미를 느꼈다. 그래서 품위 있는 태도로 잠옷을 살짝 매만짐으로써 피터에게 좀 더 가까이 앉아도 좋다는 표시를 했다.

「내가 도망친 건 엄마 아빠가 하는 이야기를 들었기 때문이야.」 피터는 나지막이 설명했다. 「엄마 아빠는 내가 어른이 되면 어떤 사람이 될지 말하고 있었어.」 이제 피터는 무척이나 격앙되어 있었다. 「나는 절대로 어른이 되고 싶지 않아.」 피터가 흥분해서 말했다. 「나는 영원히 어린아이로 남아 재미있게 살고 싶어. 그래서 켄싱턴 공원으로 도망쳤고, 오랫동안 요정들과 함께 살았어.」

웬디는 한없이 존경스러운 눈으로 피터를 보았고, 피터는 이게 자기가 집에서 도망쳤기 때문이라고 생각했지만, 사실 웬디의 눈빛은 피터가 요정들을 안다는 사실 때문이었다. 평범하게 집에서만 살아온 웬디에게 요정들을 안다는 건 정말 신나는 일로 들렸다. 웬디가 요정들에 대해 온갖 질문들을 퍼붓자 피터는 깜짝 놀랐다. 피터에게 요정들이란 자기 일을 방해하는, 좀 귀찮은 존재였기 때문이다. 사실 피터는 때때로 요정들의 볼기짝을 때려 주기도 했다. 하지만 피터도 대

체로 요정들을 좋아했고, 그래서 웬디에게 요정의 탄생에 대해 말해 주었다.

「있잖아, 웬디, 갓난아기가 처음으로 까르륵 웃으면, 그 웃음소리가 천 개의 조각으로 쪼개져서 이리저리 통통 뛰어다녀. 그게 요정으로 변하는 거야.」

피터에게는 지루한 이야기였지만, 집에서 사는 웬디에겐 이 이야기가 더할 수 없이 흥미진진했다.

「그리고,」 피터가 상냥하게 계속 말했다. 「남자든 여자든 간에 모든 아이들에게는 요정이 원래 한 명씩 있어야 해.」

「원래는 있어야 한다니, 그럼 실제로는 아닌 거야?」

「응. 알겠지만, 요즘 아이들은 아는 게 많잖아. 그래서 곧 요정들을 믿지 않게 되지. 그래서 아이들이 〈난 요정을 믿지 않아〉라고 말할 때마다 어딘가에서 요정 한 명이 죽게 돼.」

사실 피터는 이제 요정 이야기를 할 만큼 했다고 생각했지만, 그때 팅커 벨이 너무 조용하다는 생각이 퍼뜩 들었다.

「애가 어디로 갔는지 모르겠네.」 피터가 말하더니 일어나 팅크의 이름을 외쳤다. 웬디는 깜짝 놀라 심장이 쿵쾅거렸다.

「피터,」 웬디가 피터를 잡으며 외쳤다. 「이 방에 요정이 있다는 건 아니지?」

「좀 전까지 여기 있었어.」 피터가 살짝 조바심을 내며 말했다. 「혹시 그 애 소리 들려?」 그리고 둘은 귀를 기울였다.

「딸랑거리는 종소리밖에 안 들려.」 웬디가 말했다.

「맞아, 그게 팅크야. 그게 요정들 말소리야. 나도 들리는 거 같아.」

그 소리는 서랍장에서 났고, 피터의 표정이 환해졌다. 피터처럼 환한 표정을 지을 수 있는 아이는 아무도 없었고, 피터처럼 예쁘게 까르르 웃는 아이도 없었다. 피터는 여전히 첫 웃음을 간직하고 있었다.

「웬디.」 피터가 유쾌하게 속삭였다. 「안에 있는 걸 모르고 내가 그만 서랍을 닫아 버렸나 봐!」

피터는 가엾은 팅크를 서랍에서 꺼내 주었고, 분노에 찬 팅크는 아이들 방을 이리저리 날아다니며 소리를 질러 댔다.

「그런 말 하면 못써.」 피터가 나무랐다. 「물론 정말 미안해. 하지만 네가 서랍에 있다는 걸 내가 어떻게 알아?」

웬디는 피터의 말이 귀에 들어오지 않았다. 「오, 피터.」 웬디가 외쳤다. 「내가 좀 제대로 볼 수 있게 저 요정이 가만히 있어 주면 좋을 텐데!」

「요정들은 가만히 있는 경우가 거의 없어.」 피터가 말했지만, 웬디는 비현실적인 형체가 뻐꾸기 시계 위에 내려앉아 잠깐 쉬는 순간을 놓치지 않았다. 「어쩜, 정말 예쁘다!」 울화가 치밀어 여전히 얼굴을 찡그린 팅크를 보며 웬디가 외쳤다.

「팅크.」 피터가 사근사근하게 말했다. 「이 아가씨가 네가 자기 요정이면 좋겠대.」

팅커 벨은 무례하게 대답했다.

「쟤가 뭐라고 한 거야, 피터?」

피터는 통역을 해줘야 했다. 「팅크는 별로 예의가 없어. 네가 지독하게 못생겼고, 자기는 내 요정이래.」

피터는 팅크에게 따지기 시작했다. 「넌 내 요정이 될 수 없다는 걸 알잖아, 팅크. 난 신사고 넌 숙녀거든.」

이 말에 팅크는 〈바보 멍청이〉라고 말하고는 욕실로 사라졌다.

「쟤는 그냥 평범한 요정이야.」 피터가 미안해하며 설명했다. 「냄비와 주전자 고치는 일을 해서 팅커 벨(땜장이의 종)이라 불려.」

이제 둘은 안락의자에 함께 앉았고, 웬디는 더 많은 질문을 피터에게 쏟아부었다.

「지금 켄싱턴 공원에서 살지 않는다면 —」

「가끔은 거기서 살기도 해.」

「그럼 이제는 주로 어디서 살아?」

「잃어버린 소년들과 함께 살아.」

「걔들이 누군데?」

「보모가 한눈을 판 사이에 유모차에서 떨어진 아이들이야. 일주일 안에 찾으러 오지 않으면 비용 부담 때문에 저 멀리 네버랜드로 보내. 내가 대장이야.」

「정말 재밌겠다!」

「응.」 꾀 많은 피터가 말했다. 「하지만 많이 외로워. 여자애들은 하나도 없거든.」

「여자애들이 한 명도 없어?」

「어, 한 명도. 알잖아. 여자애들은 아주 똑똑해서 유모차에서 떨어지지 않아.」

이 말에 웬디는 엄청나게 우쭐해졌다. 「난 있잖니,」 웬디가 말했다. 「네가 여자애들에 대해 말하는 태도가 정말 맘에 들어. 저기 존은 여자아이들을 얕보기만 하거든.」

그 말에 피터는 일어나더니 침대에서 자는 존과 담요를 걷어찼다. 그 발길질 한 번에 존, 담요, 그 밖의 이것저것이 몽땅 침대 밖으로 나가떨어졌다. 첫 만남인데 피터의 행동이 너무 심하다 싶어진 웬디는 피터에게 네가 이 집에서도 대장은 아니라고 기백 있게 말했다. 그러나 존은 바닥에서도 편안히 자고 있었고, 그래서 웬디는 존을 거기에 그냥 두었다. 「네가 날 생각해서 그런 거 알아.」 웬디가 마음을 누그러뜨리며 말했다. 「그러니까 나에게 키스해 줘도 돼.」

잠시 웬디는 피터가 키스가 뭔지 모른다는 사실을 깜빡 잊고 있었다. 「나에게 준 걸 돌려받고 싶은가 보네.」 피터는 조금 씁쓸하며, 웬디에게 골무를 내밀었다.

「아, 이런.」 상냥한 웬디가 말했다. 「내 말은 키스가 아니라 골무를 달라고.」

「그게 뭔데?」

「이런 거.」 웬디가 피터에게 키스했다.

「재밌는걸!」 피터가 진지하게 말했다. 「이제 나도 너에게 골무를 줘도 돼?」

「원한다면.」 웬디가 이번에는 고개를 꼿꼿이 세우고 말했다.

피터는 웬디에게 골무를 주었고, 거의 곧바로 웬디가 비명을 질렀다. 「왜 그래, 웬디?」

「누가 내 머리카락을 잡아당긴 것 같아.」

「팅크가 분명해. 이렇게 심술궂은 적이 없었는데.」

그리고 정말로 팅크가 못된 말을 내뱉으며 다시 정신없이 날아다니고 있었다.

「팅크가 그러는데 내가 웬디 너에게 골무를 줄 때마다 네 머리카락을 잡아당길 거래.」

「왜?」

「왜지, 팅크?」

다시 팅크가 대답했다. 「바보 멍청이.」 피터는 팅크가 왜 그러는지 알 수가 없었지만, 웬디는 알았다. 그리고 피터가 아이들 방 창문으로 왔던 것이 실은 웬디를 보기 위해서가 아니라 이야기를 듣기 위해서였다는 말을 듣고 웬디는 살짝 실망했다.

「사실, 나는 아는 이야기가 전혀 없거든. 잃어버린 소년들 은 아는 이야기가 전혀 없어.」

「정말 안됐다.」 웬디가 말했다.

「제비들이 왜 처마에 집을 짓는지 알아?」 피터가 물었다. 「그건 이야기를 듣기 위해서야. 참, 웬디, 전에 너의 엄마가 너에게 정말 재미있는 이야기를 해주더라.」

「무슨 이야기였는데?」

「유리 구두를 신은 아가씨를 찾지 못한 왕자 이야기.」

「피터.」 웬디가 신이 나서 말했다. 「그건 신데렐라 이야기 야. 왕자는 신데렐라를 만나서 오래오래 행복하게 살아.」

피터는 너무 기쁜 나머지 앉아 있던 바닥에서 벌떡 일어나 서둘러 창가로 갔다.

「어디 가려고?」 불안한 마음으로 웬디가 외쳤다.

「다른 아이들에게 말해 주려고.」

「가지 마, 피터.」 웬디가 애원했다. 「나 그런 이야기 아주 많이 알아.」

웬디는 정확히 그렇게 말했고, 그러니 처음에 유혹을 한 사람은 피터가 아니라 웬디라는 것을 부정할 수 없다.

피터는 돌아왔고, 이제 피터의 눈에는 욕심이 서려 있었다. 그 눈빛에 놀라야 마땅했지만, 웬디는 그러지 않았다.

「오, 다른 아이들에게도 이야기를 들려줄 수 있으면 얼마나 좋을까!」 웬디가 외치자 피터가 웬디를 붙잡고 창문 쪽으로 끌고 가기 시작했다.

「놓아줘!」 웬디가 피터에게 명령했다.

「웬디, 나랑 같이 가서 다른 아이들에게 이야기를 들려줘.」

물론 웬디는 피터의 부탁을 듣고 무척 기뻤지만 이렇게 말했다. 「아아 이런, 안 돼. 엄마는 어쩌고! 게다가 나는 날 수 없어.」

「내가 가르쳐 줄게.」

「오, 날 수 있으면 얼마나 신날까.」

「바람의 등에 올라타는 법을 가르쳐 줄게. 그리고 우리 함께 떠나는 거야.」

「우와!」 웬디가 기쁨에 겨워 외쳤다.

「웬디, 웬디, 넌 그 바보 같은 침대에서 자는 대신 나와 함께 별들에게 재밌는 이야기를 해주며 여기저기 날아다닐 수 있어.」

「우와!」

「그리고 웬디, 거기엔 인어들도 있어.」

「인어! 꼬리 달린?」

「아주 긴 꼬리지.」

「오오.」 웬디가 외쳤다. 「인어를 볼 수 있다니!」

피터는 아주 교활해졌다. 「웬디.」 피터가 말했다. 「우리 모두는 널 존경할 거야.」

웬디는 고민에 휩싸여 몸을 비틀었다. 그 모습이 아직은 아이들 방에 남고 싶은 마음이 더 큰 것처럼 보였다.

하지만 피터는 그런 웬디를 그냥 가만히 두지 않았다.

「웬디.」 피터가 간사하게 말했다. 「밤에는 우리를 재워 줘야 해.」

「우와!」

「지금까지 밤에 우릴 재워 준 사람은 아무도 없었어.」

「우와.」 그리고 웬디는 피터를 향해 두 팔을 벌렸다.

「그리고 우리 옷을 꿰매 주고 주머니를 달아 줄 수도 있어. 우린 모두 주머니가 없거든.」

웬디가 어떻게 뿌리칠 수 있단 말인가. 「정말 멋질 거 같아!」 웬디가 외쳤다. 「피터, 존과 마이클에게도 나는 법을 가르쳐 줄 수 있어?」

「네가 원한다면.」 피터가 심드렁하게 말했고, 웬디는 존과 마이클에게 달려가 둘을 흔들어 깨웠다.

「일어나.」 웬디가 외쳤다. 「피터 팬이 왔어. 우리에게 나는 법을 가르쳐 준대.」

존이 두 눈을 비볐다. 「그럼 일어날래.」 존이 말했다. 물론 존은 이미 바닥에 내려와 있었다. 「이것 봐.」 존이 말했다. 「나 일어났어!」

이제는 마이클도 일어났고, 잠에서 깬 마이클은 여섯 개의 칼과 톱 하나가 달린 다목적 주머니칼처럼 정신이 또렷해 보였다. 그런데 갑자기 피터가 조용히 하라는 신호를 보냈다. 넷의 얼굴에는 어른 세계의 소리를 엿듣는 아이들의 간교함이 피어올랐다. 주위는 쥐 죽은 듯 고요했고 아무런 문제도 없었다. 아니, 잠깐만! 모든 것이 잘못되었다. 나나, 저녁 내내 서럽게 짖어 대던 나나가 이제 조용해진 것이다. 모두가 들은 건 바로 나나의 침묵이었다!

「불 꺼! 숨어! 어서!」 존이 외쳤다. 앞으로 있을 모험을 통틀어 유일하게 존이 내린 명령이었다. 그래서 리자가 나나를 잡고 방에 들어왔을 때, 아이들 방은 전과 다름없이 깜깜했으며, 그 누구라도 짓궂은 악당 셋이 천사처럼 숨을 쉬며 잠들어 있다고 생각했을 터이다. 하지만, 사실 셋은 창문 커튼 뒤에서 일부러 그런 소리를 내고 있었다.

리자는 기분이 나빴다. 부엌에서 크리스마스 푸딩 반죽을 하다가 나나의 말도 안 되는 의심 때문에 건포도를 뺨에 붙인 채 일을 멈추고 와야 했기 때문이다. 리자는 짖어 대는 나나를 조금이나마 조용히 시킬 최선의 방법은 나나를 아이들 방에 잠깐 데려오는 것이라고 생각했다. 물론 자신의 감시 아래에 말이다.

「자, 봐, 이 의심 많은 녀석아.」 총애를 잃은 나나를 전혀 불쌍해하지 않으며 리자가 말했다. 「아이들은 안전해, 봤지? 꼬마 천사들은 지금 침대에서 곤히 자고 있어. 부드러운 숨소리를 들어 봐.」

이때 마이클은 자신들의 성공에 우쭐해져서 너무 크게 숨소리를 냈기 때문에 하마터면 셋은 들킬 뻔했다. 그 숨소리가 무엇인지 아는 나나는 리자의 손에서 벗어나려고 발버둥쳤다.

하지만 리자는 완강했다. 「더는 안 돼, 나나.」 리자는 나나를 방에서 끌고 나가며 엄격하게 말했다. 「경고하는데, 또 짖으면 파티에 가신 주인님과 마님을 당장 모셔 올 거야. 그러면 주인님은 널 때리실걸.」

리자는 불쌍한 나나를 다시 묶었지만, 여러분은 과연 나나가 짖기를 멈추었을 거라고 생각하는지? 파티에 가 있는 주인님과 주인마님을 집으로 데려온다니! 그것이야말로 나나가 원하는 바였다. 아이들이 무사할 수 있다는데, 여러분은 나나가 매 맞는 걸 무서워하리라고 생각하는지? 안타깝게도 리자는 다시 푸딩을 만들러 갔고, 리자가 아무 도움이 안 된다는 걸 깨달은 나나는 쇠사슬을 잡아당기고 또 잡아당기다가 결국에 끊어 버렸다. 그리고 눈 깜짝할 새에 27번지의 만찬 중인 식사 자리로 들이닥쳐 하늘을 향해 앞발을 들어 올렸다. 그것은 나나가 중요한 말을 하고 싶을 때 취하는 표현이었다. 달링 부부는 뭔가 끔찍한 일이 아이들 방에서 일어나고 있는 걸 즉시 알아차렸고, 안주인에게 간다는 인사도 없이 거리로 뛰쳐나왔다.

하지만 그건 세 악당이 커튼 뒤에서 숨소리를 내고 10분이 지난 뒤였고, 10분이면 피터 팬은 많은 일을 할 수 있다.

이제 다시 아이들 방으로 돌아가 보자.

「괜찮아.」 숨은 곳에서 나오며 존이 말했다. 「그런데, 피터 너는 정말로 날 수 있어?」

귀찮게 대답하는 대신, 피터는 벽난로 장식을 지나 방을 날아다녔다.

「우와, 최고야!」 존과 마이클이 말했다.

「정말 멋져!」 웬디가 외쳤다.

「그럼, 난 멋져, 오예, 난 멋져!」 피터가 또다시 겸손함을 잊고 말했다.

나는 것은 아주 쉬워 보였기에 셋은 처음에는 바닥에서, 이윽고 침대에서 날아 보려 했지만 번번이 떨어지기만 했다.

「대체 어떻게 하는 거야?」 존이 무릎을 문지르며 물었다. 존은 꽤 현실적인 소년이었다.

「그냥 멋진 생각들을 하면 돼.」 피터가 설명했다. 「그러면 그 생각들이 네 몸을 띄워 주는 거야.」

피터가 다시 한번 시범을 보였다.

「너무 빨라.」 존이 말했다. 「아주 천천히 한 번만 더 보여 주면 안 돼?」

피터는 느리게도, 빠르게도 날아 보였다. 「이제 알겠어, 웬디.」 존이 소리쳤지만 곧 존은 그렇지 않다는 것을 알게 되었다. 셋 모두 단 3센티미터도 날지 못했다. 피터는 A와 Z의 차이도 모르지만 심지어 마이클마저도 두 음절 단어 정도는 아는데 말이다.

물론, 피터는 아이들을 골린 거였다. 요정 가루를 몸에 묻히지 않으면 그 누구도 날지 못하기 때문이다. 다행히, 아까 말했듯이, 피터의 한 손에는 요정 가루가 잔뜩 묻어 있었고, 피터는 셋 모두에게 요정 가루를 불어 주었으며, 그 효과는 놀라웠다.

「이제 이렇게 어깨를 흔들어 봐.」 피터가 말했다. 「그리고 나는 거야.」

셋은 모두 각자의 침대에 있었고, 용감한 마이클이 가장 먼저 날기로 했다. 마이클은 별로 힘들이지 않았는데도 위로 떠올랐고, 즉시 방 안을 가로질러 날았다.

「내가 날았어!」 여전히 공중에 뜬 채 마이클이 외쳤다.

존이 날아올랐고, 욕실 근처에서 웬디와 마주쳤다.

「와, 멋지다!」

「와, 끝내준다!」

「나 좀 봐!」

「나 좀 봐!」

「나 좀 봐!」

피터만큼 능숙하지 못한 셋은 약간 발차기를 해야 했고 천장에 머리를 받기도 했지만, 나는 것만큼 유쾌한 일은 또 없었다. 피터는 웬디에게 손을 내밀다가 거두어들였다. 팅크가 엄청나게 화를 냈기 때문이다.

셋은 위로 아래로, 그리고 돌고 또 돌았다. 웬디는 〈황홀해〉라고 말했다.

「있잖아.」존이 외쳤다. 「우리 밖으로 나갈까?」

물론 피터는 이 말이 나오기만을 기다리고 있었다.

마이클은 준비가 되어 있었다. 마이클은 10억 마일을 나는데 얼마나 걸릴지 궁금했다. 하지만 웬디는 머뭇거렸다.

「인어들도 있다니까!」피터가 다시 말했다.

「우와!」

「그리고 해적들도 있어.」

「해적.」존이 주일 나들이 모자를 잡으며 외쳤다. 「어서 가자.」

바로 이 순간, 달링 부부는 나나와 함께 27번지에서 허겁지겁 뛰어나오고 있었다. 이들은 길 한가운데로 달려나가 아이들 방의 창문을 올려다보았고, 다행히 창문은 닫혀 있었지만 방은 불이 환하게 켜져 있었고, 심장이 멎을 듯한 광경이 보였다. 잠옷을 입은 작은 형체 셋이 바닥도 아닌 공중에서 빙글빙글 도는 모습이 커튼을 통해 그림자로 보인 것이다.

세 명이 아니라, 네 명이었다!

달링 부부는 몸을 떨며 현관문을 열었다. 달링 씨는 위층으로 허겁지겁 올라가려 했지만, 달링 부인이 조용히 올라가라고 손짓했다. 달링 부인은 쿵쾅거리는 심장 소리조차 가라앉히려 애썼다.

달링 부부는 제때 아이들 방에 도착할 수 있을까? 만약 그렇다면 달링 부부는 기뻐할 테고 우리 역시 안도의 한숨을 내쉬겠지만, 이야기는 여기서 끝이 날 것이다. 한편, 달링 부부가 제때에 도착하지 않는다 해도, 내 엄숙히 약속하건 대, 결국 모든 일이 잘될 것이다.

꼬마 별들이 달링 부부를 지켜보고 있지 않았다면 달링 부부는 제때 방에 도착했으리라. 별들이 또 입김을 불어 창 문을 열었고 가장 작은 꼬마 별이 소리쳤다.

「조심해, 피터!」

그래서 피터는 꾸물거릴 시간이 없다는 걸 알았다. 「가 자.」 피터는 다급하게 외치더니 곧바로 밤하늘로 솟아올랐 고, 존, 마이클, 웬디가 그 뒤를 따랐다.

달링 부부와 나나가 아이들 방에 들이닥쳤을 때는 이미 한발 늦었다. 새들은 날아가 버렸다.

4
날기

「오른쪽에서 두 번째, 그리고 아침이 될 때까지 곧장.」

피터가 웬디에게 한 그 말은 네버랜드로 가는 방법이었다. 하지만 지도를 가지고 다니며 바람이 심한 모퉁이마다 지도를 보며 길을 찾는 새들마저도 이 방법으로는 네버랜드를 찾아갈 수 없었다. 알고 있겠지만, 피터는 그냥 생각나는 대로 말한 것이었다.

처음에 피터의 동행들은 피터를 철석같이 믿었고, 또한 하늘을 훨훨 나는 것이 어찌나 재미있던지 교회 뾰족탑이나 지나가다 맘에 드는 높은 곳이 있으면 그 주위를 돌며 한참 시간을 보냈다.

존과 마이클은 누가 빨리 나는지 경주를 했고, 마이클이 먼저 출발했다.

셋은 얼마 전까지만 해도 방 안을 나는 정도로 대단한 사람이나 된 듯 우쭐했던 일이 가소롭게 느껴졌다.

얼마 전이었다. 그렇지만 대체 얼마나 얼마 전이란 말인가? 바다 위를 날고 있을 때 웬디는 이 생각이 들며 불안해졌다. 존은 지금이 두 번째 바다를 건너는 중이고 세 번째 밤이라고 생각했다.

어떤 때는 어두웠고 어떤 때는 밝았으며, 어떤 때는 몹시 추웠다가 다시 너무 따뜻해졌다. 세 남매는 가끔 정말로 배가 고팠던 것일까, 아니면 피터가 난생처음 보는 방법으로 먹을 걸 구해 주는 게 신기하고 재밌어서 그냥 배고픈 척을 한 걸까? 피터는 사람이 먹을 만한 먹이를 물고 가는 새들을 쫓아가 그걸 낚아챘고, 새들은 피터를 쫓아와 다시 그걸 낚아채 갔다. 피터와 새들은 그렇게 몇 마일이고 신나게 쫓고 쫓기다가 결국에는 사이좋게 헤어졌다. 하지만 웬디는 이 방법이 좀 이상하다는 걸 피터가 모르는 건 물론이거니와 다른 방법으로 먹을 걸 구할 수 있다는 사실 역시 모르는 듯해서 살짝 걱정이 되었다.

세 남매는 졸린 척을 한 게 아니라 정말로 졸렸다. 그리고 졸음은 위험했다. 잠드는 순간, 아래로 떨어지기 때문이다. 그리고 끔찍한 사실은, 피터는 그걸 재밌다고 생각한다는 점이었다.

「저기 또 떨어진다!」 마이클이 갑자기 돌덩이처럼 뚝 떨어지자 피터는 신나서 외쳤다.

「구해 줘, 구해 줘!」 저 아래 보이는 잔인한 바다를 보며 두려워진 웬디가 외쳤다. 마침내 피터는 허공을 가로지르며 내려가 바닷물에 닿기 직전에 마이클을 건져 올렸고, 그 모습은 정말 멋졌다. 하지만 피터는 언제나 마지막 순간까지 기다렸고, 피터가 이걸 좋아하는 이유는 사람의 목숨을 구하기 때문이 아니라 자기 재주를 맘껏 뽐낼 수 있기 때문이었다. 게다가 피터는 변화를 좋아해서 어떤 놀이에 푹 빠졌다가도 다음 순간 싫증을 내기도 했다. 그러므로 다음번에 누군가 졸다가 떨어지면 피터가 구해 주지 않을 수도 있었다.

피터는 등을 대고 누워 떠 있으면서 떨어지지 않고 잠을 잘 수 있었지만, 그건 누군가가 뒤에서 훅 불면 앞으로 빠르게 날아갈 만큼 피터의 몸이 아주 가볍기 때문이기도 했다.

「피터에게 좀 더 예의 바르게 대해.」〈대장 따라 하기〉 놀이를 할 때 웬디가 존에게 속삭였다.

「그럼 피터에게 잘난 척 좀 그만하라고 말해.」 존이 말했다.

〈대장 따라 하기〉 놀이를 할 때면 피터는 바다 가까이 내려가 지나가는 상어들의 꼬리를 차례로 만졌다. 거리를 지나며 철제 난간을 손가락으로 주르륵 훑는 것과 비슷했다. 세 남매는 피터만큼 잘하지 못했고, 그래서 피터가 너무 잘난 척하는 것처럼 보였다. 그리고 뒤돌아 셋이 꼬리를 몇 개나 그냥 지나치는지 지켜볼 때는 특히 그랬다.

「피터에게 상냥하게 대해야 해.」 웬디가 두 남동생에게 명심시켰다. 「피터가 우릴 두고 가면 어떡해.」

「돌아가면 되지.」 마이클이 말했다.

「피터 없이 어떻게 돌아가는 길을 찾아?」

「흠, 그렇다면 계속 가야지.」 존이 말했다.

「그거 정말 끔찍하다, 존. 우리는 계속 갈 수밖에 없어. 멈추는 법을 모르잖아.」

사실이었다. 피터는 깜박하고 세 남매에게 멈추는 방법을 가르쳐 주지 않았다.

존은 말하길, 최악의 사태가 벌어지면 계속 앞으로 나아가야 한다고 했다. 지구는 둥그니까 계속 그렇게 가다 보면 결국 자기네 집 창문에 도달할 것이기 때문이다.

「그럼, 누가 우리에게 먹을 걸 구해 주는데, 존?」

「난 독수리가 물고 있던 먹이도 꽤 날쌔게 낚아챘어, 웬디.」

「스무 번을 실패하고 나서였지.」 웬디가 상기시켰다. 「그리고 설사 먹을 걸 구하는 데 익숙해진다 해도 피터가 가까이에서 도와주지 않으면 우리는 구름 따위에 계속 부딪치게 되잖아.」

사실, 셋은 계속해서 부딪치고 있었다. 비록 계속해서 열심히 발차기를 해야 하긴 해도 이제 세 남매는 힘차게 나아갈 수 있었다. 하지만 구름이 나타날 때면 피하려고 하면 할수록 더더욱 어김없이 부딪쳤다. 만약 나나가 옆에 있었다면 이번에는 마이클의 이마에 붕대를 감아 주었을 터였다.

피터가 잠깐 셋을 떠나자 세 남매는 좀 외로워졌다. 셋보다 훨씬 빨리 날 수 있는 피터는 순식간에 사라졌다가 셋은 감히 할 수 없는 모험을 하고 오기도 했다. 또 피터는 별에게 엄청나게 재밌는 이야기를 해주고 깔깔대며 내려오다가도 그 이야기가 무엇인지 그새 잊기도 했고, 인어의 비늘을 몸에 묻힌 채 나타났으면서도 그동안 무슨 일이 있었는지 말을 못 하기도 했다. 그건 인어를 한 번도 본 적이 없는 세 남매에게는 꽤나 짜증 나는 일이었다.

「저렇게 빨리빨리 잊어버리는데,」 웬디가 말했다. 「과연 우리를 계속 기억할까?」

실제로, 가끔씩 피터는 어딘가에 다녀와서는 아이들을 기억하지 못하곤 했다. 적어도 또렷이 기억하지는 못했다. 웬디는 그걸 알았다. 밝은 대낮에도 그냥 인사만 건네고 지나치다가 문득 자기들을 알아보는 것을 피터의 눈빛에서 읽을 수 있었다. 심지어 한번은 피터를 큰 소리로 불러 세우기도 했다.

「나 웬디야.」 웬디가 흥분해서 말했다.

피터는 아주 미안해했다. 「있잖아, 웬디.」 피터가 웬디에게 속삭였다. 「내가 또 널 잊으면 〈나 웬디야〉라고 계속 말해 줘. 그럼 널 기억할 수 있을 거야.」

물론 그렇게 맘에 드는 상황은 아니었다. 하지만 피터는 사과의 뜻으로 강한 바람 위에 반듯이 누운 채로 날아가는 법을 가르쳐 주었다. 이건 정말 반가운 변화였는데, 몇 번 연습해서 그 방법을 터득한 아이들이 이제 바람 위에서 안전하게 잠을 잘 수 있게 되었기 때문이다. 사실, 아이들은 잠을 더 많이 잘 수도 있었지만, 피터는 잠자는 것도 금방 싫증을 냈고, 그래서 바로 선장다운 목소리로 〈이제 여길 떠나자〉라고 소리치곤 했다. 아이들은 가끔 티격태격하기도 했지만 대개는 웃고 떠들면서 네버랜드를 향해 나아갔다. 달이 뜨고 지기를 여러 번, 마침내 일행은 네버랜드에 도착했다. 게다가, 아이들은 줄곧 네버랜드까지 꽤 똑바로 날아왔는데, 이것은 피터나 팅크가 길 안내를 잘한 덕이라기보다는 네버랜드가 아이들을 찾아나섰기 때문이었다. 사실은 이것이 네버랜드의 마법의 해안에 도달할 수 있는 유일한 방법이기도 했다.

「저기 있어.」 피터가 침착하게 말했다.

「어디, 어디?」

「화살들이 가리키는 곳.」

정말로 백만 개의 황금 화살들이 아이들에게 네버랜드를 가리키고 있었다. 그 화살들은 피터 일행의 친구인 태양이 밤이 되어 자신이 떠나기 전에 아이들이 네버랜드로 가는 길을 찾길 바라며 쏟아내는 햇살이었다.

웬디와 존과 마이클은 처음으로 네버랜드를 보기 위해 공중에서 까치발을 하고 섰다. 신기하게도, 세 남매는 네버랜드를 한눈에 알아보았고 그곳을 향해 반갑게 인사를 건넸다. 그 섬은 오랫동안 꿈꿔 오다 마침내 보게 된 존재라기보다는, 휴일을 맞이해 고향에 돌아와서 만난 오랜 친구 같았다. 두려움이 아이들을 덮치기 전까지는 말이다.

「존, 저기에 석호가 있어.」

「웬디 누나, 거북들이 모래밭에 알을 파묻고 있어.」

「존, 다리가 부러진 네 홍학도 저기 있어.」

「저것 봐, 마이클, 네 동굴도 있어!」

「존, 저기 덤불숲에 있는 게 뭐야?」

「엄마 늑대. 새끼들과 같이 있네. 웬디 누나, 저거 누나의 새끼 늑대잖아!」

「저기 옆이 부서진 저 배는 내 거야!」

「아니, 아니야. 네 보트는 우리가 불태웠잖아.」

「어쨌든 저건 그 배야. 그런데 인디언 야영지에서 연기가 나!」

「어디? 어디서? 연기 모양을 보면 인디언들이 전쟁을 하려는지 아닌지 알 수 있어.」

「저기, 신비의 강 바로 건너편.」

「이제 보여. 맞아, 인디언들이 전쟁을 벌이려는 게 확실해.」

피터는 세 남매가 너무 많은 걸 알아 살짝 짜증이 났지만, 피터가 원한 게 세 남매에게 으스대는 것이었다면 그건 곧 실현될 터였다. 세 남매는 곧 두려움에 휩싸이게 된다고 내가 아까 말하지 않았던가?

그 두려움은 태양의 화살들이 사라지고 네버랜드가 어두워지면서 찾아왔다.

예전에 집에 있을 때도 잠들 무렵이 되면 네버랜드는 늘 약간 어두침침하고 무시무시하게 보이기 시작했다. 아무도 가본 적이 없는 곳들이 불쑥 솟아올라 사방으로 퍼지고, 그 위에서 검은 그림자들이 어슬렁거렸고, 맹수들이 울부짖는 소리도 낮과는 사뭇 달랐으며, 무엇보다도 밤에는 그런 것들과 싸워 이길 수 있다는 자신감이 사라졌다. 취침 등이 켜져 있어서 정말 다행이라고 여겼다. 심지어 그건 그냥 벽난로 장식일 뿐이고 네버랜드는 상상 속에서만 존재한다고 말해 주는 나나가 반갑기까지 했다.

물론 예전에 네버랜드는 상상 속에서만 존재했다. 하지만 지금은 현실로 다가왔고, 취침 등도 없고 날은 시시각각 어두워지는데, 나나는 대체 어디 있단 말인가?

　따로 떨어져 날던 세 남매는 이제 피터 주위로 모여들었다. 마침내 피터의 경솔한 태도는 사라졌고, 눈이 반짝였으며, 세 남매는 피터와 몸이 닿을 때마다 온몸에 짜릿함을 느꼈다. 웬디 일행은 이제 무시무시한 섬 위를 아주 낮게 날았고, 그 때문에 가끔 발에 나뭇가지가 스치곤 했다. 눈앞에 무서운 것이라고는 아무것도 보이지 않았지만, 그럼에도 마치 악한 기운을 헤치고 나아가듯 점점 날기가 어려워지고 느려졌다. 때때로 셋은 피터가 주먹으로 허공을 주먹으로 때려 줄 때까지 공중에서 기다렸다.

　「저들은 우리가 착륙하는 걸 원치 않아.」 피터가 설명했다.

　「저들이 누군데?」 웬디가 몸서리치며 속삭였다.

　하지만 피터는 말해 주지도, 말하려고 하지도 않았다. 피터는 자기 어깨 위에서 잠들어 있던 팅커 벨을 깨워 앞으로 보냈다.

　가끔씩 피터는 공중에서 멈추어 손을 귀에 대고 귀를 기울였고, 저러다 땅에 구멍 나겠다 싶을 만큼 뚫어져라 아래를 내려다보았다. 그리고 다시 가던 길을 갔다.

　피터의 대담함은 거의 두려울 정도였다. 「지금 모험을 할래?」 피터가 존에게 아무렇지도 않게 말했다. 「아니면 차를 먼저 마실래?」

　웬디가 재빨리 〈차 먼저〉라고 말했고, 마이클은 고마움에 웬디의 손을 꼭 쥐었지만, 좀 더 용감한 존은 망설였다.

「어떤 모험인데?」 존이 조심스레 물었다.

「바로 우리 아래 초원에서 해적 한 명이 자고 있어.」 피터가 존에게 말했다. 「원한다면 내려가서 그 해적을 죽이자.」

「난 안 보이는데.」 한참 뒤에 존이 말했다.

「난 보여.」

「그런데.」 존이 약간 쉰 목소리로 말했다. 「만약 그 해적이 잠에서 깨면 어떻게 해?」

피터가 분개해 말했다. 「해적이 자고 있을 때 죽일 거라고 생각하는 거야? 먼저 깨운 다음에 죽일 거야. 난 늘 그렇게 해.」

「이런! 해적을 많이 죽였어?」

「엄청나게.」

존은 〈끝내준다〉라고 말했지만, 차를 먼저 마시기로 결정했다. 존은 이 섬에 지금 해적이 많은지 물었고, 피터는 지금처럼 해적이 많은 건 처음이라고 말했다.

「지금은 누가 선장이야?」

「후크.」 피터가 대답했고, 이 혐오스러운 단어를 내뱉으며 피터의 얼굴은 아주 매서워졌다.

「제임스 후크.」

「응.」

그러자 마이클은 정말로 울기 시작했고, 심지어 존마저도 말을 하지 못하고 숨 막혀 했다. 후크의 악명을 모두 잘 알고 있기 때문이었다.

「후크는 검은 수염의 갑판장이었어.」존이 쉰 목소리로
속삭였다. 「그중에서도 가장 악랄했어. 바비큐가 유일하게
두려워했던 자야.」

「맞아, 바로 그자야.」피터가 말했다.

「어떻게 생겼어? 덩치가 커?」

「옛날만큼 크지는 않아.」

「무슨 말이야?」

「내가 그자 몸을 좀 잘라 냈거든.」

「네가?」

「응. 내가.」피터가 날카롭게 말했다.

「기분 나쁘게 하려던 건 아니야.」

「아, 괜찮아.」

「그런데 어딜 잘라 냈는데?」

「오른손.」

「그럼 그자는 이제 못 싸워?」

「아, 싸울 수 없기는!」

「왼손잡이야?」

「오른손 대신 쇠갈고리가 있는데, 그걸로 할퀴어.」

「쇠갈고리!」

「이봐, 존.」피터가 말했다.

「응.」

「〈네, 대장님〉이라고 해.」

「네, 대장님.」

피터가 계속 말했다. 「나를 따르는 소년이라면 누구나 지

켜야 할 약속이 있어. 그리고 너도 그래야 해.」

존의 얼굴이 창백해졌다.

「그건, 우리가 후크와 정면으로 붙게 되면, 넌 후크를 내게 넘겨야 한다는 거야.」

「약속할게.」 존이 충성스럽게 말했다.

팅크가 곁에서 날아 준 덕분에 세 남매는 잠시나마 덜 무서웠다. 그리고 팅크의 빛 덕분에 서로를 알아볼 수 있었다. 안타깝게도, 팅크는 세 남매처럼 천천히 날 수 없었기 때문에 원을 그리며 아이들 주위를 빙빙 돌아야 했고, 그래서 아이들은 빛무리 속에서 나는 느낌이 들었다. 웬디는 그게 꽤 맘에 들었지만, 피터가 그게 문제가 된다고 지적했다.

「팅크가 그러는데,」 피터가 말했다. 「해적들은 어두워지기 전에 벌써 우리를 봤대. 그래서 대포를 갖다 놓았대.」

「대포를?」

「응. 그리고 물론 놈들은 팅크의 빛을 볼 거야. 그리고 우리가 그 빛 근처에 있다는 생각이 들면 분명 대포를 쏠 거야.」

「웬디!」

「존!」

「마이클!」

「팅크에게 당장 멀어지라고 해, 피터.」 셋이 동시에 외쳤지만, 피터는 반대했다.

「팅크는 우리가 길을 잃었다고 생각해.」 피터가 뻣뻣하게 대답했다. 「그래서 좀 겁을 먹었어. 팅크가 겁을 먹었는데, 너희는 내가 팅크에게 혼자 다른 곳으로 가라고 말하리라고 생각하는 건 아니겠지.」

잠깐 동안 동그란 빛이 끊어지더니 뭔가가 애정이 담긴 손길로 피터를 살짝 꼬집었다.

「그럼 팅크에게 빛을 끄라고 해봐.」 웬디가 애원했다.

「팅크는 자기 빛을 끌 수 없어. 그게 요정들이 유일하게 하지 못하는 일이야. 그 빛은 요정이 잠들어야 꺼져. 별처럼 말이야.」

「그럼 당장 자라고 해.」 존이 거의 명령조로 말했다.

「팅크는 졸리지 않으면 잠들 수 없어. 그게 요정들이 할 수 없는 유일한 또 다른 일이지.」

「내가 보기엔,」 존이 으르렁댔다. 「그 두 가지가 가장 중요한 일 같은데.」

그러자 뭔가가 존을 꼬집었지만, 애정이 담긴 건 아니었다.

「우리 중 누군가에게 주머니가 있다면,」 피터가 말했다. 「팅크를 그 안에 넣으면 될 텐데.」 피터가 말했다. 하지만 너무 서둘러 집을 나온 탓에 넷 가운데 주머니가 있는 이는 아무도 없었다.

피터에게 좋은 생각이 떠올랐다. 존의 모자!

팅크는 누군가가 모자를 들고 간다면 그 안에 들어가 있기로 했다. 팅크는 피터가 모자를 들어 주길 바랐지만, 모자는 존이 들었다. 그리고 이제 웬디가 모자를 들었다. 날아가는 동안 모자가 계속 무릎에 부딪친다고 존이 말했기 때문이다. 그리고 나중에 알겠지만, 이 일은 재앙을 부르고 만다. 팅커 벨은 웬디가 자신을 맡은 걸 싫어했기 때문이다.

검은 실크해트에 빛은 완전히 가려졌고, 모두는 침묵 속에서 날아갔다. 난생처음 경험하는 그 정적은 저 멀리서 들려온 할짝거리는 소리에 의해 한 번 깨졌다. 피터는 그 소리가 냇가에서 들짐승들이 물을 마시는 소리라고 설명했다. 그리고 나뭇가지들이 스치는 듯한 소리에 정적이 또 한 번 깨졌고, 피터는 그건 인디언들이 칼을 가는 소리라고 말했다.

심지어 이런 잡음마저 사라졌다. 마이클은 이런 적막함이 너무나도 무서웠다. 「아, 뭔가 소리가 들렸으면!」 마이클이 외쳤다.

그러자 마이클의 바람에 화답하듯, 생전 처음 들어 보는 무시무시한 굉음이 하늘을 찢었다. 해적들이 피터 일행을 향해 대포를 발사한 것이다.

대포의 굉음은 산맥을 통과하며 메아리쳤고, 그 메아리는 〈놈들은 어디 있지, 놈들은 어디 있지, 놈들은 어디 있지?〉라고 포악하게 외치는 듯했다.

이리하여 공포에 질린 셋은 꿈속의 섬과 진짜 섬이 어떻게 다른지 똑똑히 알게 되었다.

그리고 마침내 하늘이 다시 조용해지자 존과 마이클은 어둠 속에 둘만 남은 걸 알게 되었다. 존은 공중에서 기계적으로 발을 딛고 있었고, 마이클은 어떻게 뜨는 줄도 모른 채 둥둥 떠 있었다.

「대포에 맞은 거야?」 존이 와들와들 떨며 속삭였다.

「잘 모르겠어.」 마이클이 속삭여 대답했다.

대포에 맞은 사람이 아무도 없다는 걸 이제 우리는 알지만, 피터는 대포가 일으킨 바람에 휘말려 바다 저 멀리까지 날아갔고, 웬디는 팅커 벨과 달랑 둘이서만 위쪽으로 날아 올라갔다.

차라리 웬디가 그 순간에 모자를 떨어뜨렸더라면 더 나았 으련만.

팅크가 갑자기 생각해 낸 건지 아니면 오는 내내 계획했는 지는 모르겠지만, 팅크는 갑자기 모자에서 나와 웬디를 파멸의 길로 유인하기 시작했다.

팅크는 오롯이 나쁜 요정은 아니었다. 아니, 지금은 아주 나쁜 요정이지만, 한편으로, 가끔은 아주 착할 때도 있었다. 요정들은 선 아니면 악일 수밖에 없었다. 몸이 너무 작기 때문에 안타깝게도 한 번에 하나의 감정밖에 가질 수 없기 때문이다. 하지만 감정이 바뀔 수는 있고, 그때에는 완전히 반대로 바뀌는 것만 가능하다. 이때 팅크는 웬디에 대한 질투심으로 가득 차 있었다. 팅크가 아름답게 딸랑거리는 소리가 무슨 뜻인지 웬디는 이해하지 못했고, 내 짐작에 그 말 중몇 마디는 분명 욕이었으리라. 하지만, 그냥 듣기에는 상냥하게만 들렸고, 팅크는 〈날 따라와, 그러면 아무 문제 없어〉라는 뜻으로 앞뒤로 날아다녔다.

가엾은 웬디가 달리 어쩔 수 있겠는가? 웬디는 피터와 존과 마이클을 불러 보았지만, 단지 자신을 비웃는 메아리만 돌아왔을 뿐이다. 웬디는 팅크가 여자의 타오르는 적개심을 품고 자신을 싫어한다는 사실을 아직 몰랐다. 그리고, 그저 어리둥절해서 기우뚱거리며 팅크를 따라 파멸을 향해 날아갔다.

5
진짜로 존재하는 섬 네버랜드

피터가 돌아오는 걸 감지한 네버랜드는 다시금 생기발발해졌다. 원래는 생기발랄이라고 해야 맞지만 피터는 늘 이렇게 표현했다.

피터가 없는 동안, 섬은 대개 조용했다. 요정들은 아침에 한 시간씩 늦게 일어났고, 짐승들은 새끼들을 돌봤으며, 인디언들은 엿새 밤낮을 배불리 먹었고, 또 해적들과 잃어버린 소년들은 만나면 서로 야유만 보낼 뿐이었다. 하지만 무기력이라면 질색을 하는 피터가 돌아오자 이들은 생기를 되찾았다. 이제 여러분이 땅에 귀를 대본다면 섬 전체가 생명력으로 꿈틀거리는 소리를 들을 수 있을 것이다.

오늘 저녁, 네버랜드섬의 주요 세력들은 다음처럼 움직였다. 잃어버린 소년들은 피터를 찾고 있었고, 해적들은 잃어버린 소년들을 찾고 있었고, 인디언들은 해적들을 찾고 있었고, 짐승들은 인디언들을 찾고 있었다. 이들은 섬을 돌고 또 돌았지만, 모두 같은 속력으로 움직였기 때문에 서로 만나지는 못했다.

모두가 피를 원했다. 하지만 소년들은 예외였다. 아이들도 평소에는 피를 좋아했지만, 오늘 밤은 대장을 맞이하러 나선 참이었다. 네버랜드섬의 소년들은 죽거나 하는 이유로 당연히 그 수가 일정하지 않았다. 그리고 어른이 되는 경우는 규칙에 위배되기 때문에 피터는 그런 멤버들을 쫓아냈다. 하지만 지금 아이들은 쌍둥이 둘을 포함해 모두 여섯 명이었다. 이제 우리는 사탕수수밭에 누워서, 단검을 쥔 채 한 줄로 살금살금 걸어가는 소년들을 훔쳐본다고 생각해 보자.

　아이들은 모두 자기들이 직접 곰을 잡아 그 가죽으로 옷을 해입었다. 피터는 아이들이 자기하고 조금이라도 닮아 보이는 것을 허락하지 않았기 때문이다. 곰 가죽 옷은 너무나 둥글고 털이 많아 자칫 넘어지기라도 하면 데굴데굴 굴렀다. 그래서 아이들은 아주 조심스레 걷는 게 버릇이 되었다.

　맨 처음 지나간 소년은 투틀스로, 이 아이는 이 용감한 무리 중에서 가장 겁쟁이는 아니었지만 가장 운이 없는 아이에 들었는데, 다른 누구보다도 모험을 놓치는 경우가 많았기 때문이다. 가령 주위가 워낙에 평온해서 투틀스가 잠시 자리를 떠 땔감 몇 개를 주워 왔더니 그사이에 다른 아이들은 이미 모험을 마치고 피를 닦고 있는 식이었다. 이런 비운으로 인해 투틀스의 얼굴에는 옅은 침울함이 드리워져 있었지만, 투틀스의 천성은 그런 표정을 언짢기보다는 부드러워 보이게 했고, 덕분에 잃어버린 소년들 가운데 가장 겸손해 보였다. 가엾고 착한 투틀스, 오늘 밤 네 앞에는 위험이 도사리고 있단다. 이제 모험이 다가오더라도 부디 그 유혹에 넘어가지 말렴. 만약 그 모험을 시작하면 넌 크나큰 불행에 빠지게 될 테니까. 투틀스, 오늘 밤 못된 짓을 하려는 요정 팅크가 지금 (자신의 못된 짓을 도와줄) 도구를 찾고 있고, 팅크는 네가 소년들 중에서 가장 속이기 쉬울 거라고 생각해. 그러니 팅커 벨을 조심하렴.

투틀스가 우리 이야기를 들을 수 있으면 좋으련만. 하지만 우리는 네버랜드에 실제로 있는 게 아니며, 투틀스는 손가락 마디를 깨물며 지나가고 있다.

다음으로 오는 아이는 활달하고 붙임성 좋은 닙스, 그다음은 나무를 베어 호루라기를 만들고 제 흥에 겨워 신나게 춤을 추는 슬라이틀리이다. 슬라이틀리는 잃어버린 아이들 가운데 가장 자부심이 강하다. 슬라이틀리는 자신이 잃어버린 소년이 되기 전 시절과 예절과 관습을 기억한다고 생각하고, 그 때문에 무례할 정도로 콧대가 높다. 네 번째는 말썽꾸러기인 컬리이다. 컬리는 피터가 〈이 짓을 한 사람은 앞으로 나와〉라고 엄하게 말할 때면 너무나도 자주 앞으로 나서야 했고, 그래서 이제는 자신이 그 일을 했든 안 했든 자동적으로 앞으로 나온다. 맨 마지막은 쌍둥이인데, 설명하기가 곤란하다. 엉뚱한 쪽을 설명하기 십상이기 때문이다. 피터는 쌍둥이가 무엇인지 전혀 몰랐고, 피터의 무리는 피터가 모르는 건 뭐든지 알면 안 됐다. 그래서 쌍둥이 둘은 언제나 쌍둥이로서의 자신들에 대해 잘 알지 못했고, 미안해하는 자세로 함께 붙어 다니는 것으로 다른 아이들 기분을 거슬리지 않기 위해 최선을 다했다.

소년들은 어둠 속으로 사라졌고, 잠시 뒤, 그러나 모든 것이 바삐 돌아가는 섬이기에 그리 오래 지나지는 않아서, 해적들이 나타났다. 해적들의 모습이 보이기 전에 언제나처럼 해적들의 무시무시한 노래가 먼저 들려왔다.

「동작 그만, 어기영차, 배를 멈춰라,
해적님이 나가신다,
대포 한 방에 이승에서 헤어져도
지옥에서 다시 모일 해적님이라시네!」

해적 처형장에서 일렬로 교수형을 당한 해적들이라 해도 이들처럼 흉악해 보이지는 않았을 것이다. 여기, 약간 앞장선 채 계속해서 땅에 머리를 대고 소리를 확인하는 잘생긴 남자는 이탈리아 사람인 체코로, 굵은 팔을 드러내고 귀에는 장식으로 스페인 은화를 달았다. 그는 가오의 교도소에 있을 때 교도소 소장의 등에 피 묻은 글씨로 자신의 이름을 새겼다. 그의 뒤에 선 덩치 큰 흑인은 이름이 수도 없이 많은데, 구아조모 강둑에서는 흑인 엄마들이 아직도 그의 이름을 들먹이며 아이들에게 겁을 준다. 그리고 여기 온몸에 빽빽이 문신을 한 빌 주크스는 월러스호에서 플린트 선장에게 72대나 매를 맞고서야 금화가 든 자루를 손에서 내려놓은 그 빌 주크스가 맞다. 또 블랙 머피의 동생이라고 알려진 (하지만 증명된 바는 결코 없는) 쿡슨도 있고, 한때 퍼블릭스쿨 수위를 지내서인지 지금까지도 살인 방식이 섬세한 신사 스타키도 있다. 그런가 하면 스카이라이츠(모르간의 스카이라이츠)와 아일랜드인 갑판장 스미도 있다. 스미는 이상스럽게도 온화한 성격으로, 이를테면, 사람을 찌를 때도 전혀 악의가 없었고, 후크의 선원 중에서 유일하게 국교도가 아니었다. 그리고 손이 뒤로 돌아간 누들러, 로버트 멀린스, 앨프 메이슨, 그 밖에도 카리브해 지방에서 오랫동안 악명을 떨치며 공포의 대상이 되었던 많은 무법자들이 있다.

이 험악한 무리 중에서 가장 검고 가장 커다란 존재는 제임스 후크, 또는 그가 서명하는 바를 따르자면 제스 후크라할 수 있다. 들리는 바에 따르면, 후크는 시쿡이 유일하게 두려워한 사람이었다. 후크는 지금 부하들이 끄는 조악한 이륜마차에 편히 누워 있고, 오른손 대신 쇠갈고리를 달고 있는데, 가끔씩 이 갈고리를 휘둘러 부하들이 더 빨리 걷도록 했다. 이 무시무시한 인간은 부하들을 마치 개처럼 부렸고, 부하들 역시 개처럼 후크 선장에게 복종했다. 외모를 묘사해 보자면, 후크 선장은 시체 같은 낯빛에 얼굴색이 검었고, 곱슬거리는 긴 머리털은 조금 멀리서 보면 검은 양초처럼 보였으며, 그로 인해 잘생긴 얼굴에 특유의 험상궂은 인상을 더해 주었다. 눈동자는 물망초 같은 푸른색에 깊은 우울함을 담고 있었다. 하지만 그가 누군가에게 갈고리를 쑤셔 박을 때면 두 눈에서 시뻘건 불꽃이 나타나 무시무시하게 이글거렸다. 그의 행동을 보면, 뭔가 아주 귀하신 분이란 기운이 아직도 고스란히 남아 있었는데, 그 덕에 후크는 그 태도만으로도 상대를 찢어발길 수 있었다. 그리고 나는 후크가 이름난 이야기꾼이란 말을 들은 적이 있다. 후크는 사악해질 수록 더욱 정중해졌는데, 그건 아마도 그의 교양을 잘 드러내 주는 것일지도 몰랐다. 그리고 욕을 할 때조차 발음이 우아했고, 행실 역시 그에 뒤지지 않게 우아했으며, 이는 동료들과 태생이 다르다는 것을 보여 주었다. 불굴의 용기를 지닌 후크가 두려워하는 단 한 가지는 끈적거리고 색깔이 남다른 자기 피를 보는 일이었다. 옷차림을 보자면, 다소 찰스 2세를 연상시키는 복장으로, 해적이 된 초기에 비운의 스튜어트 왕조 사람들과 묘하게 닮았다는 말을 듣고 난 뒤부터였다. 그리고 입에는 시가 두 개를 한꺼번에 피울 수 있게 직접 발명한 파이프를 물고 있었다. 하지만 그에게서 가장 무시무시한 부분은 쇠갈고리 손이었다.

이제 후크의 방법을 보기 위해 해적을 한 명 죽여 보자. 스카이라이츠가 그 역을 맡을 것이다. 해적 무리와 함께 지나가다가 스카이라이츠가 그만 갑자기 휘청거리며 후크 선장과 부딪치고, 그 때문에 그의 레이스 옷깃이 구겨진다. 갈고리가 앞으로 뻗어 나오고, 뭔가가 찢어지는 소리와 외마디 비명이 들리고, 곧바로 누군가가 시체를 발로 차 옆으로 치우고, 해적들은 계속 나아간다. 후크는 물고 있던 시가를 입에서 떼지도 않았다.

피터는 이렇게 끔찍한 인간과 맞서고 있다. 어느 쪽이 이길까?

해적 무리를 쫓아 조용히, 익숙하지 않은 사람들에게는 보이지 않는 출정길로 나아가는 무리는 인디언들이다. 이들은 모두 눈을 부릅뜨고 경계하고 있다. 이들은 손도끼와 단검으로 무장했으며, 벌거벗은 몸은 물감과 기름으로 번들거린다. 게다가 그들은 해적과 소년들의 머리 가죽을 줄에 꿰어 두르고 있다. 이들이 바로 피커니니 부족이기 때문이다. 그러니 마음씨 고운 델라웨어나 휴런 부족과 혼동하지 말기를. 이들 인디언 넷 가운데 가장 앞장서 가는 이는 그레이트 빅 리틀 팬더로, 너무나 용맹하기에 지금 꿰어 두른 머리 가죽이 너무 많아서 앞으로 나아가기가 버거울 정도이다. 그리고, 가장 위험한 위치인 맨 뒤에서 당당히 나아가는 이는 타고난 공주인 타이거 릴리이다. 그녀는 피부가 검은 숲의 여신들 가운데 가장 아름답고, 피커니니 부족 최고의 미인이며, 교태를 부리는가 하면 어느새 냉정해졌다가 다시 상냥하다. 용사들은 하나같이 이 변덕스럽고 고집불통인 여자를 아내로 삼고 싶어 하지만, 타이거 릴리는 혼인 서약을 하는 제단을 도끼로 박살 낸다. 인디언들이 아무런 소리도 내지 않으면서 바닥의 나뭇가지들을 밟고 지나가는 모습을 지켜보라. 들리는 소리라고는 다소 거친 숨소리뿐이다. 사실, 이들은 그동안 양껏 먹어 댄 덕분에 약간 살이 쪄 있다. 하지만 시간이 지나면 다시 살이 빠질 터이다. 하지만 지금 이 순간에는 이것이 이들의 가장 큰 위험 요소이다.

인디언들은 그림자처럼 나타났다가 그림자처럼 사라지고, 곧 잡다한 짐승들로 구성된 큰 무리가 그 자리를 대신한다. 사자, 호랑이, 곰 그리고 이런 동물들로부터 도망치는 수많은 작은 야생 동물들로 구성되어 있다. 모든 짐승들, 특히 사람을 잡아먹는 짐승들은 이 축복받은 섬에서 서로 아주 가까이서 살고 있기 때문이다. 이 짐승들은 혀를 내밀고 있으며, 오늘 밤엔 배가 고프다.

짐승들이 지나가자 이번에는 맨 마지막으로 거대한 악어가 나타난다. 악어가 누구를 찾는지는 조만간 알게 될 것이다.

악어가 지나가고 곧 소년들이 다시 나타난다. 이 섬에서는 무리들 중 하나가 멈추거나 속력을 바꾸지 않는 한, 행렬이 계속 되풀이되기 때문이다. 그렇게 각 무리는 다른 무리의 선두가 된다.

모두가 경계하며 앞을 살피지만, 뒤에서 위험이 다가오리라고는 그 누구도 생각하지 못한다. 이 얼마나 현실적인 섬이란 말인가.

움직이는 원에서 아이들이 가장 먼저 벗어났다. 아이들은 땅속에 있는 자신들 집 근처 풀밭에 몸을 던졌다.

「피터가 돌아왔으면 좋겠어.」 아이들은 하나같이 자기들 대장보다 키도 크고 덩치도 컸지만 모두들 초조하게 말했다.

「해적들을 겁내지 않는 건 나쁜이야.」 슬라이틀리가 알아서 미움을 부르는 투로 말했지만, 멀리서 들리는 소리에 두려워진 듯했다. 황급히 덧붙여 말했기 때문이다. 「하지만 피터가 돌아와서 신데렐라에 대해 더 들은 게 있는지 우리에게 말해 줬으면 좋겠어.」

아이들은 신데렐라 이야기를 했고, 투틀스는 자기 엄마가 신데렐라와 아주 닮았을 거라고 확신했다.

아이들은 피터가 없을 때만 엄마 이야기를 할 수 있었다. 엄마 이야기는 시시하다며 피터가 이야기하는 걸 금지했기 때문이다.

닙스가 아이들에게 말했다. 「엄마에 대해 기억나는 거라고는 엄마가 아빠에게 종종 〈아, 내 전용 수표책이 있으면 얼마나 좋을까!〉라고 말하던 모습뿐이야. 나는 수표책이 뭔지는 모르지만, 엄마에게 꼭 하나 주고 싶어.」

아이들이 이야기를 주고받는 동안 멀리서 무슨 소리가 들려왔다. 숲속의 야생 동물이 아닌 여러분이나 나는 아무 소리도 듣지 못했겠지만, 아이들은 그 소리를 들었다. 그건 섬뜩한 노래였다.

「어기영차, 어기영차, 해적의 삶,

두개골과 뼈의 깃발,

즐거운 시간, 교수형 밧줄,

그리고 바다의 악령 만세」

아이들은 그 소리를 듣자마자 — 그런데 아이들이 어디 갔지? 아이들은 더 이상 그곳에 없다. 토끼들조차 그보다 더 빨리 사라지지는 못했으리라.

잃어버린 아이들이 어디로 갔는지 말해 주겠다. 잽싸게 정찰을 나간 닙스를 제외한 모두가 이미 땅속의 집으로 들어가 있다. 이제부터 우리가 자주 보게 될 아주 아늑한 곳이다. 하지만 아이들은 어떻게 집으로 들어간 걸까? 밖으로 드러난 입구가 없는 건 물론이거니와, 옆으로 굴려 동굴 입구를 막아 놓은 커다란 돌조차 보이지 않는데 말이다. 하지만 자세히 들여다보면 커다란 나무가 일곱 그루 있으며, 나무마다 소년 한 명이 들어갈 정도로 큰 구멍이 하나씩 나 있는 걸 알 수 있다. 이 일곱 개의 구멍이 땅속의 집으로 들어가는 일곱 개의 입구였고, 후크는 몇 달이고 이 입구들을 찾아다녔지만 허사였다. 오늘 밤에는 찾을 수 있을까?

해적들이 지나가던 중, 눈이 빠른 스타키가 숲속으로 사라지는 닙스를 보고 즉시 권총을 뽑았다. 하지만 쇠갈고리가 스타키의 어깨를 잡았다.

「선장님, 이거 놓으세요!」 스타키가 몸을 뒤틀며 외쳤다.

이제 우리는 처음으로 후크의 목소리를 듣는다. 그건 암흑의 목소리였다. 「우선 그 권총부터 집어넣어.」 암흑의 목소리가 위협조로 말했다.

「선장님이 싫어하는 그 소년들 가운데 한 명입니다. 제가 쏴서 죽여 버릴 수 있었단 말입니다.」

「그렇지. 그리고 그 소리를 들은 타이거 릴리의 인디언들이 우리를 덮쳤겠지. 네 머리 가죽이 벗겨지는 걸 원해?」

「그럼 제가 놈을 따라가서 코르크 따개 조니로 놈을 간질여 줄까요?」 애처로워 보이는 스미가 물었다. 스미는 모든 물건에 익살맞은 이름을 붙였고, 그의 단검 이름이 코르크 따개 조니였다. 스미는 그걸로 상처를 들쑤시기 때문이었다. 스미에게는 여러 가지 귀여운 면이 있었다. 예를 들어, 스미는 누군가를 죽이고 나면 자기 무기를 닦는 대신 안경을 닦

80

았다.

「조니는 조용한 놈입니다.」 스미가 후크에게 상기시켰다.

「지금은 아니야, 스미.」 후크가 음산하게 말했다. 「한 놈뿐이잖아. 그리고 나는 일곱 모두를 없애고 싶어. 흩어져서 놈들을 찾아.」

해적들은 나무들 사이로 사라졌고, 곧 후크 선장과 스미 이렇게 둘만이 남았다. 후크는 깊게 한숨을 내쉬었다. 그리고 충성스러운 갑판장에게 자기 삶에 대해 털어놓고 싶은 마음이 생겼다. 왜 그런 마음이 들었는지는 나도 모르겠지만, 아마도 해 질 녘의 달콤한 아름다움 때문이 아니었나 싶다. 후크는 오랜 시간 동안 진솔하게 말했지만 다소 멍청한 스미는 그게 무슨 말인지 알아듣지 못했다.

그러다가 스미의 귀에 피터라는 단어가 들어왔다.

「무엇보다도,」 후크가 열을 내며 말하고 있었다. 「나는 놈들 대장인 피터 팬을 잡고 싶어. 내 팔을 자른 게 그놈이니까.」 후크는 갈고리를 위협하듯 흔들었다. 「이 손으로 그놈과 악수할 날을 오랫동안 기다려왔어. 오, 난 놈을 찢어 버릴 거야!」

「그런데요,」 스미가 말했다. 「선장님은 갈고리 하나가 사람 손 스무 개보다 더 쓸모 있다고 종종 말씀하셨잖아요. 머리를 빗거나 하는 일반적인 일을 할 때 말입니다.」

「그렇지.」 선장이 대답했다. 「만약 내가 엄마라면 나는 내 아이들이 손 대신 이 쇠갈고리를 달고 태어나게 해달라고 기도할 거야.」 그리고 후크는 쇠갈고리 손을 자랑스레 보고,

다른 손을 경멸하는 눈으로 바라보았다. 이윽고 후크가 얼굴을 찡그렸다.

「피터는 내 팔을 우연히 그곳을 지나던 악어에게 던져 주었어.」 후크가 인상을 쓰며 말했다.

「어쩐지,」 스미가 말했다. 「선장님이 이상하게 악어들을 무서워하시더라고요.」

「악어들이 아니야.」 후크가 스미의 말을 정정해 주었다. 「그 악어 한 마리만 그래.」 후크가 목소리를 낮추었다. 「그 녀석은 내 팔을 아주 좋아했고, 그 뒤로는 바다건 육지건 가리지 않고 나를 쫓아다녀. 날 통째로 먹으려고 입술을 핥으며 말이야.」

「어찌 보면,」 스미가 말했다. 「그건 칭찬 같은데요.」

「그런 칭찬은 원치 않아.」 후크가 성을 내며 고함을 쳤다. 「나는 피터 팬을 원해. 그 짐승에게 내 맛을 보게 한 그놈을 말이야.」

후크는 커다란 버섯 위에 앉았고, 이제 목소리가 떨렸다. 「스미,」 후크가 쉰 목소리로 말했다. 「그 악어는 예전에 날 잡아먹을 뻔했어. 다행히도 그놈은 시계를 삼켰고, 그 시계는 놈의 배 속에서 째깍째깍하고 소리를 내지. 그래서 놈이 다가오면 난 그 소리를 듣고 도망칠 수 있어.」 후크가 소리 내어 웃었지만, 왠지 공허하게 들렸다.

「언젠가는,」 스미가 말했다. 「시계가 멈출 거고, 그러면 악어는 선장님을 잡아먹겠군요.」

후크가 마른 입술을 핥았다. 「그렇지.」 후크가 말했다.

「그렇게 될까 봐 늘 두려워.」

후크는 버섯에 앉은 다음부터 묘하게 따뜻함을 느꼈다. 「스미,」후크가 말했다. 「여기는 뜨거워.」 후크는 벌떡 일어났다. 「어이쿠, 놀라라. 엉덩이가 익고 있잖아.」

그들은 버섯을 살펴보았다. 그 버섯은 크기나 단단함이 본토에는 없는 종류였다. 둘이 함께 당기자 버섯은 손쉽게 뽑혔다. 그 버섯에 뿌리가 없었기 때문이었다. 그런데 더욱 더 이상하게도, 버섯이 뽑힌 자리에서 연기가 피어오르기 시작했다. 해적들은 서로를 바라보았다. 「굴뚝이야!」 둘은 동시에 외쳤다.

그들은 정말로 땅 아래 있는 집의 굴뚝을 발견한 것이다. 잃어버린 소년들은 적이 주위에 있을 때는 버섯으로 굴뚝을 막는 습관이 있었다.

연기만 나오는 것이 아니었다. 그곳에서는 아이들의 목소리도 들려왔다. 은신처에 있기에 안전하다고 여긴 소년들이 맘 놓고 떠들었기 때문이다. 해적들은 잔인한 표정으로 귀를 기울이더니 이윽고 버섯을 원래 자리에 꽂았다. 해적들은 주위를 살피다가 나무 일곱 그루에 난 구멍들을 발견했다.

「저놈들이 피터 팬이 집에 없다고 이야기하는 걸 들으셨죠?」 스미가 코르크 따개 조니를 만지작거리며 속삭였다.

후크가 고개를 끄덕였다. 생각에 잠겨 한참 동안 서 있던 후크의 거무스름한 얼굴에 마침내 섬뜩한 웃음이 피어올랐다. 스미는 그 순간을 기다리고 있었다. 「계획을 말씀해 주세요, 선장님.」 스미가 기대에 부풀어 외쳤다.

「배로 돌아가서 초록색 설탕을 입힌 커다랗고 맛있는 케이크를 만드는 거야.」 후크가 잇새로 천천히 대답했다. 「굴뚝이 하나인 걸로 보아 땅속의 저 집은 방이 하나뿐일 거야. 그런데도 저 멍청한 두더지 놈들은 한 사람 앞에 하나씩 문이 있을 필요가 없다는 걸 몰랐어. 그건 놈들에게 엄마가 없다는 증거지. 우린 인어의 석호 기슭에 그 케이크를 갖다 놓을 거야. 녀석들은 매일 그곳에서 수영을 하며 인어들과 놀거든. 놈들은 케이크를 발견하고 그걸 게걸스럽게 먹겠지. 왜냐하면 엄마가 없기 때문에 기름지고 축축한 케이크가 얼마나 위험한지 모를 테니까.」 후크는 웃음을 터뜨렸다. 하지만 이번에는 공허한 웃음이 아닌, 진짜 웃음이었다. 「아하, 그렇게 해서 녀석들은 죽게 될 거야.」

스미는 감탄을 거듭하며 귀를 기울였다.

「제가 들어 본 가운데 가장 사악하고 제일 멋진 계획입니다!」 스미가 외쳤고, 둘은 기쁨에 겨워 춤을 추며 노래를 불렀다.

「동작 그만, 배를 멈춰라,
내가 나타나면 모두가 겁에 질리네.
후크의 갈고리에 한 번 걸리면
누구든 남는 것은 뼈뿐이라네.」

둘은 노래를 시작했지만 끝맺지는 못했다. 또 다른 소리가 들려와 둘이 갑자기 침묵했기 때문이다. 처음에는 나뭇잎

한 장이 내려앉는 소리에도 파묻힐 정도로 작은 소리였지만, 그 소리는 점점 더 가까워지고 더 또렷해졌다.

째깍 째깍 째깍 째깍!

후크는 한 발을 든 채 서서 벌벌 떨었다.

「악어다!」 후크가 헐떡이더니 잽싸게 달아났고, 갑판장이 그 뒤를 따랐다.

정말로 악어였다. 악어는 다른 해적들을 쫓는 인디언들을 지나쳐 온 참이었다. 악어는 후크를 쫓아 유유히 나아갔다.

소년들이 다시 밖으로 나왔다. 하지만 밤의 위험은 아직 사라지지 않았다. 닙스가 늑대 무리에 쫓겨 소년들이 모인 곳으로 헐레벌떡 뛰어왔기 때문이다. 닙스를 쫓아온 늑대들은 혀를 늘어뜨린 채 무시무시하게 으르렁댔다.

「살려 줘, 살려 줘!」 닙스가 쓰러지며 외쳤다.

「하지만 어떻게 해야 하지, 어떻게 해야 하지?」

이런 위급한 순간에 모두가 피터를 떠올린다는 건 피터로서는 무척 자랑스러운 일이었다.

「피터라면 어떻게 할까?」 아이들이 동시에 외쳤다.

그리고 거의 동시에 아이들이 외쳤다. 「피터라면 가랑이 사이로 늑대들을 바라볼 거야.」

그리고 이렇게 외쳤다. 「피터처럼 해보자.」

그건 늑대들에게 맞설 수 있는 가장 좋은 방법이었고, 소년들은 한 몸이 되어 몸을 구부린 채 가랑이 사이로 늑대들을 바라보았다. 그 순간은 시간이 무척이나 더디게 지나는 느낌이었지만, 승리는 금방 찾아왔다. 아이들이 그렇게 무시무시한 자세로 다가가자, 늑대들은 꼬리를 말고 도망쳤기 때문이다.

이제 닙스는 일어났고, 다른 소년들은 닙스가 여전히 늑대들을 바라본다고 생각했다. 하지만 닙스가 보는 건 늑대가 아니었다.

「방금 더 신기한 걸 봤어.」 궁금한 아이들이 주위로 몰려들자 닙스가 외쳤다. 「커다란 흰 새야. 이쪽으로 날아오고 있어.」

「어떤 새인데?」

「몰라.」 닙스가 경이로워하며 말했다. 「하지만 무척이나 지쳐 보였고, 날면서 〈가엾은 웬디〉라고 신음했어.」

「가엾은 웬디라고?」

「기억나.」 슬라이틀리가 즉각 말했다. 「웬디라는 종류의 새가 있어.」

「봐, 저기 온다!」 컬리가 하늘의 웬디를 가리키며 외쳤다.

웬디는 이제 거의 소년들의 머리 위에 있었고, 애처롭게 외치고 있었다. 하지만 팅커 벨의 날카로운 목소리가 더 또렷했다. 질투심에 불타는 이 요정은 거짓 우정의 탈을 벗어던지고 자신의 희생양에게 이리저리 달려들어 세게 꼬집어댔다.

「안녕, 팅크.」 궁금해진 소년들이 외쳤다.

팅크는 딸랑거리는 소리로 대답했다. 「피터가 너희보고 웬디를 쏘라고 했어.」

아이들은 피터의 명령이라면 무조건 따랐다. 「피터가 시키는 대로 하자.」 단순한 소년들이 외쳤다. 「빨리. 활과 화살을 가져오자!」

　투틀스를 뺀 모두가 나무 구멍 안으로 뛰어들었다. 투틀스는 활과 화살을 가지고 있었고, 그걸 알아챈 팅크가 작은 두 손을 비비댔다.

　「어서, 투틀스, 어서.」 팅크가 외쳤다. 「피터가 아주 기뻐할 거야.」

　투틀스는 신이 나서 활에 화살을 쟀다. 「비켜, 팅크.」 투틀스가 외치고 화살을 쏘았고, 웬디는 가슴에 화살을 맞고 맥없이 땅으로 떨어졌다.

6
작은 집

다른 소년들이 무장한 채 나무들에서 튀어나왔을 때, 멍청한 투틀스는 정복자처럼 웬디를 내려다보며 서 있었다.

「다들 너무 늦었어.」 투틀스가 자랑스레 외쳤다. 「내가 웬디를 쏘아 떨어뜨렸어. 피터가 아주 좋아할 거야.」

머리 위에서 팅커 벨이 소리쳤다. 「멍청이!」 그리고 재빨리 은신처로 날아들어 갔다. 다른 소년들은 팅커 벨의 소리를 듣지 못했다. 소년들이 주위에 둥그렇게 모여들어 웬디를 보는 동안 무서운 정적이 숲을 감쌌다. 만약 웬디의 심장이 뛰고 있었다면 소년들에게까지 들렸을 것이다.

제일 먼저 말을 한 건 슬라이틀리였다. 「이건 새가 아니야.」 슬라이틀리가 겁먹은 목소리로 말했다. 「내 생각에는 숙녀가 분명해.」

「숙녀라고?」 투틀스가 두려움에 덜덜 떨며 말했다.

「그리고 우리가 이 숙녀를 죽인 거야.」 닙스가 쉰 목소리로 말했다.

소년들은 모두 모자를 벗었다.

「이제 알겠어.」 컬리가 말했다. 「피터는 이 숙녀를 우리에게 데려오는 중이었어.」 닙스는 슬픔에 겨워 땅바닥에 털썩 주저앉았다.

「우리를 보살펴 줄 숙녀가 마침내 왔는데,」 쌍둥이 가운데 한 명이 말했다. 「네가 죽여 버렸어!」

소년들은 투틀스가 불쌍했지만, 자신들이 더 불쌍했고, 투틀스가 자신들에게 한 걸음 다가오자 그에게서 등을 돌렸다.

투틀스의 얼굴은 아주 창백해졌지만, 예전에는 없던 위엄이 배어 있었다.

「내가 했어.」 투틀스가 생각에 잠겨 말했다. 「꿈에 숙녀들이 나타날 때면 난 〈예쁜 엄마, 예쁜 엄마〉라고 말했어. 하지만 마침내 숙녀가 정말로 나타나자 난 그 숙녀를 쏴버린 거야.」

투틀스는 천천히 그 자리를 떠나기 시작했다.

「가지 마.」 소년들이 측은해하며 외쳤다.

「가야만 해.」 투틀스가 떨면서 말했다. 「난 피터가 너무나 무서워.」

이 비극적인 순간, 모두의 심장이 철렁하고 떨어질 듯한 소리가 들렸다. 피터가 꼬끼오 하고 우는 소리였다.

「피터!」 아이들이 외쳤다. 언제나 그러했듯이, 그건 피터가 자신이 돌아왔음을 알리는 신호였기 때문이다.

「숙녀를 숨겨.」 소년들이 속삭였고, 웬디 주위로 재빨리 모여들었다. 하지만 투틀스는 따로 떨어져 서 있었다.

또다시 꼬끼오 하는 소리가 들렸고, 피터가 소년들 앞으로 내려왔다. 「안녕, 애들아.」 피터가 외치자 소년들은 기계적으로 인사를 했고, 다시 침묵이 찾아왔다.

피터가 얼굴을 찡그렸다.

「내가 돌아왔어.」 피터가 열을 내며 말했다. 「왜 환호성을 내지르지 않는 거야?」

소년들은 입을 열었지만, 환호성이 나오지는 않았다. 피터는 기쁜 소식을 어서 전하고 싶은 마음에 그걸 눈치채지 못했다.

「굉장한 소식이 있어, 애들아.」 피터가 외쳤다. 「마침내 너희를 위한 엄마를 데려왔어.」

여전히 아무 소리가 없었다. 투틀스가 털썩하고 무릎을 꿇고 주저앉는 소리만 빼고는.

「못 봤어?」 걱정이 되기 시작한 피터가 물었다. 「이쪽으로 날아왔는데.」

「아아!」 누군가가 말했고, 또 다른 누군가가 말했다. 「오, 정말 슬픈 날이야.」

투틀스가 일어났다. 「피터.」 그가 조용히 말했다. 「내가 그 숙녀를 보여 줄게.」 다른 소년들은 여전히 웬디를 숨기려 했지만, 투틀스가 말했다. 「물러서, 쌍둥이야. 피터에게 보여 줘.」

그래서 소년들은 피터가 볼 수 있게 모두 물러섰고, 웬디를 본 피터는 잠시 어찌할 바를 몰랐다.

「죽었구나.」 피터가 마음이 살짝 불편한 듯한 목소리로 말했다. 「죽을 때 무서웠을 거야.」

피터는 우스꽝스럽게 깡충깡충 뛰어서 웬디가 안 보이는 곳까지 간 다음 이 근처에 얼씬도 하지 않으면 어떨까 하는 생각을 했다. 피터가 그렇게 하면 다른 아이들도 기꺼이 피터를 따라 했을 것이다.

하지만 웬디의 몸에는 화살이 꽂혀 있었다. 피터는 웬디의 가슴에서 화살을 뽑아 소년들을 향해 섰다.

「누구 화살이지?」 피터가 엄하게 캐물었다.

「내 거야, 피터.」 투틀스가 무릎을 꿇고 말했다.

「아, 이 비겁한 놈.」 피터가 말하더니 화살을 단검처럼 치켜들었다.

투틀스는 조금도 움츠러들지 않았다. 그는 맨가슴을 드러냈다. 「찔러, 피터.」 투틀스가 단호히 말했다. 「단번에 끝내 줘.」

피터는 두 번이나 화살을 치켜들었지만 두 번 다 손을 내렸다. 「찌를 수 없어.」 피터는 뭔가에 두려움을 느낀 듯했다. 「뭔가가 내 손을 잡고 있어.」

닙스를 뺀 모두가 놀라서 피터를 바라보았다. 닙스는 다행히 웬디를 보았다.

「숙녀야.」 닙스가 외쳤다. 「웬디가 그런 거야. 봐, 저 팔 좀 봐!」

신기하게도, 웬디가 한 팔을 치켜올리고 있었다. 닙스는 웬디에게 몸을 숙이더니 경건하게 귀를 기울였다. 〈불쌍한 투틀스〉라고 말하는 거 같아.」 닙스가 속삭였다.

「웬디가 살아 있어.」 피터가 짧게 말했다.

슬라이틀리가 곧장 말했다. 「웬디 숙녀가 살아 있어.」

피터는 웬디 옆에 무릎을 꿇고 앉았고, 자기 단추를 발견했다. 전에 웬디가 피터에게서 받은 단추를 목걸이에 걸었던 일을 여러분도 기억하리라.

「봐,」 피터가 말했다. 「화살이 여기에 맞았어. 이건 내가 웬디에게 준 키스야. 내 키스가 웬디의 목숨을 구했어.」

「난 키스를 기억해.」 슬라이틀리가 재빨리 끼어들었다. 「그거 보여 줘봐. 그래, 그게 키스야.」

피터는 슬라이틀리가 하는 말을 듣고 있지 않았다. 피터는 어서 나아서 인어들을 보러 가자고 애원했다. 물론 정신을 잃은 웬디는 아직 대답을 할 수 없었다. 하지만 머리 위에서 비참하게 울부짖는 소리가 들렸다.

「팅크가 내는 소리를 들어 봐.」 컬리가 말했다. 「웬디가 살아 있어서 팅크가 울고 있어.」

이윽고 소년들은 팅크의 못된 짓을 피터에게 털어놓아야 했다. 피터의 얼굴이 보기 드물게 무섭도록 굳어졌다.

「잘 들어, 팅커 벨,」 피터가 외쳤다. 「난 더 이상 네 친구가 아니야. 영원히 내 곁에서 사라져.」

팅커 벨은 피터의 어깨로 날아와 빌었지만, 피터는 팅커 벨을 그냥 털어내 버렸다. 하지만 웬디가 또다시 팔을 들어 올리자 피터는 화를 조금 누그러뜨리고 말했다. 「좋아, 영원히는 아니고, 일주일 동안이야.」

팅커 벨은 팔을 들어 올린 웬디에게 고마워했을까? 오, 천만에, 그 어느 때보다도 웬디를 꼬집고 싶은 마음이 굴뚝같았다. 요정들은 정말로 이상하다. 그리고 요정들을 잘 이해하는 피터는 가끔 요정들을 찰싹 때리곤 했다.

하지만 지금 쇠약해져 있는 웬디를 어떻게 해야 할까?

「땅속 집으로 데려가자.」 컬리가 제안했다.

「그래,」 슬라이틀리가 말했다. 「숙녀에게는 그렇게 해야해.」

「아니야, 아니야.」 피터가 말했다. 「웬디에게 손을 대면 안돼. 그건 정중하지 못한 거야.」

「나도 그렇게 생각했어.」 슬라이틀리가 말했다.

「하지만 여기에 누워 있으면 죽고 말 거야.」 투틀스가 말했다.

「그래, 죽고 말 거야.」 슬라이틀리가 인정했다. 「하지만 다른 방법이 없잖아.」

「아니, 좋은 수가 있어.」 피터가 외쳤다. 「웬디 주위로 작은 집을 짓자.」

소년들은 모두가 즐거워했다. 「빨리.」 피터가 소년들에게 명령했다. 「우리가 가진 것 중에 제일 좋은 것들을 가져와. 우리 집을 몽땅 털어 와. 우물쭈물하지 말고.」

순식간에 소년들은 결혼식 전날 밤의 재봉사들처럼 바빠졌다. 소년들은 이불을 가지러 갔다가 장작을 가지러 갔다가 하며 이리저리 바쁘게 움직였고, 소년들이 그러는 동안 존과 마이클이 모습을 드러냈다. 둘은 발을 질질 끌며 걷다가 선 채로 잠에 빠져 걸음을 멈추고, 잠이 깼다가 다시 한 걸음 더 가서 잠이 들곤 했다.

「존, 존.」마이클은 이렇게 외치곤 했다. 「일어나! 나나랑 엄마는 어딨어?」

그러면 존이 눈을 비비며 중얼거렸다. 「정말이네. 우리가 하늘을 날았어.」

피터를 발견한 존과 마이클이 깊이 안심한 건 당연했다.

「안녕, 피터.」존과 마이클이 말했다.

「안녕.」피터는 다정하게 대답했지만 실은 둘을 까맣게 잊고 있었다. 그 순간 피터는 집을 얼마나 크게 지어야 하는지 알기 위해 발로 웬디의 치수를 재느라 정신없이 바빴다. 물론, 피터는 의자들과 탁자를 놓을 공간도 만들 생각이었다. 존과 마이클은 피터를 지켜보았다.

「웬디는 자는 거야?」둘이 물었다.

「응.」

「존.」마이클이 제안했다. 「웬디를 깨워서 저녁을 만들어 달라고 하자.」하지만 마이클이 그 말을 할 때 몇몇 소년이 집 지을 나뭇가지들을 들고 서둘러 다가왔다. 「쟤들 좀 봐.」마이클이 외쳤다.

「컬리.」피터가 아주 대장다운 목소리로 말했다. 「이 아이들도 집 짓는 걸 돕게 해.」

「네, 대장님.」

「집을 짓는다고?」존이 놀라 외쳤다.

「웬디를 위해서야.」컬리가 말했다.

「웬디를 위해서?」존이 멍하니 말했다. 「왜? 웬디는 그냥 여자아이일 뿐인걸!」

「그렇기 때문에 우리는 웬디의 하인이야.」컬리가 설명했다.

「너희들이? 웬디의 하인이라고?」

「그래.」피터가 말했다.「그리고 너희도 마찬가지야. 쟤들을 따라가.」

어안이 벙벙해진 존과 마이클은 다른 소년들에게 끌려가 나무를 자르고, 패고, 날랐다.「의자와 벽난로 망부터 만들어.」피터가 명령했다.「그런 뒤 그걸 빙 둘러 가며 집을 지을 거야.」

「네.」슬라이틀리가 말했다.「집은 그렇게 짓는 거야. 다 기억났어.」

피터는 모든 걸 꼼꼼하게 챙겼다.「슬라이틀리.」피터가 외쳤다.「의사를 데려와.」

「네, 네.」슬라이틀리가 즉시 말하더니 머리를 긁적이며 사라졌다. 하지만 슬라이틀리는 무조건 피터의 명령에 복종해야 한다는 걸 잘 알고 있었고, 잠시 뒤 존의 모자를 쓰고 근엄한 표정을 지으며 나타났다.

「저, 선생님.」피터가 슬라이틀리에게 다가가며 말했다.「혹시 의사신가요?」

이런 경우에 피터와 다른 아이들과의 차이는, 아이들은 이게 상황극이라는 걸 알지만, 피터는 이걸 진짜라고 여긴다는 점이다. 이 때문에 아이들은 가끔 곤란한 경우가 있었는데, 예를 들자면 저녁을 먹은 것처럼 상황극을 해야 할 경우가 그랬다.

그리고 아이들이 상황극을 벌이다가 실수라도 하면 피터는 아이들 손마디를 찰싹 때렸다.

「그렇습니다, 젊은이.」 손마디의 살갗이 터서 아픈 슬라이틀리가 조마조마해하며 대답했다.

「의사 선생님.」 피터가 설명했다. 「숙녀 한 분이 아주 아파요.」

그 숙녀는 둘의 발치에 누워 있었지만 슬라이틀리는 지금은 숙녀를 볼 때가 아니라는 걸 감지했다.

「쯧, 쯧, 쯧.」 슬라이틀리가 말했다. 「숙녀분은 어디에 계십니까?」

「숲속 빈터에요.」

「숙녀분의 입에 체온계를 넣어 봐야겠습니다.」 슬라이틀리가 말하더니 체온계를 넣는 시늉을 했고, 피터는 기다렸다. 유리 체온계를 빼내는 시늉을 할 때 슬라이틀리는 무척이나 조마조마했다.

「상태가 어떤가요?」 피터가 물었다.

「쯧, 쯧, 쯧.」 슬라이틀리가 말했다. 「이게 다 낫게 했습니다.」

「다행이에요!」 피터가 외쳤다.

「저녁에 다시 들르겠습니다.」 슬라이틀리가 말했다. 「주둥이 달린 컵에 쇠고기 수프를 담아 먹이세요.」 존에게 모자를 돌려준 뒤 슬라이틀리는 깊은 숨을 내쉬었다. 그건 어려운 상황에서 벗어났을 때 나오는 슬라이틀리의 버릇이었다.

한편, 그동안 숲은 도끼 소리로 요란했다. 아늑한 집을 짓기 위해 필요한 거의 모든 재료들이 웬디의 발치에 모아졌다.

「웬디가 어떤 집을 좋아하는지 알면 좋을 텐데.」 누군가가 말했다.

「피터.」 다른 소년이 외쳤다. 「웬디가 자면서 움직여.」

「입을 벌렸어.」 세 번째 소년이 존경스러운 눈으로 입 안을 들여다보며 외쳤다. 「정말 예쁘다!」

「자면서 노래를 부르려는 걸지도 몰라.」 피터가 말했다. 「웬디, 네가 가지고 싶은 집에 대해 노래해 봐.」

그러자 눈도 뜨지 않은 채 웬디가 곧바로 노래를 부르기 시작했다.

「예쁜 집을 갖고 싶어요,
세상에서 가장 작고,
작고 귀여운 빨간 벽과
이끼 덮인 초록 지붕이 있는 집을.」

이 노래를 들은 아이들은 까르르거리며 좋아했다. 운이 좋게도, 아이들이 가져온 나뭇가지들은 붉은 수액으로 끈적거렸고, 땅에는 온통 이끼가 깔려 있었기 때문이다. 작은 집을 뚝딱뚝딱 지으며 소년들은 노래를 부르기 시작했다.

「조그만 벽과 지붕을 지었어요
예쁜 문도 달았어요,

그러니 말해 주세요, 웬디 엄마,
또 무엇을 원하세요?」

그러자 웬디가 좀 더 욕심을 내서 답가를 불렀다.

「어머, 그렇다면 다음은
환한 창문들을 달아 주세요,
장미들이 안을 들여다보고
아기들이 밖을 내다볼 수 있도록요.」

소년들은 주먹으로 벽을 쳐서 창문들을 만들었고, 커다란
노란 잎들을 블라인드로 달았다. 하지만 장미꽃은 ― ?
「장미.」 피터가 단호하게 외쳤다.
소년들은 재빨리 세상에서 가장 예쁜 장미들이 벽을 타고
자라는 시늉을 했다.
아기들은?
피터가 아기들도 만들라는 명령을 내릴까 봐 소년들은 서
둘러 노래를 부르기 시작했다.

「창 안을 들여다보는 장미를 만들었고,
아기들은 문가에 있어요.
우리는 아기를 만들 수가 없어요, 알잖아요.
우리가 이미 아기인걸요.」

이게 좋은 생각이라고 느낀 피터는 즉시 그게 자신이 해낸 생각인 듯이 행동했다. 집은 무척 아름다웠고, 웬디도 그 안에서 아주 편안할 게 분명했다. 물론, 소년들은 이제 더는 웬디를 볼 수 없지만 말이다. 피터는 이리저리 왔다 갔다 하면서 마무리를 지시했다. 그 무엇도 피터의 꼼꼼한 눈을 피할 수 없었다. 이제 집이 완성되었다고 소년들이 생각했을 때 피터가 지적했다.

「문 두드리는 쇠고리가 없잖아.」 피터가 말했다.

소년들은 무척 창피했지만, 투틀스가 신발 밑창을 내놓았고, 그건 훌륭한 쇠고리가 되었다.

소년들은 이제 집이 부족한 곳 하나 없이 완성되었다고 생각했다.

하지만 천만의 말씀. 「굴뚝이 없잖아.」 피터가 말했다. 「굴뚝이 있어야 해.」

「당연히 굴뚝이 있어야지.」 존이 거들먹거리며 말했다. 그리고 그 모습을 본 피터에게 좋은 수가 떠올랐다. 피터는 존의 머리에서 모자를 낚아채더니 윗부분을 뚫어 지붕 위에 올려놓았다. 작은 집은 그렇게 멋진 굴뚝을 갖게 되어 무척이나 기뻤고, 마치 고맙다고 말하듯 곧바로 모자에서는 연기가 모락모락 피어올랐다.

이제 진짜로 그리고 정말로 집은 완성되었다. 문을 두드리는 일만 남았다.

「모두들 최대한 멋지게 보여야 해.」 피터가 소년들에게 경고했다. 「첫인상은 아주 중요하거든.」

피터는 첫인상이 뭔지 아무도 묻지 않아 기뻤다. 소년들은 최대한 멋지게 보이기 위해 정신이 없었다.

피터는 정중하게 문을 두드렸고, 이제 숲은 아이들만큼이나 조용했으며, 나뭇가지에서 팅커 벨이 광경을 지켜보며 대놓고 코웃음을 치는 소리를 빼면 아무 소리도 들리지 않았다.

소년들은 문 두드리는 소리에 과연 누가 답을 하긴 할지가 궁금했다. 만약 숙녀가 답을 한다면, 그 숙녀는 어떤 모습일까?

문이 열리더니 숙녀가 나왔다. 웬디였다. 소년들은 모두 모자를 벗었다.

웬디는 무척 놀란 듯했고, 그 모습이야말로 소년들이 바라던 바였다.

「여기가 어디지?」 웬디가 말했다.

처음 입을 연 건 당연히 슬라이틀리였다. 「웬디 숙녀님,」 슬라이틀리가 재빨리 말했다. 「숙녀님을 위해 저희가 이 집을 지었어요.」

「오, 맘에 든다고 말해 주세요.」 닙스가 외쳤다.

「예쁘고, 맘에 드는 집이야.」 웬디가 말했고, 이야말로 소년들이 듣고 싶어 하던 바로 그 말이었다.

「우린 숙녀님의 아이들이에요.」 쌍둥이가 외쳤다.

이윽고 소년들은 무릎을 꿇고 두 팔을 치켜들며 외쳤다. 「오, 웬디 숙녀님, 우리 엄마가 되어 주세요.」

「내가?」 웬디가 아주 밝은 표정으로 말했다. 「물론 그건 아주 멋진 일이지만, 너희도 보다시피 난 아직 어린 여자애일 뿐인걸. 아무런 경험이 없어.」

「그건 문제가 되지 않아.」피터는 마치 여기서 자기가 이런 일의 유일한 전문가라는 듯이 말했다. 하지만 사실 피터는 모인 아이들 가운데 이런 일에 대해 가장 몰랐다. 「우린 그저 다정한 엄마 같은 사람이 필요할 뿐이야.」

「이런, 세상에!」웬디가 말했다. 「있잖아, 내가 바로 딱 그런 사람이라는 느낌이 들어.」

「맞아요, 맞아요.」모두가 외쳤다. 「우리는 숙녀님을 보자마자 단번에 그걸 알았어요.」

「그럼 좋아.」웬디가 말했다. 「최선을 다해 볼게. 지금 당장 안으로 들어가렴, 이 말썽꾸러기들아. 너희들 발은 분명히 축축하겠지. 그리고 너희들을 재우기 전에 신데렐라 이야기를 마저 들려줄 만한 시간이 있어.」

아이들은 안으로 들어갔다. 그곳에 어떻게 아이들 전부가 들어갈 공간이 있었는지는 나도 모르겠지만, 네버랜드에서는 비좁은 곳에서 꼭 끼어 있는 게 가능하다. 소년들이 웬디와 함께 보낼 수많은 즐거운 저녁 시간은 그날부터 그렇게 시작되었다. 그날 밤 얼마 후 웬디는 나무 아래 집의 커다란 침대에 아이들을 재우고 자신은 작은 집에서 혼자 잠을 잤고, 피터는 칼을 빼 들고 밖에서 망을 보았다. 저 멀리서 해적들이 흥청거리고 늑대들이 먹이를 찾아다니는 소리가 들렸기 때문이다. 커튼 사이로 밝은 빛이 새어 나오고 굴뚝에서는 연기가 모락모락 피어오르고 집 앞에서는 피터가 보초를 서는 작은 집은 어둠 속에서 무척 아늑하고 안전해 보였다. 얼마 후, 피터는 잠이 들었고, 그 바람에 흥청망청 마시고 떠들다 비틀대며 집으로 돌아가던 몇몇 요정들은 피터를 타넘어야만 했다. 다른 소년들이 이렇게 요정들의 밤길을 막았다가는 골탕을 먹었겠지만, 요정들은 그냥 피터의 코를 살짝 비틀기만 하고 지나갔다.

7
땅속의 집

이튿날 피터가 맨 처음 한 일들 가운데 하나는 빈 나무들을 찾기 위해 웬디와 존과 마이클의 몸 치수를 잰 것이었다. 여러분도 기억하겠지만, 후크는 사람 수대로 나무 입구를 만들어 놓아야 한다고 생각하는 소년들을 비웃었다. 하지만 그건 몰라서 하는 말이었다. 나무가 몸에 딱 맞지 않으면 오르내리기도 불편하고, 몸 크기가 똑같은 소년들은 아무도 없기 때문이다. 일단 몸 크기가 맞으면, 맨 위에서 숨을 한 번 들이쉰 뒤(또는 내쉰 뒤) 적절한 속도로 아래로 내려갈 수 있다. 반면 올라갈 때는 숨을 들이마시고 내쉬기를 번갈아 하면서 몸을 꿈틀거리며 올라가면 된다. 물론 이 동작을 완전히 익히면 아무 생각 없이 올라가거나 내려갈 수 있고, 이보다 더 우아한 동작은 없다.

하지만 몸이 나무에 딱 맞아야 하고, 피터는 마치 옷을 맞출 때처럼, 몸에 맞는 나무를 찾기 위해 꼼꼼히 몸 치수를 잰다. 단 한 가지 차이는, 옷은 사람 치수에 맞춰 만드는 반면, 나무를 찾을 때는 사람을 나무 치수에 맞춘다는 점이다. 대개는 사람이 나무 치수에 맞춰 옷을 많이 껴입거나 덜 입으면 쉽사리 해결된다. 하지만 몸의 어딘가가 울퉁불퉁하다든가 딱 하나 몸에 맞는 나무가 이상한 모양일 때는 피터가 뭔가 수를 내어, 몸이 딱 맞게 해준다. 일단 몸을 나무에 맞추고 나면 그 상태를 유지하기 위해 아주 조심해야 한다. 그리고 이 때문에 식구 모두는 완벽한 상태를 유지하게 되고, 웬디는 곧 이 점을 좋아하게 되었다.

웬디와 마이클은 단번에 몸에 맞는 나무를 찾았지만, 존은 조금 손을 봐야 했다.

며칠 동안 연습을 하고 나자, 세 남매는 우물의 두레박처럼 즐겁게 나무 속을 오르내릴 수 있었다. 그리고 셋은 땅속의 집을 무척이나 좋아하게 되었다. 특히 웬디가 그랬다. 땅속의 집은, 모든 집들이 응당 그래야 하듯이, 커다란 방 하나로 이루어져 있었고, 낚시를 가고 싶으면 바닥을 파서 벌레를 잡을 수 있었으며, 이 바닥에서 자라는 땅딸막하고 색깔이 예쁜 버섯은 걸상으로 쓸 수 있었다. 또 방 한가운데에는 네버 나무 한 그루가 열심히 자랐는데, 소년들은 아침마다 몸통을 바닥과 같은 높이로 톱질해 잘라 냈다. 티타임이 되면 이 나무는 늘 60센티미터 정도 자라 있었고, 소년들은 그 위에 문짝을 올려놓고 탁자로 썼다. 그리고 차를 마시고 나면 곧바로 다시 몸통을 톱질해 잘라 냈고, 그러면 놀 수 있는 공간이 더 생겨났다. 방 안에는 거의 집 전체에 걸쳐 있어 어디든 원하는 곳에서 불을 붙일 수 있을 만큼 거대한 벽난로가 있었는데, 웬디는 그 벽난로를 가로질러 노끈을 길게 맨 뒤 빨래를 널었다. 낮에는 침대를 벽에 세워 놓았다가 6시 30분이 되면 내려놓았는데, 그러면 거의 방의 절반이 들어찼다. 그리고 마이클을 뺀 모든 소년들이 모두 통조림 속 정어리처럼 그 침대에 누워 잠을 잤다. 잘 때는 엄격한 규칙이 하나 있었는데, 돌아눕고 싶으면 신호를 보내야 하고, 그러면 모두가 한꺼번에 돌아누워야 했다. 마이클 역시 그 침대에서 잠을 자야 했지만, 웬디는 아기가 있었으면 했고, 마이클이 가장 어렸으며, 여러분은 어머니들이 어떤지 알 것이다. 간단히 말해, 마이클은 바구니에 꼼짝없이 누워 있어야 했다.

땅속의 집은 거칠고 단순했으며, 아기 곰들이 같은 환경에서 땅속에 집을 지었다면 이와 비슷했을 것이다. 하지만 벽에는 새장 크기 정도의 움푹 들어간 곳이 있었는데, 그건 팅커 벨 전용 아파트였다. 그곳은 작은 커튼을 치면 집의 나머지 부분과 완전히 분리되었고, 까탈스럽기 그지없는 팅크는 옷을 입거나 벗을 때면 늘 커튼을 쳤다. 덩치가 어떻든 간에, 이보다 더 아름답고 호화로운 거실 겸 침실을 가진 여자는 세상에 아무도 없었다. 팅크가 늘 소파라 부르는 의자는 사실 곤봉 모양 다리가 달린 진품 〈퀸 매브〉였다. 그리고 팅크는 철이 바뀔 때마다 그 계절의 과일 꽃에 맞춰 침대보도 바꾸었다. 거울은 〈장화 신은 고양이〉였는데, 요정 상인들 사이에서 이 거울은 이가 나가지 않은 것이 단 세 개뿐이라고 알려져 있다. 세면대는 〈파이 껍질〉인데 뒤집어서도 쓸 수 있었고, 서랍장은 진짜 〈차밍 왕자 6세〉였고, 카펫과 깔개는 〈마저리 앤드 로빈〉의 전성기였던 초기 제품이었다. 샹

107

들리에는 아름답기로 소문난 〈티들리윙크스〉였지만, 당연히 팅크는 자신이 빛을 내서 방을 밝혔다. 팅크는 자기 방 말고 집 안의 다른 곳은 완전히 무시하며 거들떠보지도 않았고, 사실 자기 방이 아름다우니 그건 당연할지도 몰랐지만, 그래도 팅크의 방은 코를 치켜들고 거들먹거리는 것처럼 보였다.

팅크의 방은 특히 웬디에게 매력적으로 보였을 것이다. 거칠게 노는 소년들이 웬디에게 할 일을 잔뜩 안겨 주었기 때문이다. 정말로 몇 주 동안 웬디는 저녁때를 빼고는 땅 위로 나올 틈이 없었고, 그나마도 꿰매야 할 양말을 손에 든 채였다. 그리고 요리에 대해 말하자면, 웬디는 솥 안이 비었든 아니든, 심지어 솥이 없다 할지라도 무조건 솥이 끓는지 살펴보아야 했다. 솥 안에 진짜 음식이 있는지 아니면 그냥 있는 척하는지는 절대 알 수 없었다. 그건 모두 피터의 변덕에 달려 있었다. 피터는 놀이의 일부라면 정말로 음식을 먹을 수 있었지만, 그저 배를 채우려고 배불리 먹어 대는 건 못했다. 마구 먹는 것이야말로 대부분의 아이들이 제일 좋아하는 일인데도 말이다. 아이들이 두 번째로 좋아하는 일은 배불리 먹는 것에 대해 이야기하는 것이다. 피터에게 흉내 내기는 너무나도 진짜 같아서 음식 먹는 시늉을 하는 동안 배가 불룩 나오는 모습을 볼 수 있었다. 물론 이렇게 하는 건 힘들었지만, 아이들은 피터가 하는 대로 따를 수밖에 없었다. 그리고 살이 빠져 나무가 헐거워지고 있다는 걸 피터에게 증명해 보인 후에야 피터는 소년들을 배불리 먹게 했다.

웬디가 옷을 깁고 바느질하기 좋아하는 시간은 모두가 잠자리에 들고 난 뒤였다. 웬디의 표현대로, 그때가 되어서야 웬디는 한숨을 돌릴 수 있었다. 그리고 웬디는 소년들에게 줄 새로운 물건들을 만들고 바지 무릎에 천을 두 겹씩 댔다. 모두들 바지 무릎이 성할 날이 없었기 때문이다.

발꿈치마다 구멍 난 양말이 가득 담긴 바구니를 옆에 끼고 앉을 때마다 웬디는 항복이라는 듯 두 팔을 들어 올리며 외치곤 했다. 「어휴, 어떨 땐 결혼 안 한 여자들이 부럽다니까!」

이렇게 외칠 때 웬디의 얼굴은 환히 빛이 났다.

여러분은 웬디가 귀여워하던 늑대를 기억할 것이다. 늑대는 웬디가 섬으로 온 것을 금세 알아채고는 웬디를 찾아냈고, 둘은 서로의 품으로 달려들었다. 그 뒤 그 늑대는 웬디가 가는 곳이면 어디든 따라다녔다.

시간이 흐르며 웬디는 두고 온 사랑하는 부모님 생각을 많이 했을까? 이는 어려운 질문이다. 네버랜드에서 시간이 어떻게 흐르는지 말하는 건 불가능하기 때문이다. 이 섬에서 시간은 해와 달로 계산하는데, 네버랜드에서는 본토보다 해와 달이 훨씬 더 많기 때문이다. 하지만, 안타깝게도 웬디는 엄마 아빠에 대한 걱정을 하지 않았다. 웬디는 엄마 아빠가 자신이 언제든 날아서 돌아올 수 있도록 창문을 열어 놓았으리라고 굳게 믿고 마음을 푹 놓았다. 하지만 때때로 불안해질 때도 있었다. 존이 엄마 아빠를 그저 한때 알았던 사람으로 막연히 기억하거나 마이클이 자신을 진짜 엄마로 생각하려 할 때였다. 이럴 때면 웬디는 살짝 겁이 났고, 여기에 더해 자기 의무를 다해야 한다는 마음에서, 웬디는 자신이 학교에서 보았던 시험 문제 형식과 최대한으로 비슷하게 옛집에서의 생활에 대한 시험 문제를 내서 동생들의 머릿속에 그때에 대한 기억을 잊지 않게 해주려고 했다. 다른 소년들도 이 시험에 큰 관심을 보였고, 자신들도 시험을 보게 해달라고 졸랐으며, 모두 손수 만든 석판을 갖고 탁자 앞에 둘러앉아 웬디가 다른 석판에 써준 문제들을 돌려 보며 곰곰이 생각하며 답을 적었다. 질문들은 아주 평범했다. 〈어머니의 눈 색깔은 무엇이었을까요? 엄마와 아빠 중에 누가 더 키가 컸을까요? 엄마의 머리털은 금색이었을까요, 검은색이었을까요? 이 세 가지 질문에 모두 답을 하세요.〉〈(A) 나는 지난 휴가 때 뭘 했는지에 대해 혹은 엄마와 아빠의 성격 비교에 대해 40개 단어 이내로 에세이를 쓰세요. 둘 가운데 하나만 하세요.〉 또는 〈(1) 엄마의 웃음소리를 묘사하세요. (2) 아빠의 웃음소리를 묘사하세요. (3) 엄마의 파티 드레스를 묘사하세요. (4) 개집과 그곳에 사는 개를 묘사하세요.〉

시험 문제는 그냥 일상에 관한 질문이었고, 만약 답을 할 수 없으면 X표를 해야 했다. 그리고 존이 X표를 몇 개나 했는지 세어 보는 건 정말로 끔찍했다. 그리고 당연하겠지만, 모든 질문에 답을 한 소년은 슬라이틀리뿐이었다. 그러니 슬라이틀리가 당연히 가장 성적이 좋으리라고 생각하겠지만, 답은 완전히 엉터리였고, 그래서 실제로는 슬라이틀리가 꼴등이었다. 구슬픈 일이었다.

피터는 시험을 치르지 않았다. 그건 피터가 웬디를 뺀 이 세상의 모든 엄마를 경멸하기도 했거니와 이 섬에서 유일하게 읽고 쓸 줄 모르기 때문이기도 했다. 제일 간단한 단어조차 몰랐다. 피터는 그런 건 관심조차 없었다.

그런데, 웬디가 낸 시험 문제는 모두 과거 시제로 쓰여 있었다. 〈어머니의 눈 색깔은 무엇이었을까요?〉 등등. 짐작할 수 있듯이, 웬디 역시 예전 일을 점점 잊고 있었다.

그리고 여러분도 알다시피, 모험은 당연히 매일 있었다. 하지만 이번에 피터는 웬디의 도움으로 만들어 낸 새로운 놀이에 흠뻑 빠져 있었다. 물론 언제나 그래 왔고 여러분도 들어왔듯이, 어느 순간 갑자기 흥미를 잃겠지만 말이다. 그 놀이는 모험을 하지 않는 척하면서 존과 마이클이 집에서 하던 놀이를 하는 것이었다. 걸상에 앉아서 공중에 공을 던진다든지, 서로를 민다든지, 산책을 나갔다가 회색 곰을 죽이는 일 없이 돌아온다든지 하는 놀이였다. 피터가 걸상에서 아무 일도 하지 않고 있는 모습은 정말 볼만했다. 그럴 때면 피터는 어쩔 수 없이 침울해 보였는데, 피터에게는 가만히 앉아 있는 것이 너무나 우스꽝스러운 일이었기 때문이다. 피터는 건강을 위해 산책을 다녀왔다고 자랑했다. 며칠 동안, 이 놀이가 피터에게는 가장 신기한 모험이었다. 그리고 존과 마이클 역시 이 놀이를 재미있어하는 척해야만 했다. 안 그랬다가는 피터가 둘에게 못되게 굴 터였기 때문이다.

피터는 가끔 혼자 밖에 나갔고, 돌아온 피터가 과연 모험을 했는지 안 했는지 아무도 확실히 알 수 없었다. 피터는 모험을 했어도 그걸 까맣게 잊어버리고 아무 말도 하지 않을 수도 있었다. 그리고 밖에 나가 보면 시체가 있었다. 또는 반대로 피터가 모험에 대해 잔뜩 이야기를 했지만 밖에 나가 보면 시체가 없을 때도 있었다. 피터는 머리에 붕대를 감고 집에 돌아올 때도 있었는데, 그러면 웬디는 피터를 구슬려 미지근한 물로 상처를 닦아 주었고, 그러는 동안 피터는 엄청난 모험담을 이야기했다. 하지만 웬디는 그 이야기들을 온전히 믿을 수가 없었다. 하지만 웬디가 진짜라고 아는 모험들도 많았다. 왜냐하면 웬디가 직접 그 모험에 참여했기 때문이다. 그리고 적어도 부분적으로는 진실인 모험들도 많았다. 다른 소년들이 그 모험에 참여했고, 그 소년들이 그 내용이 전부 진실이라고 말했기 때문이다. 이 모험들을 글로 옮긴다면 영어-라틴어, 라틴어-영어 사전만큼 두꺼운 책 한 권은 나올 터이고, 그러니 가장 좋은 방법은 이 섬의 평범한 한 시간을 보여 줄 수 있는 모험을 이야기하는 것이다. 문제는 어떤 모험을 선택하는가이다. 슬라이틀리 협곡에서 인디언들과 있었던 소규모 충돌을 골라야 하나? 그 전투는 유혈이 낭자했으며, 피터의 특이한 버릇 가운데 하나를 볼 수 있어서 흥미로웠다. 피터에게는 싸우는 도중에 갑자기 편을 바꾸는 버릇이 있었다. 협곡에서 전세가 이리 기울었다가 저리 기울었다가 하면서 소년들과 인디언들이 팽팽히 맞설 때, 피터가 외쳤다. 「난 오늘 인디언이야. 넌 뭐야, 투틀스?」 그리고 투틀스가 대답했다. 「인디언. 넌 뭐야, 닙스?」 그리고 닙스가 말했다. 「인디언. 너넨 뭐야, 쌍둥이야?」 그런 식이었고, 그렇게 해서 소년들은 모두 인디언이 되었다. 그렇게 양편 모두 인디언이 되어 전투가 그대로 끝났을 수도 있었겠지만, 피터의 방법에 매료된 인디언들이 그날 하루만 잃어버린 소년들이 되겠다고 동의했고, 그래서 전투는 다시 계속되었고, 그 어느 때보다도 치열했다.

이 모험의 색다른 결말은 — 하지만 우리는 아직 이 모험에 대해 이야기할지를 결정하지 않았다. 아마도 그보다 나은 모험은 한밤중에 인디언들이 땅속의 집을 습격한 사건일지도 모른다. 그때 인디언 몇 명은 속이 빈 나무 속에 몸이 꽉 끼는 바람에 코르크 마개처럼 빼내야 했다. 아니면 피터가 인어의 석호에서 타이거 릴리를 구해 자기 편으로 만들었던 이야기를 할 수도 있다.

또는 소년들이 먹고 죽게 하려고 해적들이 만든 케이크 이야기를 할 수도 있다. 그리고 해적들은 매번 참으로 교묘한 장소에 그 케이크를 가져다 두었다. 하지만 웬디는 번번이 자기 아이들의 손에서 케이크를 빼앗았다. 시간이 지나 케이크가 말라 돌처럼 딱딱해지면 아이들은 그걸 포탄 던지듯 던져 버렸고, 어둠 속에서 후크는 그 케이크에 발이 걸려 넘어졌다.

혹은 피터의 친구인 새들, 그중에서도 특히 석호에 드리운 나무에 둥지를 지은 네버 새 이야기를 할 수도 있다. 어쩌다가 네버 새의 둥지가 석호에 빠졌는데, 네버 새는 여전히 알을 품고 있었고, 피터는 새를 방해하지 말라는 명령을 내렸다. 이건 예쁜 이야기이며, 결말은 새가 얼마나 고마워할 수 있는지를 보여 준다. 하지만 이 이야기를 하려면 석호에서 일어난 모험 전부를 이야기해야 하며, 물론 그러려면 모험 하나가 아니라 두 가지를 이야기해야 한다. 짧지만 손에 땀을 쥐게 하는 모험도 있는데, 거리 요정들의 도움을 받은 팅커 벨이 잠자는 웬디를 커다란 잎에 태워 본토까지 흘려보내려 했던 이야기이다. 다행히 잎은 물에 가라앉았고, 목욕 시간인 줄 알고 잠에서 깬 웬디는 헤엄쳐 돌아왔다. 또는 피터가 사자들에게 도전한 이야기를 고를 수도 있다. 당시 피터는 자기 주위 땅바닥에 화살로 원을 그린 뒤 사자들에게 넘어올 자신이 있으면 넘어오라고 했다. 그리고 다른 소년들과 웬디가 숨 죽이고 지켜보는 가운데 피터는 몇 시간이고 기다렸지만, 감히 피터의 도전을 받아들인 사자는 없었다.

이 모험 중에 어떤 걸 선택해야 할까? 가장 좋은 방법은 동전 던지기일 터이다.

나는 동전을 던졌고, 석호가 뽑혔다. 협곡이나 케이크, 팅크의 나뭇잎 이야기가 뽑혔기를 바라는 사람도 있으리라. 물론 나는 다시 동전을 던져 이 셋 가운데 하나를 정할 수도 있다. 하지만 석호 이야기를 하는 편이 가장 공평할 듯싶다.

8
인어의 석호

눈을 감아 보자. 만약 운이 좋다면 은은하고 우아한 색깔을 띠고 형태가 없는 웅덩이가 어둠 속에서 떠 있는 걸 가끔 볼 수 있을 것이다. 그리고 눈을 더 꼭 감으면 그 웅덩이에 형태가 생기고 색깔은 더 선명해지며, 더 눈을 꼭 감으면 그 색깔은 불타오르듯 또렷해진다. 하지만 색깔이 불타듯 또렷해지기 직전, 석호가 보일 것이다. 본토에서 가장 가까이 접근할 수 있는 것은 여기까지다. 한순간밖에 머물 수 없지만 천국에 온 듯한 느낌이리라. 만약 두 순간을 더 머물 수 있다면, 파도와 인어들의 노랫소리를 들을 수 있을 것이다.

아이들은 종종 이 석호에서 수영을 하거나 그저 둥둥 떠다니거나 물속에서 인어 놀이 등을 하거나 하며 긴 여름 낮 시간을 보냈다. 하지만 그렇다고 해서 인어들이 아이들과 친하다고 생각해서는 안 된다. 오히려 그 반대여서, 웬디는 네버랜드에 있는 동안 인어들이 단 한 번도 상냥하게 말을 걸어 주지 않은 게 두고두고 아쉬웠다. 웬디는 석호 가장자리로 살금살금 걸어가 버려진 자들의 바위 위에 있는 인어 스

115

무 명 정도를 본 적이 있는데, 인어들은 웬디가 보기에는 좀 짜증 날 정도로 한가하게 머리를 빗으며 햇볕 쬐기를 즐겼다. 그리고 헤엄을 쳐서, 말하자면 발끝으로 걸어서 인어들에게서 1미터 정도 떨어진 곳까지 갔지만, 웬디를 본 인어들은 꼬리로 물을 튀기며 물속으로 모습을 감추었다. 그리고 웬디에게 그렇게 물을 튀긴 건 우연이 아니라 고의였다.

인어들은 소년들 모두에게 똑같이 대했다. 물론 피터는 예외였다. 피터는 버려진 자들의 바위 위에서 인어들과 몇 시간이고 수다를 떨었고, 인어들이 건방지게 굴면 꼬리를 깔고 앉았다. 피터는 웬디에게 인어들이 쓰는 빗을 하나 주었다.

인어들 모습이 가장 인상 깊을 때는 달이 떠오를 무렵으로, 인어들은 기묘하고도 긴 울음소리를 낸다. 그리고 그때부터 석호는 필멸자들에게 위험해진다. 그리고 우리가 이제 이야기하려는 그날 저녁까지 웬디는 달빛 아래 석호를 본 적이 없었다. 두려워서는 아니었다. 보고 싶었다면 당연히 피터가 곁에 있어 줬을 테니 말이다. 그보다는 웬디에게는 모두들 저녁 7시면 잠자리에 들어야 한다는 엄격한 규칙이 있었기 때문이다. 하지만, 비 온 뒤 화창한 날이면 웬디는 자주 석호에 갔다. 그럴 때면 인어들은 특히나 많은 수가 몰려와 물방울을 가지고 놀았다. 인어들은 무지개 물로 만들어진 색색의 물방울들을 공 삼아서 꼬리로 튕기며 즐겁게 놀았고, 물방울이 터지기 전에 물방울들을 무지개 안으로 넣으려 했다. 골문은 무지개의 양쪽 끝이었고, 골키퍼들만이 손을 쓸 수 있었다. 어떤 때는 석호에서 인어들이 이런 놀이를 한 번에 여남은 개석 하기도 했는데 그 모습은 무척이나 예뻤다.

하지만 아이들은 인어들과 놀려고 해도, 결국은 자기들끼리밖에 놀 수가 없었다. 아이들이 같이 놀려고 하는 순간 인어들은 곧바로 사라졌기 때문이다. 하지만 인어들이 이 침입자들을 몰래 지켜볼 뿐 아니라 아이들 노는 걸 따라 한다는 증거가 있다. 존이 물방울을 때리는 새로운 방법, 즉 손이 아니라 머리로 물방울을 때리는 방법을 생각해 냈는데, 인어들은 그걸 따라 했다. 이 놀이법은 존이 네버랜드에 남긴 유일한 흔적이다.

점심을 먹고 난 소년들이 바위에서 30분 정도 쉬는 모습 역시 흐뭇한 장면이었다. 웬디는 아이들에게 꼭 이렇게 하도록 시켰는데, 설사 점심 식사는 흉내 내기일지라도 휴식은 진짜였다. 그래서 햇빛 속에 누운 아이들의 몸은 반짝였고, 웬디는 보호자처럼 그 옆에 앉아 있었다.

그날 역시 소년들은 모두 버려진 자들의 바위 위에 있었다. 그 바위는 아이들 침대보다 그리 크지 않았지만, 아이들은 공간을 많이 차지하지 않는 방법을 당연히 알았고, 그래서 아이들은 졸거나 적어도 두 눈을 감고 누워 있었으며, 웬디가 보고 있지 않다고 생각할 때면 종종 서로들 꼬집었다. 웬디는 바느질을 하느라 무척 바빴다.

웬디가 바느질을 하고 있을 때 석호에 변화가 찾아왔다. 작은 떨림이 석호를 훑고 가더니 해가 사라졌고 그림자가 서서히 수면을 가로질렀고, 추워졌다. 더는 실이 보이지 않아 웬디가 고개를 들어 보니 언제나 웃음 가득하던 석호는 어느새 무섭고 냉랭한 곳으로 변해 있었다.

웬디는 밤이 된 것이 아니라는 것을 알았지만, 뭔가 밤처럼 어두운 것이 왔다. 아니, 그보다 더 나빴다. 그것은 아직 오진 않았지만 바다를 통해 떨림을 보내서 자신이 오고 있음을 알렸다. 그것은 무엇일까?

웬디의 머릿속에는 버려진 자들의 바위에 얽힌 온갖 이야기들이 떠올랐다. 이 바위가 버려진 자들의 바위라고 불리는 건, 사악한 선장들이 선원들을 그곳에 남겨 두어 물에 빠져 죽게 하기 때문이다. 조수가 높아지면 바위가 물에 잠기기 때문에 선원들은 물에 빠져 죽을 수밖에 없다.

당연히 웬디는 소년들을 즉시 깨웠어야 했다. 정체불명의 뭔가가 그들을 향해 다가오고 있어서일 뿐만이 아니라, 차가워진 바위에서 자봐야 좋을 게 없었기 때문이었다. 하지만 웬디는 어린 엄마였기에 이런 점을 알지 못했다. 웬디는 점심을 먹은 뒤에는 무조건 30분간 낮잠을 재워야 한다는 생각뿐이었다. 그래서 비록 두렵고 남자애들 목소리가 듣고 싶었지만 아이들을 깨우려 하지 않았다. 심지어 노 젓는 소리가 희미하게 들려오고, 심장이 터질 것만 같은데도 웬디는 아이들을 깨우지 않았다. 웬디는 곁에 서서 소년들을 지켜보며 계속 자게 두었다. 웬디는 정말 용감하지 않은가?

소년들에게는 정말 다행스럽게도, 자다가도 위험을 감지할 수 있는 소년이 하나 있었다. 피터가 잠에서 깬 개처럼 벌떡 일어나더니 위험을 알리는 한 번의 외침으로 다른 아이들을 깨웠다.

피터는 이제 가만히 서서 한 손을 귀에 댔다.

「해적이닷!」 피터가 외쳤다. 다른 아이들이 피터 가까이로 모여들었다. 피터의 얼굴에 기묘한 웃음이 서렸고, 그 웃음을 본 웬디는 소름이 끼쳤다. 피터가 그런 웃음을 지을 때면 감히 누구도 피터에게 말을 걸지 못한 채 그냥 명령만을 기다릴 뿐이었다. 피터가 간단명료하게 명령을 내렸다.

「물에 뛰어들어!」

다리들이 어슴푸레 보이더니 순식간에 석호에는 아무도 없었다. 버려진 자들의 바위는 마치 그 자신이 버려진 듯이 불길한 석호에 홀로 서 있었다.

보트가 더 가까이 왔다. 해적들이 쓰는 이 작은 보트에는 세 명이 타고 있었는데, 스미, 스타키, 그리고 세 번째는 포로로 잡힌 타이거 릴리였다. 손발이 묶인 타이거 릴리는 자신에게 닥칠 운명을 알았다. 버려진 자들의 바위에 버려질 터였고, 그녀의 부족에게 그런 죽음은 불이나 고문에 의한 죽음보다 더 끔찍했다. 부족의 책에는 물을 통해서는 행복한 사냥터로 가는 길이 없다고 적혀 있지 않던가? 하지만 타이거 릴리는 무표정했다. 추장의 딸이니 추장의 딸답게 죽음을 대해야 했다. 그걸로 족했다.

해적들은 입에 칼을 물고 해적선에 오르는 타이거 릴리를 잡았다. 당시에 배를 망보는 사람은 아무도 없었다. 후크는 자기 이름만으로도 사방 1마일 이내에 아무도 얼씬하지 못하는 걸 자랑스러워했기 때문이다. 이제 타이거 릴리가 맞이할 운명이 그 효과를 더욱 높일 터였다. 또 다른 비명이 밤바람을 타고 울려 퍼질 것이다.

자신들이 몰고 온 어둠 때문에, 두 해적은 배가 바위에 부딪힐 때까지 바위를 알아차리지 못했다.

「뱃머리를 바람 부는 쪽으로 돌려, 이 미련퉁아.」 스미가 아일랜드 억양으로 외쳤다. 「바위에 도착했네. 이제 이 인디언을 여기에 묶어 물에 빠져 죽게 두면 돼.」

아름다운 소녀를 바위 위에 남겨 놓는 잔인한 순간이었지만, 자존심이 센 타이거 릴리는 헛된 저항 따위는 하지 않았다.

바위와 꽤 가깝지만 해적들 눈에 보이지 않는 곳에 두 개의 머리가 오르락내리락하고 있었다. 피터와 웬디였다. 웬디는 난생처음 보는 비극에 울고 있었다. 피터는 이런 비극을 숱하게 보았지만 모두 잊어버렸다. 피터는 웬디만큼 타이거 릴리를 불쌍하게 여기지 않았다. 하지만 두 사람이 한 사람을 상대한다는 사실에 분개했고, 그래서 피터는 타이거 릴리를 구하기로 했다. 해적들이 돌아갈 때까지 기다리면 쉽게 구할 수 있었지만, 피터는 절대로 쉬운 방법을 선택하지 않았다.

못하는 것이 거의 없는 피터는 이제 후크의 목소리를 흉내냈다.

「어이, 이봐 미련퉁이들!」 피터가 외쳤다. 놀랄 만큼 똑같은 목소리였다.

「선장이다!」 해적들이 깜짝 놀라 서로를 바라보며 말했다.

「분명히 우리 쪽으로 헤엄쳐 오는 걸 거야.」 주위를 둘러

보았지만 후크를 찾지 못한 스타키가 말했다.

「지금 인디언을 바위에 내려놓고 있어요.」 스미가 외쳤다.

「그 애를 놔줘.」 예상치 못한 대답이 들려왔다.

「놔줘요?」

「그래, 손발의 밧줄을 끊고 놔줘.」

「하지만, 선장 ——」

「당장 시키는 대로 해.」 피터가 외쳤다. 「안 그러면 네놈들을 갈고리로 쑤셔 줄 테니까.」

「좀 이상한데!」 스미가 헐떡이며 말했다.

「선장 명령대로 하는 게 좋겠어.」 스타키가 불안해하며 말했다.

「네, 알겠습니다.」 스미가 말하더니 타이거 릴리를 묶은 밧줄을 끊었다. 그러자 타이거 릴리는 마치 뱀장어처럼 스타키의 가랑이 사이를 빠져나가 물속으로 사라졌다.

물론 웬디는 피터의 영리한 행동 때문에 의기양양해졌다. 하지만 피터 역시 의기양양해 꼬끼오 소리를 내다가 들킬 가능성이 크다고 생각한 웬디는 즉시 손을 뻗어 피터의 입을 막으려 했다. 하지만 웬디는 동작을 멈추었다. 〈어이, 보트!〉라고 외치는 후크의 목소리가 석호를 가로지르며 들려왔고, 그건 피터가 말한 것이 아니었기 때문이다.

막 꼬끼오 소리를 지르려던 피터는 소리를 지르는 대신 깜짝 놀라 얼굴을 찡그렸다.

「어이, 보트!」 후크의 목소리가 다시 들려왔다.

이제 웬디는 이해했다. 진짜 후크 역시 물속에 있었다.

후크는 보트를 향해 헤엄쳐 오고 있었고, 부하들이 등불로 길을 밝혀 준 덕에 곧 보트에 닿았다. 등불 빛 속에서 웬디는 후크의 갈고리가 뱃전을 움켜쥐는 걸 보았다. 물을 뚝뚝 흘리며 수면 위로 떠오른 후크의 검고 사악한 얼굴에 섬뜩해진 웬디는 헤엄쳐 도망가고 싶었지만, 피터는 조금도 움직이지 않을 기세였다. 피터는 기운이 넘쳐나 온몸이 근질근질했고, 자부심이 하늘을 찔렀다. 「나 대단하지 않아? 오, 난 대단해!」 피터는 웬디에게 속삭였다. 웬디 역시 그 말이 맞다고 생각했지만, 피터의 평판을 위해선 자기 말고 아무도 그 말을 듣지 못해 천만다행이라고 생각했다

피터는 웬디에게 귀 기울이라는 신호를 보냈다.

두 해적은 선장이 왜 여기까지 오는지 무척 궁금했지만, 후크는 갈고리로 머리를 짚은 채 깊은 우수에 찬 자세로 앉았다.

「선장, 괜찮아요?」 둘이 겁을 내며 물었지만, 후크는 공허한 신음만 낼 뿐이었다.

「선장이 한숨을 쉬는데.」 스미가 말했다.

「선장이 또 한숨을 쉬어.」 스타키가 말했다.

「그리고 세 번째로 한숨을 쉬네.」 스미가 말했다.

이윽고 마침내 후크가 열을 내며 말했다.

「만사 끝장이야.」 후크가 외쳤다. 「소년들에게 엄마가 생겼어.」

웬디는 겁에 질린 상태에서도 가슴이 뿌듯해졌다.

「세상에 이렇게 재수가 없을 수가!」 스타키가 외쳤다.

「엄마가 뭐야?」 무식한 스미가 물었다.

웬디는 너무 충격을 받아 소리를 질렀다. 「저 사람은 엄마가 뭔지 몰라!」 그리고 이후, 웬디는 만약 애완용 해적을 가질 수 있다면 스미를 고르겠노라고 늘 생각했다.

피터는 웬디를 물속으로 끌어당겼다. 놀란 후크가 벌떡 일어나며 〈이게 무슨 소리지?〉라고 외쳤기 때문이다.

「아무 소리도 못 들었는데요.」 스타키가 말하며 물 위로 등불을 비추었다. 그리고 주위를 살피던 해적들은 이상한 걸 보았다. 내가 전에 말했던 새 둥지였다. 물 위에 둥둥 뜬 둥지 안에는 네버 새가 앉아 있었다.

「봐.」 후크가 스미의 질문에 답했다. 「저게 엄마라는 거야. 훌륭한 교훈이로군! 둥지가 물에 빠졌지만 어미가 알을 버릴 거 같아? 천만에.」

잠시 순수했던 시절이 떠올랐는지 후크의 목소리가 갈라졌다. 하지만 후크는 갈고리를 휘둘러 약해진 마음을 다잡았다.

크게 감동받은 스미는 둥둥 떠내려가는 둥지 안의 새를 물끄러미 바라보았지만, 의심 많은 스타키는 말했다. 「저 새가 엄마라면 피터를 도와주려고 여기를 얼쩡거리는 건지도 몰라.」

후크가 얼굴을 찡그렸다. 「그래.」 후크가 말했다. 「내가 늘 두려워하던 것도 그런 거야.」

시무룩해졌던 후크는 스미의 열띤 목소리에 기운을 되찾았다.

「선장.」 스미가 말했다. 「녀석들의 엄마를 잡아서 우리 엄마로 삼을 수 없나요?」

「그거 멋진 생각이군.」 후크가 소리쳤다. 그리고 후크의 셈 빠른 머리는 즉시 계획을 세워 나갔다. 「우린 아이들을 잡아 보트로 데려갈 거야. 그리고 널빤지 위를 걷게 해서 놈들을 물에 빠뜨려 죽인 다음 웬디를 우리 엄마로 삼는 거야.」

또 한 번 웬디는 자기가 숨어 있다는 걸 깜빡했다.

「절대 안 돼!」 웬디가 외치고는 얼른 다시 고개를 물속으로 집어넣었다.

「저게 무슨 소리지?」

하지만 해적들 눈에는 아무것도 보이지 않았다. 해적들은 그게 바람에 나뭇잎이 날리는 소리라고 생각했다. 「내 생각에 찬성하나, 나의 악당들이여?」 후크가 물었다.

「맹세코 실행하겠습니다.」 스미와 스타키가 말했다.

「난 내 갈고리에 대고 맹세하지.」

셋은 모두 맹세를 했다. 그때 해적들은 바위 위에 있었고, 갑자기 후크는 타이거 릴리가 생각났다.

「그 인디언은 어디에 있지?」 후크가 갑자기 캐물었다.

후크는 가끔 재밌는 농담을 하곤 했으며, 해적들은 이번에도 후크가 농담을 한다고 생각했다.

「다 잘됐습니다, 선장님.」 스미가 혼자 흐뭇해하며 대답했다. 「그 인디언을 풀어 주었습니다.」

「풀어 주었다고?」 후크가 외쳤다.

「선장님이 그렇게 명령하셨습니다.」 갑판장이 더듬거렸다.

「선장님이 석호 저편에서 인디언을 풀어 주라고 외치셨잖아요.」스타키가 말했다.

「무슨 소리를 지껄이는 거야!」후크가 화를 내며 외쳤다. 「대체 무슨 수작을 부리는 거야!」노여움 때문에 후크의 얼굴이 흙빛이 되었지만, 부하들이 거짓말하는 게 아니라는 걸 알고는 깜짝 놀랐다. 「이봐.」후크가 살짝 떨리는 목소리로 말했다. 「나는 그런 명령을 내린 적이 없어.」

「이거 아주 이상한데요.」스미가 말했고, 해적들은 모두 불안해서 안절부절못했다. 후크가 목청을 높였지만, 목소리는 떨리고 있었다.

「오늘 밤 이 어두운 석호를 떠도는 영혼이여.」후크가 외쳤다. 「내 말 들리나?」

물론 피터는 조용히 있어야 했지만, 물론 피터는 그러지 않았다. 피터는 곧바로 후크의 목소리로 대답했다.

「물론이다, 이놈아. 들리고말고.」

이런 끔찍한 상황에서도 후크는 얼굴색 하나 달라지지 않았지만, 스미와 스타키는 공포에 질려 서로 딱 달라붙어 있었다.

「넌 누구냐, 낯선 자여? 말해라!」후크가 대답을 요구했다.

「난 제임스 후크다.」목소리가 대답했다. 「졸리 로저호의 선장이지.」

「아니야. 아니야.」후크가 거친 목소리로 외쳤다.

「무슨 소리를 지껄이는 거야.」목소리가 대꾸했다. 「다시 한번 그따위 소리를 지껄이면 네놈에게 닻을 내려 버릴 테다.」

후크는 좀 더 비위를 맞추는 말투로 말했다. 「만약 당신이 후크라면,」 후크는 거의 겸손하게 들릴 정도로 말했다. 「말해 보시죠, 나는 누굽니까?」

「대구.」 목소리가 대답했다. 「대구에 지나지 않아.」

「대구!」 후크가 멍하니 따라 말했고, 그때까지 한 번도 꺾인 적 없이 당당하던 그의 자존심이 꺾이고 말았다. 후크는 부하들이 자기에게서 물러서는 것을 보았다.

「지금까지 대구를 선장으로 모셨다니.」 스미와 스타키가 투덜거렸다. 「정말 자존심 상하네.」

부하들의 행동은 개가 주인을 문 격이었지만, 비극의 주인공이 되고도 후크는 저 둘이 어쨌든 거의 상관하지 않았다. 이러한 두려운 상황에 직면해서 후크에게 필요한 건 부하의 믿음이 아니라 자신의 믿음이었다. 후크는 자신에게서 자아가 빠져나가는 느낌이 들었다. 「날 버리지 말아라, 이 악당아.」 후크는 자아에게 쉰 목소리로 속삭였다.

모든 위대한 해적들이 그러하듯, 후크 역시 어두운 기질 속에 약간은 여성스러운 면이 있었다. 그리고 그 덕분에 후크는 가끔 직감을 발휘하곤 했다. 돌연, 후크는 알아맞히기 놀이를 하려고 했다.

「후크,」 후크가 외쳤다. 「다른 목소리를 가지고 있어?」

피터는 놀이라면 결코 마다하지 않았고, 그래서 태평스럽게 자기 목소리로 대답했다. 「가지고 있지.」

「그리고 다른 이름도?」

「그래.」

「야채야?」 후크가 물었다.

「아니.」

「광물이야?」

「아니야.」

「동물이야?」

「그래.」

「남자 어른?」

「아니!」 이 대답이 조롱하듯 울려 퍼졌다.

「소년?」

「그래.」

「평범한 소년?」

「아니!」

「훌륭한 소년?」

웬디가 걱정하는 줄도 모르고, 이번에 울려 퍼진 대답은 〈그래〉였다.

「영국에 있어?」

「아니.」

「여기에 있어?」

「그래.」

후크는 도통 감을 잡을 수가 없었다. 「너희가 좀 물어봐.」 후크는 땀에 젖은 이마를 닦으며 부하들에게 말했다.

스미가 생각에 잠겼다. 「질문할 만한 게 하나도 생각 안

나요.」 스미가 아쉬워하며 말했다.

「못 맞히는군, 못 맞혀!」 피터가 꼬끼오 소리를 질렀다. 「포기하는 거야?」

물론 피터는 너무 우쭐댄 나머지 놀이에 지나치게 깊숙이 빠져들었고, 악당들은 그 틈에 기회를 잡았다.

「그래, 그래.」 해적들이 열심히 대답했다.

「하, 그렇다면.」 피터가 외쳤다. 「나는 피터 팬이다.」

팬!

후크는 순식간에 자신감을 되찾았고, 샘과 스타키는 후크의 충실한 부하가 되었다.

「이제 놈은 우리 거야.」 후크가 외쳤다.」 스미, 물로 들어가. 스타키, 보트를 지켜. 죽여도 상관없으니까 잡아 오기만 해.」

후크가 말하며 껑충 뛰어올랐고, 동시에 피터의 활기찬 목소리가 들려왔다.

「준비되었나, 소년들이여?」

「네!」 석호 여기저기에서 대답이 들려왔다.

「그러면 해적들을 혼내 주자.」

전투는 짧고 강렬했다. 맨 처음 적을 벤 건 존이었다. 존은 용감하게 보트에 올라가 스타키를 잡았다. 둘은 치열하게 싸웠고, 스타키는 단검을 놓쳤다. 그는 몸부림쳐 보트 밖으로 도망쳤고, 존은 그런 스타키를 따라 물로 뛰어들었다. 보트는 두둥실 떠내려갔다.

물속 여기저기에서 머리들이 불쑥 떠올랐고, 칼이 번뜩이면서 비명이나 환성이 뒤따랐다. 혼란 속에서 어떤 이는 자기 편을 공격하기도 했다. 스미의 코르크 따개에 투틀스는 네 번째 갈비뼈를 찔렸고, 스미는 컬리에게 찔리고 말았다. 한편 바위에서 멀리 떨어진 곳에서는 스타키가 슬라이틀리와 쌍둥이를 압박하고 있었다.

그런데 모두가 싸우는 동안 피터는 어디에 있었을까? 피터는 더 큰 승부를 찾고 있었다.

피터 말고 다른 소년들도 용감했으므로, 그들이 해적 선장에게서 도망쳤다고 비난해서는 안 된다. 후크는 물속에서 갈고리로 원을 그리며 무시무시하게 휘둘러 댔고, 소년들은 겁먹은 물고기처럼 달아났다.

하지만 후크를 두려워하지 않는 이가 한 명 있었다. 그 원으로 들어갈 준비가 된 이가 한 명 있었다.

기묘하게도, 둘이 만난 곳은 물속이 아니었다. 후크는 숨을 고르기 위해 바위 위로 올라왔고, 동시에 피터 역시 반대편에서 바위 위로 올라왔다. 바위는 공처럼 미끄러워서, 둘은 바위를 엉금엉금 기어올라야 했다. 둘은 상대가 반대편에서 올라오는 것을 알지 못했다. 잡을 곳을 찾던 둘은 상대의 팔을 잡았다. 깜짝 놀란 둘은 고개를 들었고, 거의 얼굴이 닿을 뻔했다. 둘은 그렇게 만났다.

위대한 영웅 중에는 결투를 벌이기 직전에 가슴이 조여들었다고 고백한 사람들도 있다. 바로 이때 피터 역시 그런 느낌을 받았다면 나는 기꺼이 그 점을 인정할 것이다. 어쨌든 후크는 시쿡이 유일하게 두려워했던 사람이니까. 하지만 피터는 가슴이 조여들지 않았고, 오로지 기쁠 뿐이었다. 그리고 기쁨에 겨운 피터는 예쁜 치아를 바드득 갈았다. 그리고 번개같이 빠르게 후크의 허리띠에서 칼을 낚아채 그를 찌르려 했다. 그 순간, 피터는 자신이 적보다 높은 곳에 있다는 걸 알아차렸다. 그건 공평한 싸움이 아니었다. 피터는 후크를 올라오게 하려고 손을 내밀었다.

후크가 피터를 깨문 건 바로 그때였다.

피터는 당황했지만, 아파서가 아니라 부당함 때문이었다. 피터는 어찌해야 할지 몰랐다. 충격을 받은 피터는 그냥 멍하니 바라볼 뿐이었다. 부당한 대접을 처음으로 받으면 모든 아이들이 이런 반응을 보인다. 아이들은 다른 이에게 공정하게 대접받을 권리가 있다고 생각한다. 물론 아이를 부당하게 대해도 아이는 다시 그 상대를 사랑하겠지만, 그 아이는 더는 예전의 아이가 아니다. 그 누구도 맨 처음 겪은 부당함을 떨쳐 낼 수 없다. 피터만 빼고는 말이다. 피터는 종종 부당한 일을 겪었지만, 늘 그걸 잊어버렸다. 나는 바로 이것이야말로 피터가 세상의 나머지 사람들과 진짜 다른 점이라고 생각한다.

그래서 피터는 이번 일이 마치 처음 겪는 것 같았다. 그리고 속수무책으로 그냥 지켜볼 수밖에 없었다. 그동안 후크의 쇠갈고리 손이 피터를 두 번이나 할퀴었다.

잠시 뒤, 다른 소년들은 후크가 물속에서 배를 찾아 허우적거리는 모습을 보았다. 후크의 사악한 얼굴은 의기양양함이라고는 전혀 없이 공포로 하얗게 질려 있었다. 악어가 그를 끈질기게 쫓아왔기 때문이다. 평소라면 소년들은 그 주위를 헤엄치며 응원했겠지만, 피터와 웬디가 없어져 불안해진 아이들은 둘의 이름을 부르며 석호를 샅샅이 뒤지고 있었다. 소년들은 해적들의 보트를 발견해 그걸 타고 가면서 〈피터, 웬디〉라고 외쳤지만, 인어들의 조롱 섞인 웃음소리만이 들려왔다. 「피터랑 웬디는 헤엄치거나 날아서 돌아올 거야.」 소년들은 그렇게 결론지었다. 소년들은 크게 걱정하지 않았다. 피터를 믿었기 때문이다. 잠잘 시간이 한참 지났기 때문에 아이들은 소년들이 그러하듯이 킥킥거렸다. 이건 모두 엄마인 웬디 잘못이야!

소년들의 목소리가 사라지자 석호에는 차가운 침묵이 찾아왔고, 희미한 외침이 들렸다.

「도와줘, 도와줘!」

작은 형체 둘이 바위에 부딪히고 있었다. 소녀는 기절해 소년의 팔에 안겨 있었다. 피터는 온 힘을 다해 웬디를 바위에 올려놓고 자신도 그 옆에 누웠다. 피터 역시 정신을 잃어갔고, 물이 차오르는 것을 보았다. 곧 물에 빠져 죽으리라는 걸 알았지만, 꼼짝도 할 수 없었다.

둘이 나란히 누워 있는 동안, 인어 한 명이 웬디의 발을 잡고 부드럽게 물속으로 끌어내렸다. 웬디가 곁에서 미끄러지는 걸 느낀 피터는 깜짝 놀라 몸을 일으키고는 웬디가 빠지기 직전에 제자리에 돌려놓았다. 하지만 피터는 웬디에게 진실을 말해야 했다.

「우리는 지금 바위 위에 있어, 웬디.」 피터가 말했다. 「하지만 바위가 점점 작아지고 있어. 곧 물이 차오를 거야.」

웬디는 아직까지도 상황을 이해하지 못했다.

「우린 가야만 해.」 웬디가 거의 명랑하다는 느낌이 들 정도의 말투로 말했다.

「응.」 피터가 힘없이 말했다.

「헤엄쳐 갈까, 아니면 날아서 갈까, 피터?」

피터는 웬디에게 말해야만 했다.

「웬디, 내 도움 없이도 섬까지 헤엄치거나 날아서 갈 수 있어?」

웬디는 자신이 너무 지쳤다는 것을 인정해야 했다.

피터가 신음을 내뱉었다.

「왜 그래?」 그 즉시 걱정이 된 웬디가 물었다.

「널 도와줄 수 없어, 웬디. 후크가 내게 상처를 입혔어. 난 날거나 헤엄칠 수 없어.」

「우리 둘 다 물에 빠져 죽을 거라는 뜻이야?」

「물이 얼마나 빨리 차오르는지를 봐.」

둘은 그 광경을 보지 않으려고 두 손으로 눈을 가렸다. 이제 둘은 자신들이 곧 죽으리라고 생각했다. 둘이 앉아 있는 사이 무엇인가가 키스처럼 가볍게 피터를 스치고 지나더니 그곳에 머물며 소심하게 물었다. 「내가 도움이 될 수 있을까?」

그건 마이클이 얼마 전에 만들었던 연의 꼬리였다. 당시 연은 마이클의 손에서 실을 끊어 내고 날아가 버렸다.

「마이클의 연이네.」 피터가 심드렁하게 말했지만, 다음 순간 피터는 연 꼬리를 잡더니 연을 자기 쪽으로 끌어당겼다.

「이 연이 마이클을 공중으로 들어 올렸었어.」 피터가 외쳤다. 그러니 너도 할 수 있을 거야.」

「우리 둘 다!」

「두 명은 안 될 거야. 마이클과 컬리가 이미 시도해 봤어.」

「제비뽑기를 하자.」 웬디가 용감하게 말했다.

「넌 숙녀야. 절대 안 돼.」 피터는 이미 연 꼬리를 웬디의 몸에 묶은 상태였다. 웬디는 피터에게 찰싹 달라붙었다. 웬디는 피터 없이는 가지 않겠노라고 말했다. 하지만 〈안녕, 웬디〉라는 말과 함께 피터는 웬디를 바위에서 밀쳤다. 그리고 연에 연결된 웬디는 몇 분 뒤 피터의 시야에서 사라졌다. 피터는 석호에 홀로 남겨졌다.

이제 바위는 아주 작아졌다. 곧 물속에 잠길 터였다. 물을 가로질러 은은한 빛줄기가 살며시 드리워졌다. 그리고 얼마 지나지 않아 세상에서 가장 감미롭고 가장 구슬픈 소리가 들려올 터였다. 인어들이 달을 부르는 소리였다.

피터는 보통 소년들과 많이 달랐다. 하지만 마침내 피터 역시 두려워졌다. 바다를 가로질러 떨림이 전해지듯, 피터의 몸에도 전율이 흘렀다. 하지만 바다에서는 수백 번이고 떨림이 계속되지만 피터는 단 한 번만 느꼈다. 다음 순간, 피터는 다시 바위에 우뚝 섰다. 얼굴에는 예의 그 웃음이 어렸고 가슴속에선 북소리가 쿵쿵거렸다. 가슴속 목소리가 말했다. 「죽는 건 정말 짜릿한 모험이 될 거야.」

9
네버 새

피터가 홀로 남기 전에 마지막으로 들은 소리는 인어들이 하나씩 바닷속 자기들 침실로 돌아가는 소리였다. 피터는 너무 멀리 떨어져 있었기에 인어들이 문을 닫는 소리는 듣지 못했다. 하지만 인어들이 사는 산호 동굴의 모든 문에는 (영국 본토의 최고로 멋진 집들이 모두 그러하듯) 작은 종이 달려 있어 문을 여닫을 때마다 딸랑거렸고, 피터는 그 소리를 들었다.

물은 꾸준히 차올라 피터의 발에 찰랑거렸다. 바닷물이 자기를 집어삼킬 때까지 시간을 때우기 위해 피터는 석호에 유일하게 있는 물체를 바라보았다. 연에서 떨어져 나온 종이가 떠 있는 거라고 생각했던 피터는 저게 섬까지 가려면 얼마나 걸릴까 궁금해했다.

곧, 피터는 그 이상한 물체가 분명히 무슨 목적을 띠고 석호에 있다는 걸 알아차렸다. 그 물체는 물살에 맞섰고 때로는 물살을 넘었기 때문이다. 그리고 언제나 약자 편인 피터는 그 물체가 물살을 넘을 때마다 자기도 모르게 박수를 쳤다. 참으로 씩씩한 종잇조각이었다.

그것은 사실 종잇조각이 아니었다. 그것은 둥지에 있으면서 피터에게 가기 위해 안간힘을 쓰는 네버 새였다. 둥지가 물에 빠진 뒤에 배운 날갯짓을 통해, 네버 새는 자신이 탄 희한한 배를 어느 정도 조종할 수 있었다. 하지만 피터가 새를 알아보았을 때 새는 이미 아주 지쳐 있었다. 네버 새는 둥지에 알들이 있음에도 피터를 구하기 위해 자기 둥지를 줄 생각으로 접근하는 중이었다. 물론 이런 행동이 조금은 의외이다. 비록 피터가 네버 새에게 잘해 주기는 했지만, 가끔은 괴롭힌 적도 있기 때문이다. 그러므로 달링 부인과 나머지 사람들처럼, 네버 새 역시 피터가 젖니를 모두 가지고 있다는 사실에 마음이 약해졌다고 생각할 수밖에 없다.

네버 새는 자기가 온 이유를 피터에게 외쳤고, 피터는 거기서 뭐 하는 중이냐고 네버 새에게 외쳤다. 당연히, 둘은 서로의 말을 알아듣지 못했다. 상상 속의 이야기라면 사람들은 새들과 자유자재로 대화할 수 있고, 나 역시 이게 상상 속의 이야기인 듯이 피터는 네버 새의 말을 알아듣고 제대로 대답했다고 쓰고 싶다. 하지만 진실이 최선이므로 나는 진짜 일어난 일만을 말하고 싶다. 둘은 상대의 말을 알아듣지 못했을 뿐 아니라 예의마저 잊어버렸다.

「난 ― 네가 ― 이 ― 둥지에 ― 타면 ― 좋겠어.」네버 새는 최대한 느리고 또박또박 말했다.「그러면 ― 넌 ― 해안까지 ― 갈 수 ― 있어, ― 그런데 ― 난 ― 너무 ― 지쳐서 ― 이걸 ― 더 ― 가까이 ― 가져갈 ― 수 ― 없어 ―

그러니 — 네가 — 이쪽으로 — 헤엄쳐 — 와야 — 해.」

「뭐라고 짹짹거리는 거야?」 피터가 대답했다. 「왜 그냥 둥지가 떠내려가게 두지 않는 거야?」

「난 — 네가 — 이 —」 네버 새는 이 말을 하고 또 되풀이해 말했다.

그러면 피터 또한 느리고 또박또박하게 말하려 했다.

「뭐라고 — 짹짹거리는 — 거야?」 이런 식이었다.

네버 새는 짜증이 나기 시작했다. 네버 새들은 아주 성미가 급하다.

「이 멍청한 꼬마야!」 네버 새가 외쳤다. 「왜 내 말대로 안 하는 거야?」

네버 새가 욕을 한다고 느낀 피터는 되는대로 쏘아붙였다.

「너도 마찬가지야!」

그리고 공교롭게도 둘은 같은 말을 했다.

「입 닥쳐!」

「입 닥쳐!」

그럼에도 네버 새는 할 수만 있다면 피터를 구하기로 마음먹었다. 네버 새는 마지막 기운을 짜내 둥지를 바위 쪽으로 몰고 갔다. 그리고 자기 뜻을 확실히 알리기 위해 알들을 버리고 날아올랐다.

마침내 네버 새의 의도를 이해한 피터는 둥지를 붙잡은 뒤 머리 위에서 파닥이는 네버 새를 향해 고맙다며 손을 흔들어 보였다. 하지만 네버 새가 하늘을 맴도는 건 피터의 감사를 받기 위해서가 아니었다. 네버 새는 심지어 피터가 둥지에 올라타는 것조차 보지 않았다. 네버 새의 관심사는 오로지 피터가 자기 알들을 어떻게 하는가 뿐이었다.

둥지 안에는 커다랗고 하얀 알이 두 개 있었고, 피터는 알들을 들어 올리더니 생각에 잠겼다. 새는 알들의 최후를 보지 않기 위해 날개로 얼굴을 가렸다. 하지만 자신도 모르게 깃털 사이로 피터를 훔쳐보았다.

바위 위에 장대가 하나 꽂혀 있다는 이야기를 내가 했는지 모르겠다. 오래전에 해적들이 보물을 묻은 곳을 표시하려고 박아 둔 장대였다. 잃어버린 소년들은 그 번쩍이는 보물을 발견했고, 장난기가 발동할 때면 포르투갈 금화, 다이아몬드, 진주, 스페인 은화를 갈매기들에게 던지곤 했고, 그게 먹이인 줄 알고 달려든 갈매기들은 이런 치사한 장난에 격분해 날아가 버렸다. 그 장대는 바위에 그대로 꽂혀 있었고, 스타키는 속이 깊고 챙이 넓은 자기 방수 모자를 장대에 걸어 놓았다. 피터는 이 모자 안에 알들을 넣은 뒤 석호에 띄웠다. 모자는 멋지게 물 위에 떴다.

네버 새는 피터의 의도를 곧바로 알아차리고 피터를 칭찬하며 탄성을 질렀다. 그리고, 어이쿠, 피터 역시 동감의 표시로 꼬끼오 하고 울었다. 이윽고 피터는 둥지에 탄 다음 돛대처럼 장대를 세우고 자기 셔츠를 돛 대신 달았다. 동시에 네버 새는 파닥거리며 모자로 내려와서 포근하게 알들을 품었다. 네버 새는 한쪽으로, 피터는 다른 쪽으로 흘러갔고, 둘은 큰 소리로 서로를 응원했다.

물론, 육지에 도착한 피터는 네버 새가 찾기 쉬운 곳에 돛

단배(사실은 네버 새의 둥지)를 끌어대 놓았다. 하지만 모자가 매우 맘에 든 네버 새는 둥지를 버렸다. 결국 둥지는 이리저리 물 위를 떠돌다가 산산조각이 났고, 스타키는 종종 석호가를 찾아와서 네버 새가 자기 모자에 앉은 광경을 씁쓸한 심경으로 바라보았다. 앞으로 다시는 네버 새가 등장하지 않으니 이 기회를 빌어 하는 말인데, 그 뒤로 섬에 있는 모든 네버 새들은 새끼들이 산책을 할 수 있는 챙 넓은 모자 모양의 둥지를 짓기 시작했다.

연을 타고 이리저리 날던 웬디가 집에 도착하고 거의 곧이어 피터까지 땅속의 집에 도착하자 아이들의 기쁨은 그야말로 대단했다. 소년들은 저마다 이야기하고 싶은 모험이 있었다. 하지만 그중에서도 최고의 모험은 잠잘 시간이 몇 시간이나 지나도록 깨어 있는 일이었다. 이 때문에 들뜬 아이들은 좀 더 오래 깨어 있으려고 붕대를 감아 달라는 등 온갖 뻔한 핑계를 댔다. 웬디는 아이들이 모두 무사하게 집으로 돌아와 기뻤지만, 시간이 늦어 초조해졌고, 결국 엄한 목소리로 〈침대로, 침대로〉라고 외쳤다. 하지만 이튿날 웬디는 아주 다정했고, 아이들 모두에게 붕대를 감아 주었고, 아이들은 팔에 삼각건을 걸고 절름거리면서 잠자리에 들 때까지 놀았다.

10
행복한 집

석호에서 해적들과 싸운 덕분에 피터는 인디언들을 친구로 삼는 값진 수확을 올렸다. 피터는 타이거 릴리를 끔찍한 운명에서 구했고, 이제 타이거 릴리와 그녀의 용사들은 피터를 위해서 무엇이든 할 각오가 되어 있었다. 인디언들은 밤새도록 땅 위에 앉아서 땅속의 집을 지키며 머지않아 있게 분명한 해적들의 대대적인 공격을 기다렸다. 심지어 낮에도 인디언들은 평화의 담뱃대를 문 채 마치 먹을거리라도 찾으려는 듯이 주변을 어슬렁거렸다.

인디언들은 피터를 위대한 백인 아버지라 부르며 피터 앞에 엎드렸고, 피터는 인디언들의 이런 행동을 아주 좋아했지만, 사실 그건 피터에게 그리 좋지 못한 일이었다.

피터는 인디언들이 자기 발 앞에서 엎드릴 때면 아주 위엄 있는 목소리로 말했다. 「나 위대한 백인 아버지는 피커니니 전사들이 해적들로부터 나의 집을 보호하는 걸 기쁘게 생각한다.」

사랑스러운 타이거 릴리는 이렇게 답하곤 했다. 「나 타이거 릴리, 피터 팬이 구해 줬다. 나 피터의 아주 좋은 친구이다. 나 해적들이 피터를 해치게 두지 않는다.」

타이거 릴리는 이런 식으로 굽실거리기에는 너무 예뻤지만, 피터는 그걸 당연히 여겼고, 생색내듯이 대답했다. 「그렇다니 좋다고, 피터 팬이 말하노라.」

피터가 〈피터 팬이 말하노라〉라고 말할 때면 인디언들은 일제히 입을 다물고 피터의 말을 겸허히 받아들여야 했다. 하지만 인디언들은 다른 소년들에게는 존경심을 보이지 않았고, 그냥 평범한 용사들처럼 대했다. 인디언들은 다른 소년들에게는 〈잘 지내?〉라고 말했고 다른 경우도 비슷한 식으로 대했다. 그리고 소년들은 피터가 인디언들의 이런 태도를 괜찮다고 생각하는 것 같아 짜증이 났다.

웬디는 속으론 소년들이 좀 딱했지만, 무척이나 충실한 주부의 입장에서 아버지에 대한 불평을 그냥 듣고만 있을 수는 없었다. 그래서 자신의 개인적인 의견이야 어찌되었든 늘 〈아빠가 가장 잘 아셔〉라고 말했다. 웬디 개인적인 의견으로는, 인디언들이 자기를 인디언 여인이라 부르지 않았으면 했다.

이제 우리는 그 모험과 결말 때문에 밤 중의 밤이라 알려지게 될 저녁에 이르렀다. 조용히 힘을 모은다는 듯이, 낮은 거의 아무 일도 없었고, 이제 인디언들은 땅 위의 자기들 초소에서 담요를 몸에 두르고 감시 중이었으며, 땅 밑에서는 아이들이 저녁 식사를 하고 있었다. 피터는 시간을 알아보려 밖에 나와 있었다. 네버랜드섬에서 시간을 알려면, 악어를 찾아 배 속의 시계가 울릴 때까지 그 근처에서 기다려야 했다.

그날 저녁 식사는 가짜 차 마시기였고, 소년들은 판자 주위에 둘러앉아 게걸스레 차를 마시는 척했다. 아이들이 떠들어 대는 소리는 웬디 말마따나, 정말로 귀청이 찢어질 정도였다. 물론 웬디는 아이들이 이렇게 떠드는 것에는 아무 상관도 하지 않았지만, 아이들이 남의 걸 빼앗아 놓고서 투틀스가 먼저 자기 팔꿈치를 밀쳤기 때문이라고 변명하는 건 그냥 넘어가지 않았다. 식사 시간에는 절대로 투덕거리면 안되며, 뭔가 의견 차이가 있을 때는 얌전히 오른손을 들고 〈나는 이런저런 게 불만입니다〉라고 웬디에게 건의하는 게 규칙이었다. 하지만 대개 아이들은 그렇게 하는 걸 잊어버리거나 또는 건의를 너무 많이 했다.

「조용.」 웬디는 아이들에게 모두 한꺼번에 말하지 말라고 스무 번째로 말한 뒤 이렇게 외쳤다. 「네 머그가 비었니, 슬라이틀리야?」

「아직이요, 엄마.」 슬라이틀리가 상상의 머그를 들여다본 뒤 말했다.

「슬라이틀리는 아직 우유를 입에 대보지도 않았대요.」 닙스가 끼어들었다.

그건 고자질이었고, 슬라이틀리는 기회를 놓치지 않았다.

「나는 닙스에게 불만이 있습니다.」 슬라이틀리가 즉시 외쳤다.

하지만 존이 먼저 손을 들었다.

「그래, 존?」

「피터가 없으니 제가 피터의 의자에 앉아도 될까요?」

「아빠 의자에 앉겠다는 거야, 존?」 웬디가 아연실색해 말했다. 「절대 안 돼.」

「피터는 진짜 우리 아빠가 아니잖아.」 존이 대답했다. 「내가 알려 주기 전까지는 아빠 노릇을 어떻게 해야 하는지조차 몰랐어.」

그건 불평이었다. 「우리는 존에게 불만이 있습니다.」 쌍둥이가 외쳤다.

투틀스가 손을 들었다. 투틀스는 아이들 가운데 가장 겸손한, 사실은 유일하게 겸손한 아이였기에 웬디는 특히 다정하게 대했다.

「내 생각에,」 투틀스가 숫기 없이 소심하게 말했다. 「난 아빠가 될 수 없을 거 같아.」

「맞아, 투틀스.」

투틀스는 아주 자주는 아니었지만, 이야기를 엉뚱하게 전개시키는 경우가 있었다.

「내가 아빠가 될 수 없으니까 말인데,」 투틀스가 느릿느릿 말했다. 「마이클 너 대신 내가 아기가 되면 안될까?」

「아니, 안 돼.」 마이클이 날카롭게 말했다. 마이클은 이미 바구니에 들어가 있었다.

「내가 아기가 될 수 없으니 말인데,」 투틀스는 더욱더 느릿느릿 느릿느릿 그리고 더 느릿느릿하게 말했다. 「넌 내가 쌍둥이가 될 수 있다고 생각해?」

「아니, 그럴 수 없어.」 쌍둥이가 대답했다. 「쌍둥이로 지내

144

는 건 아주 어려운 거야.」

「내가 중요한 존재가 될 수 없으니까 말인데,」 투틀스가 말했다. 「너희들 가운데 내가 마술하는 거 보고 싶은 사람 있어?」

「싫어.」 모두가 동시에 대답했다.

이윽고 마침내 투틀스는 포기했다. 「사실 기대도 안 했어.」 투틀스가 말했다.

밉살스러운 고자질이 다시 시작되었다.

「슬라이틀리가 식탁에 대고 기침을 해요.」

「쌍둥이가 치즈케이크를 먹기 시작했어요.」

「컬리가 버터와 꿀 둘 다 가져가요.」

「닙스가 입에 음식을 잔뜩 넣고 말을 해요.」

「나는 쌍둥이에게 불만이 있습니다.」

「나는 컬리에게 불만이 있습니다.」

「난 닙스에게 불만이 있습니다.」

「어휴, 어휴.」 웬디가 외쳤다. 「어떨 땐 결혼 안 한 여자들이 부럽다니까.」

웬디는 아이들에게 식탁을 깨끗이 치우라고 말한 뒤 일감이 든 바구니 앞에 앉았다. 바구니에는 평소처럼 무릎에 구멍이 난 긴 양말들이 가득 들어 있었다.

「웬디,」 마이클이 불만을 말했다. 「나는 요람에서 자기에는 몸집이 너무 커.」

「하지만 누군가 요람에서 자는 사람이 내게 필요한걸.」 웬디가 거의 쏘아붙이듯이 말했다. 「그리고 네가 제일 어리잖아. 요람이 있으면 집이 굉장히 아늑한 기분이 든단 말이야.」

웬디가 바느질하는 동안 아이들은 그 주위에서 놀았다. 즐거운 얼굴로 춤추고 뛰노는 아이들은 낭만적인 벽난로 불빛 속에서 밝게 빛났다. 이런 모습은 땅속의 집에서 아주 익숙한 광경이었지만, 이제 우리가 이 모습을 보는 것도 마지막이 될 터이다.

위에서 걸음 소리가 들렸고, 물론 웬디가 제일 먼저 그 소리를 들었다.

「얘들아, 아빠 걸음 소리를 들었어. 문 앞에서 기다리다 맞이해 드리면 좋아하실 거야.」

위에서는 인디언들이 피터 앞에서 허리를 숙이고 있었다.

「망을 잘 보도록 하라, 용사들이여. 피터 팬이 말하노라.」

이윽고, 전에도 아주 자주 그러했듯이, 명랑한 아이들이 피터를 나무에서 끌어당겼다. 전에는 아주 자주 그리했지만 이제 다시는 그러지 못할 터였다.

피터는 웬디를 위해 정확한 시간을 알아 왔고 소년들을 위해서는 견과류를 가져왔다.

「피터, 그러면 아이들 버릇이 나빠져. 알잖아.」 웬디가 억지웃음을 지었다.

「어이쿠, 잔소리꾼 마누라라니까.」 피터가 총을 걸어 놓으며 말했다.

「엄마를 잔소리꾼 마누라라고 부른다는 걸 알려 준 건 바로 나야.」 마이클이 컬리에게 속삭였다.

「나는 마이클에게 불만이 있습니다.」 컬리가 즉각 말했다.

쌍둥이 가운데 맏이가 피터에게 갔다. 「아빠, 우리 춤추고 싶어요.」

「저리 가서 추렴, 애야.」 기분이 아주 좋은 피터가 말했다.

「하지만 아빠도 춤을 췄으면 좋겠어요.」

사실 피터는 무리에서 가장 춤을 잘 췄지만 깜짝 놀란 척했다.

「내가? 이 늙은 몸으로 춤을 추면 뼈가 덜그럭거릴 거란다!」

「그리고 엄마도 같이요.」

「뭐라고?」 웬디가 외쳤다. 「이 엄마는 할 일이 산더미 같은데, 춤을 어떻게 추겠니!」

「하지만 토요일 저녁이잖아요.」 슬라이틀리가 넌지시 말했다.

사실은 토요일 저녁이 아니었다. 아니 사실은 그럴지도 몰랐다. 아이들은 날짜가 어떻게 되는지 잊은 지 오래였기 때문이었다. 하지만 아이들은 뭔가 특별한 것을 하고 싶을 때면 오늘이 토요일 밤이라고 말을 하면서 그 일을 했다.

「오늘이 토요일 밤이기는 해, 피터.」 웬디가 마음이 약해지며 말했다.

「우리 같은 사람들이 무슨 춤이야, 웬디!」

「하지만 우리끼리잖아.」

「맞아요, 맞아요.」

그래서 아이들은 춤추는 걸 허락받았지만, 먼저 잠옷으로 갈아입어야 했다.

「어휴, 잔소리꾼 마누라 같으니.」 피터는 난롯가에서 몸을 녹였고, 다시 앉아서 양말을 꿰매기 시작한 웬디에게 속삭였다. 「하루 일과가 끝난 저녁에 이렇게 아이들과 함께 벽난로 옆에 앉아 쉬는 것만큼 좋은 일도 없어.」

「정말 행복해, 피터, 그치?」 무척이나 즐거워진 웬디가 말했다. 「피터, 컬리가 당신 코를 닮은 거 같아.」

「마이클은 당신을 닮았어.」

웬디는 피터에게 다가가 어깨에 손을 얹었다.

「사랑하는 피터,」 웬디가 말했다. 「물론 난 이 많은 식구를 돌보느라 좋은 시절을 다 보냈지만, 이제 와서 나 말고 다른 여자를 얻고 싶진 않겠지, 그렇지?」

「맞아, 웬디.」

분명히 피터는 다른 여자를 원하지 않았다. 하지만 피터는 이게 꿈인지 생시인지 잘 모르겠다는 사람처럼 눈을 깜박이면서 불편하게 웬디를 바라보았다.

「피터, 왜 그래?」

「생각을 좀 하고 있었어.」 피터가 약간 겁먹은 표정으로 말했다. 「이건 그냥 흉내 내기야, 그렇지? 내가 저 애들 아빠라는 거 말이야.」

「응, 그래.」 웬디가 새침하게 말했다.

「알겠지만,」 피터가 미안해하며 계속 말했다. 「쟤네들의 진짜 아빠가 되면 너무 늙어 보일 거야.」

「하지만 쟤네들은 우리 아이들이야, 피터. 너와 나의 아이들.」

「하지만 진짜는 아니지, 웬디?」 피터가 초조해하며 물었다.

「네가 원하지 않으면 그렇지.」 웬디가 대답했다. 그리고 웬디는 피터가 안도의 한숨을 쉬는 걸 똑똑히 들었다. 「피터,」 웬디는 단호히 말하려 애쓰며 물었다. 「넌 나에 대해 진짜로 어떤 감정을 갖고 있어?」

「충실한 아들의 감정이야, 웬디.」

「그럴 줄 알았어.」 웬디가 말하고는 방 맨 끝으로 가 혼자 앉았다.

「너 정말 이상하다.」 피터가 어리둥절해하며 말했다. 「그리고 타이거 릴리도 마찬가지야. 걔는 내게 뭔가가 되고 싶다는데 그게 엄마는 아니라더라.」

「그래, 절대로 그건 아니지.」 웬디가 아주 힘주어 대답했다. 이제 우리는 웬디가 어째서 인디언들에 대해 편견을 갖게 되었는지를 안다.

「그럼 뭔데?」

「그건 숙녀가 말할 게 못 돼.」

「오, 좋아.」 피터가 살짝 짜증을 내며 말했다. 「아마도 팅커 벨이라면 말해 주겠지.」

「오, 그래. 팅커 벨이라면 말해 주겠지.」 웬디가 조롱하듯 대꾸했다. 「걔는 버림받은 꼬맹이니까.」

그러자 침실에서 엿듣던 팅크가 부끄러운 줄도 모르고 뭔가를 말했다.

「팅크는 자기가 버림받아 다행이라는데.」 피터가 해석해 주었다.

갑자기 피터에게 좋은 수가 떠올랐다. 「혹시 팅크가 내 엄마가 되길 원하는 걸까?」

「이 바보 멍청아!」 팅크가 열을 내며 소리쳤다.

팅크는 이 말을 하도 자주 했기에 웬디는 통역이 필요 없었다.

「나도 팅크 말에 동감이야.」 웬디가 매섭게 쏘아붙였다. 착한 웬디가 쏘아붙이다니! 하지만 웬디는 그때까지 속이 뒤집히는 소리를 너무 많이 들었고, 또 그날 밤이 다 가기 전에 무슨 일이 일어날지 알지도 못했다. 만약 알았더라면 피터에게 그렇게 쏘아붙이지 않았을 것이다.

아무도 알지 못했다. 아마도 모르는 게 약일 터였다. 아무 것도 모르는 덕분에 아이들은 한 시간을 더 즐겁게 보낼 수 있었다. 그리고 아이들이 섬에서 보내는 마지막 시간이니 즐 거운 60분이 더 주어졌다는 사실에 기뻐하자. 아이들은 잠 옷 차림으로 노래하고 춤췄다. 그 노래는 무척이나 재미있 고도 오싹했으며, 아이들은 노래를 부르며 자기 그림자를 보고 겁먹은 척했다. 하지만 아이들은 곧 무서운 그림자가 자신들을 덮치고, 그래서 자신들이 진짜로 두려워하며 몸을 움츠리게 되리라는 사실을 알지 못했다. 그리고 춤은 아주 흥겹고 요란했으며, 아이들은 침대에서 그리고 침대 밖에서 서로 치고 박았다! 그건 춤이라기보다는 베개 싸움이었고, 베개 싸움이 끝나고 나자 베개들은 마치 다시는 서로를 못 볼 걸 알기라도 하는 듯이 한 번 더 하자고 고집을 부렸다.

잠자리에서 웬디의 재밌는 이야기를 듣기에 앞서 아이들이 하는 이야기들! 그날 밤은 슬라이틀리마저 이야기를 하겠다고 나섰는데, 시작부터 너무나 지루한 탓에 아이들은 물론이고 슬라이틀리마저도 쾌활하게 말했다.

「그래, 시작이 재미없네. 그래서 말인데, 이걸 끝인 척하면 어때?」

마침내 아이들은 웬디의 이야기를 들으려고 침대에 누웠다. 아이들은 좋아하지만 피터는 싫어하는 이야기였다. 그래서 평소에는 웬디가 이야기를 시작하면 피터는 방을 나가거나 손으로 귀를 막고 있었다. 그리고 만약 이번에도 피터가 이 둘 가운데 한 가지 행동을 했다면 소년들은 모두가 예전처럼 섬에 남아 있었을지도 모른다. 하지만 오늘 밤 피터는 그대로 의자에 앉아 있었다. 자, 이제 무슨 일이 일어날지를 보자.

11
웬디의 이야기

「자, 들어 보렴.」 웬디는 이야기를 시작했다. 마이클은 웬디의 발치에, 그리고 일곱 명의 소년은 침대에 있었다. 「옛날에 신사 한 명이 있었어 ─」

「신사가 아니라 숙녀면 좋겠는데.」 컬리가 말했다.

「난 하얀 쥐였으면 좋겠어.」 닙스가 말했다.

「조용.」 엄마가 아이들에게 주의를 주었다. 「그리고 숙녀도 있었단다. 그리고 ─」

「아, 엄마.」 쌍둥이 중 맏이가 외쳤다. 「그러니까 숙녀도 있었다는 거죠? 숙녀는 죽지 않은 거죠?」

「그럼. 죽지 않았어.」

「죽지 않았다니 정말 다행이에요.」 투틀스가 말했다. 「너도 기쁘니, 존?」

「물론 기쁘지.」

「너도 기쁘니, 닙스?」

「그럭저럭.」

「너희도 기쁘니, 쌍둥이야?」

「기뻐.」

「어휴, 애들아.」 웬디가 한숨을 쉬었다.

「좀 조용히 해.」 웬디가 제대로 이야기할 수 있게 기회를 주어야 한다고 생각한 피터가 외쳤다. 하지만 피터는 웬디가 할 이야기가 아주 싫었다.

「그 신사의 이름은,」 웬디가 계속 말했다. 「달링 씨고 숙녀의 이름은 달링 부인이었어.」

「나 그 사람들을 알아.」 다른 소년들 눈에 밉살스럽게도 존이 말했다.

「나도 아는 거 같아.」 마이클이 다소 주저하며 말했다.

「너희도 알다시피, 둘은 결혼을 했지.」 웬디가 설명했다. 「그리고 둘이 무엇을 가졌을 거 같니?」

「하얀 쥐들이요.」 닙스가 한껏 들떠 외쳤다.

「아니야.」

「이거 진짜 헷갈리네.」 이 이야기를 외우고 있는 투틀스가 말했다.

「조용히, 투틀스. 그 부부에게는 자식이 세 명 있었단다.」

「자식이 뭔가요?」

「너도 그중 하나란다, 쌍둥이야.」

「들었어, 존? 난 자식이래.」

「자식은 그냥 아이들일 뿐이야.」 존이 말했다.

「이런, 이런.」 웬디가 한숨을 쉬었다. 「이 세 명의 아이들에게는 나나라는 충직한 보모가 있었어. 그런데 달링 씨는 나나에게 화가 나서 나나를 마당에다 쇠사슬로 묶어 두었지. 그리고 아이들은 모두 날아가 버렸어.」

「정말 멋진 이야기야.」닙스가 말했다.

「아이들은 날아가 버렸어.」웬디가 계속 말했다. 「잃어버린 아이들이 있는 네버랜드로 말이야.」

「그랬을 거라고 생각했어.」컬리가 흥분해서 끼어들었다. 「왜인지는 모르겠지만, 그냥 그랬을 거라는 생각이 들었어!」

「오, 웬디 엄마.」투틀스가 외쳤다. 「잃어버린 아이들 중에 혹시 투틀스라는 이름의 아이가 있나요?」

「그래, 있단다.」

「내가 이야기에 나온대. 야호, 내가 이야기에 나온대, 닙스.」

「쉿. 이제 아이들이 사라져서 불행해진 부모님의 마음이 어떨지 생각해 보자.」

「아아!」소년들은 불행한 부모의 마음 따위는 사실 생각하지도 않으면서도 모두 신음을 토했다.

「텅 빈 침대를 생각해 보렴!」

「아아!」

「정말 슬퍼.」쌍둥이 중 맏이가 즐겁게 말했다.

「이 이야기가 과연 행복하게 끝날 수 있을지 모르겠네.」쌍둥이 중 둘째가 말했다. 「안 그래, 닙스?」

「난 굉장히 걱정이 돼.」

「엄마의 사랑이 얼마나 위대한지 안다면,」웬디가 의기양양해하며 아이들에게 말했다. 「두려울 게 없어.」웬디는 이제 피터가 싫어하는 대목에 이르렀다.

「난 엄마의 사랑이 참 좋아.」 투틀스가 베개로 닙스를 치며 말했다. 「너도 엄마의 사랑이 좋니, 닙스?」

「나도 좋아.」 투틀스를 베개로 되받아치며 닙스가 말했다.

「너희도 알겠지만,」 웬디가 흐뭇해하며 말했다. 「우리의 여주인공은 아이들이 언제든 돌아올 수 있도록 엄마가 창문을 열어 뒀다는 걸 알았어. 그래서 세 아이들은 오랫동안 머나먼 곳에서 즐겁게 지냈단다.」

「결국에는 아이들이 돌아갔나요?」

「자 이제,」 웬디는 최고의 부분을 위해 정신을 집중하고 말했다. 「미래를 살짝 들여다보자꾸나.」 그리고 아이들은 미래를 더 잘 들여다볼 수 있도록 살짝 몸을 꼬았다. 「세월이 흐른 뒤, 저기 런던역에 도착한, 우아하면서도 나이를 가늠하기 어려운 저 여인은 누굴까?」

「오, 웬디 엄마, 그게 누구예요?」 닙스는 마치 아무것도 모른다는 듯이 매번 흥분해서 외쳤다.

「그건 아마도 ― 아니야 ― 그래 ― 아름다운 웬디란다!」

「와!」

「그리고 그 숙녀 옆의 당당하고 건장한 어른 남자 둘은 누굴까? 혹시 존과 마이클일까? 그렇네!」

「와!」

「〈보렴, 사랑하는 동생들아.〉 웬디가 위를 가리키며 말했어. 〈창문이 아직도 열려 있어. 아, 엄마의 사랑을 굳게 믿었기에 이제 보답을 받는 거란다.〉 그렇게 해서 세 남매는 엄마 아빠에게 날아갔어. 그리고 그 행복한 순간은 말로 다 설명할 수 없으니 여기서 이야기를 끝마쳐야겠어.」

이야기는 이렇게 끝났고, 아이들은 즐거워했고, 재밌게 이야기를 한 웬디 역시 즐거워했다. 알다시피, 이야기는 행복한 결말로 끝났다. 우리들은 세상에서 가장 매정한 존재처럼 도망치기도 한다. 아이들은 원래 그런 존재이다. 하지만 또한 그만큼 사랑스럽다. 그리고 우리는 오롯이 이기적인 시간을 보내다가 특별한 관심이 필요해지면 당당히 돌아가 그걸 요구한다. 거절당하긴커녕 기꺼이 받아들여질 것이라 굳게 믿고서 말이다.

세 남매는 엄마의 사랑을 굳게 믿고 있으니, 무정히도 조금 더 그곳에 있어도 된다고 느꼈다.

하지만 엄마의 사랑에 대해 더 잘 아는 사람이 한 명 있었고, 웬디가 이야기를 끝내자 그 아이는 공허한 신음을 토했다.

「왜 그래, 피터?」 피터가 아프다고 생각한 웬디가 그에게 달려가며 외쳤다. 웬디는 피터의 가슴 아래를 걱정스레 만져 보았다. 「어디가 아픈 건데, 피터?」

「몸이 아픈 게 아니야.」 피터가 우울하게 대답했다.

「그러면 어디가 아픈데?」

「웬디, 넌 엄마에 대해 잘못 알고 있어.」

피터의 의견에 놀란 아이들이 걱정스레 피터의 주위로 몰려들었다. 그리고 피터는 지금까지 숨겨 왔던 사실에 대해 아이들에게 자세히 털어놓았다.

「오래전,」 피터가 말했다. 「나도 내 엄마가 날 위해 언제나 창문을 열어 둘 거라 생각했어. 그래서 나는 몇 달이고 밖에 나가 있었지. 그러다가 집으로 날아서 돌아갔지만, 창문은 굳게 닫혀 있었어. 엄마는 나에 대해 까맣게 잊었거든. 그리고 내 침대에는 다른 남자애가 자고 있었어.」

이 말이 사실인지는 모르겠지만, 피터는 그게 사실이라고 믿었다. 그리고 아이들은 겁을 먹었다.

「엄마들이 그렇다는 게 확실한 거야?」

「그래.」

즉 이게 엄마들에 대한 진실이었다. 소름 끼쳐라!

그러니 조심하는 게 최선이다. 그리고 아이들은 언제 숙이고 들어가야 할지를 귀신같이 알아내는 재주가 있다. 「웬디 누나, 집에 가자.」 존과 마이클이 외쳤다.

「그래.」 웬디가 아이들을 꼭 붙잡으며 말했다.

「오늘 밤은 아니지?」 잃어버린 소년들이 어리둥절해하며 물었다. 물론 아이들은 엄마 없이도 잘 살 수 있다는 걸 잘 알았다. 그리고 아이들이 그러지 못하리라고 생각하는 건 엄마들뿐이라는 사실도.

「지금 당장.」 웬디가 단호히 말했다. 끔찍한 생각이 들었기 때문이다. 「지금쯤이면 벌써 장례를 마치고 엄마가 회색 옷으로 갈아입었을지도 몰라.」

웬디는 두려운 나머지 피터가 어떤 기분일지는 까맣게 잊었다. 그리고 다소 날카롭게 피터에게 말했다. 「피터, 떠날 준비 좀 해줄래?」

「원한다면.」 피터는 웬디가 나무 열매를 건네 달라고 한 것처럼 차분하게 대답했다.

둘이 헤어지게 되어서 아쉽다는 말조차도 없었다! 피터는 만약 웬디가 이별을 서운해하지 않는다면 자기도 그렇지 않다는 걸 보여 줄 생각이었다. 그게 피터였다.

하지만 물론 피터는 헤어지는 것이 마음 아팠다. 그리고 언제나처럼 모든 일을 망치는 어른들에 대한 분노로 가득 찼다. 그래서 자기 나무 안에 들어가 일부러 1초에 다섯 번씩 빠르게 숨을 쉬었다. 피터가 그렇게 한 것은 네버랜드에서는 숨을 한 번 쉴 때마다 어른이 죽는다는 말이 있기 때문이다. 피터는 복수심에 젖어 최대한 빠르게 어른들을 죽이고 있었다.

그런 뒤 피터는 인디언들에게 필요한 지시를 내리고 집으로 돌아왔다. 집에서는 피터가 없는 사이에 부끄러운 일이 벌어졌다. 웬디를 잃는다는 생각으로 공포에 사로잡힌 소년들이 웬디를 붙잡고 위협조로 억지를 부린 것이다.

「웬디가 오기 전보다 더 나빠질 거야.」 아이들이 외쳤다.

「웬디를 가게 둘 수는 없어.」

「웬디를 감옥에 가두자.」

「그래. 사슬로 묶자.」

궁지에 몰린 웬디는 누구에게 도움을 청해야 할지를 본능적으로 알았다.

「투틀스.」 웬디가 외쳤다. 「제발 부탁해.」

이상하지 않은가? 제일 어수룩한 투틀스에게 간절히 부탁하다니 말이다.

하지만 투틀스는 당당하게 대답했다. 투틀스는 그 순간 만큼은 어수룩한 모습 없이 위엄 있게 말했다.

「난 그냥 투틀스일 뿐이야.」 투틀스가 말했다. 「아무도 내게 신경 안 써. 하지만 웬디에게 영국 신사처럼 행동하지 않는 사람은 피를 철철 흘리게 될 줄 알아.」

투틀스는 허리띠에서 자신의 단검을 뽑아 들었다. 그 순간만큼은 투틀스가 주인공이 되어 모두의 시선을 사로잡았다. 다른 소년들은 거북한 듯이 뒤로 물러섰다. 이윽고 피터가 돌아왔고, 아이들은 피터에게서 도움을 얻지 못하리라는 것을 단번에 알아차렸다. 피터는 그 어떤 소녀도 네버랜드에 억지로 두려고 하지 않을 터였다.

「웬디.」 피터가 서성이며 말했다. 「인디언들이 숲속에서 네게 길을 안내할 거야. 날아가면 피곤할 테니까.」

「고마워, 피터.」

「그리고.」 명령을 내리는데 익숙한 날카롭고 무뚝뚝한 목소리로 피터가 계속 말했다. 「바다를 건널 때는 팅커 벨이 도와줄 거야. 팅크를 깨워, 닙스.」

닙스는 답을 들을 때까지 두 번이나 문을 두드려야 했다. 하지만 사실 팅크는 침대에 앉아서 한동안 이야기를 엿듣고 있었다.

「누구야? 감히 누구야? 꺼져.」 팅크가 소리쳤다.

「일어나야 해, 팅크.」 닙스가 외쳤다. 「웬디를 안내해 줘.」

물론 팅크는 웬디가 떠난다는 말에 기뻤지만 웬디의 안내원 노릇은 절대로 하지 않으리라 결심했다. 그래서 팅크는 좀 전보다 더 못된 말을 했다. 그리고 다시 잠든 척했다.

「팅크가 안 하겠대!」 팅크의 옹고집에 당황한 닙스가 외쳤다. 그러자 피터는 엄격한 태도를 보이며 어린 숙녀의 방으로 향했다.

「팅크.」 피터가 소리쳤다. 「만약 지금 당장 일어나서 옷을 입지 않으면 커튼을 열어젖힐 거야. 그럼 우리 모두는 네가 잠옷 차림인 걸 보게 될걸.」

이 말에 팅크는 바닥으로 뛰어내렸다. 「내가 안 일어나겠다고 누가 그래?」 팅크가 외쳤다.

그동안 소년들은 존, 마이클과 함께 떠날 채비를 마친 웬디를 처량한 표정으로 바라보고 있었다. 이제 소년들은 풀이 죽어 있었다. 이제 웬디가 떠날 뿐 아니라 자신들은 초대받지 못한 멋진 어딘가로 떠난다는 생각이 들어서였다. 언제나 그렇듯, 새로운 모험이 아이들을 향해 손짓하고 있었다.

소년들의 처량한 표정을 본 웬디는 마음이 약해졌다.

「얘들아.」 웬디가 말했다. 「너희가 나랑 함께 간다면 너희를 입양해 달라고 내가 우리 엄마 아빠를 설득할 수 있을 거야.」

그 초대는 피터에게 특별한 의미가 있었지만, 오로지 자기 생각뿐인 다른 소년은 그 말을 듣자 기뻐서 껑충껑충 뛰었다.

「하지만 두 분이 우리를 성가셔하지 않을까?」 껑충껑충 뛰면서 닙스가 물었다.

「오, 아니야.」 웬디가 재빨리 생각하며 말했다. 「거실에 침대 몇 개만 더 놓으면 되는걸. 매달 첫 목요일[1]에는 칸막이를 놓아 가리면 될 거고.」

「피터, 우리 가도 돼?」 소년들은 애원하듯 한목소리로 외쳤다. 아이들은 자신들이 가면 피터도 당연히 갈 것이라고 여겨졌지만, 사실은 피터가 가든 말든 아무래도 좋았다. 아이들은 신기한 일을 앞두면 아무리 소중한 사람들이라도 당장 버리고 떠날 수 있다.

「가도 돼.」 피터는 쓴웃음을 지으며 대답했고, 그 즉시 소년들은 짐을 챙기러 달려갔다.

「자, 피터.」 모든 걸 제대로 해결했다고 생각한 웬디가 말했다. 「떠나기 전에 약을 먹고 가자.」 웬디는 아이들에게 약 주는 걸 무척이나 좋아했고, 사실, 너무 많이 줬다. 물론 약이 아니라 그냥 물이었지만, 병에 들어 있었고, 웬디는 언제나 병을 흔든 다음 몇 방울이 나오는지를 헤아려 줬다. 하지만 이번에 웬디는 피터에게 약을 주지 못했다. 약을 준비하다가 피터의 표정을 보고서 심장이 쿵 내려앉았던 것이다.

「짐 챙겨, 피터.」 몸을 떨며 웬디가 외쳤다.

「싫어.」 피터는 관심 없는 척하며 대답했다. 「너랑 같이 안 갈 거야, 웬디.」

「같이 가자, 피터.」

「싫어.」

1 달링 부인은 자신이 속한 사교 모임의 친구들이 정식 초대 없이도 집을 방문할 수 있도록 매달 첫 목요일 오후에 늘 집에 있다. 이하 모든 주는 옮긴이의 주이다.

웬디가 떠나도 아무렇지도 않다는 걸 보여 주기 위해, 피터는 방을 이리저리 뛰어다니며 매정하게도 피리를 신나게 불었다. 좀 품위가 떨어지기는 했지만, 웬디는 피터를 쫓아 방을 뛰어다녀야 했다.

「네 엄마를 찾자.」 웬디가 피터를 구슬렸다.

설령 피터에게 엄마가 있었다 하더라도, 이제 피터는 더는 엄마가 그립지 않았다. 피터는 엄마 없이도 잘 살 수 있었다. 피터는 엄마에 대해 나쁜 점만 기억하며 나머지는 모두 잊었다.

「싫어, 싫어.」 피터는 웬디에게 단호히 말했다. 「그리고 엄마는 내가 많이 자랐다고 할 거야. 난 언제나 어린 소년으로 남아서 신나게 놀고 싶어.」

「하지만, 피터 ──」

「싫어.」

그리고 이제 다른 소년들도 이 사실을 알아야 했다.

「피터는 가지 않는대.」

피터가 가지 않는다니! 막대기에 보따리를 매달아 짊어진 소년들은 멍하니 피터를 바라보았다. 아이들이 제일 먼저 한 생각은 만약 피터가 가지 않으면 자기들 역시 가지 못하게 막을 거라는 것이었다.

하지만 그러기에는 피터의 자존심이 너무 셌다. 「너희 엄마를 찾으면,」 피터가 우울하게 말했다. 「너희 맘에 들기를 바라.」

지독히 비꼬는 이 말을 들은 아이들은 마음이 불편해졌

고, 대부분은 어리둥절해하기 시작했다. 아이들의 표정은 〈가고 싶은 게 멍청한 건 아니지?〉라고 말하고 있었다.

「자, 자.」 피터가 외쳤다. 「요란 떨지 말고, 엉엉 울지도 마. 잘 가, 웬디.」 그리고 피터는 자기에겐 중요한 할 일이 있으니 이제는 아이들이 정말로 떠나야 할 때라는 듯이 즐겁게 손을 내밀었다.

피터가 골무를 더 좋아한다는 표시가 없었기에 웬디는 피터의 손을 잡았다.

「속옷 갈아입는 거 안 잊어버릴 거지, 피터?」 웬디는 피터 주위를 맴돌며 말했다. 웬디는 아이들 속옷에 늘 특별히 주의를 기울였다.

「응.」

「그리고 약 챙겨 먹을 거지?」

「응.」

할 말은 다 한 듯싶었고, 어색한 침묵이 뒤따랐다. 하지만 피터는 남들 앞에서 약한 모습을 보일 아이가 아니었다. 「준비됐어, 팅커 벨?」 피터가 외쳤다.

「응, 응.」

「그럼 앞장서.」

팅크는 제일 가까운 나무로 쏜살같이 날아갔다. 하지만 아무도 팅크를 뒤따르지 않았다. 바로 그 순간 해적들이 인디언들을 맹렬히 공격했기 때문이다. 모든 것이 정적에 싸여 있던 땅 위는 순식간에 비명과 칼들이 부딪치는 소리로 가득 찼다. 땅 밑에서는 무거운 침묵이 감돌았다. 모두들 벌린 입을 다물지 못했다. 웬디는 두 무릎을 꿇고 앉았지만, 두 팔은 피터를 향해 벌린 채였다. 그리고 마치 갑자기 바람이 피터 쪽으로 불었다는 듯이 소년들 모두 피터를 향해 팔을 뻗쳤다. 아이들은 자기들을 버리지 말라고 피터에게 소리 없이 애원하고 있었다. 한편 피터는 바비큐를 죽일 때 썼던 칼을 움켜쥐었다. 피터의 눈은 결투에 대한 기대감으로 이글이글 불타올랐다.

12
아이들이 붙잡히다

해적들의 공격은 전혀 예상치 못한 사건이었다. 이건 파렴치한 후크가 비겁하게 공격을 했다는 확실한 증거였다. 인디언들을 제대로 놀라게 하려면 백인의 상식을 넘어서야 하기 때문이다.

잔인한 전쟁의 불문율에 따르면, 공격을 시작하는 쪽은 언제나 인디언이며, 인디언들은 원래 교활하기에 백인들의 사기가 제일 떨어지는 동트기 직전에 공격을 한다. 그사이 백인들은 굽이치는 언덕 꼭대기에다 말뚝으로 대충 울타리를 세운다. 언덕을 고를 때는 발치에 물이 흐르는 곳을 고르는데, 그건 물에서 너무 멀리 떨어지면 죽는다는 생각 때문이다. 그리고 백인들은 인디언들의 맹습을 기다리는데, 경험이 없는 자들은 권총을 움켜쥐고 나뭇가지를 밟기도 하지만, 경험이 많은 이들은 동트기 직전까지 편안히 잠을 잔다. 깜깜하고 긴 밤 동안, 야만인 정찰병들은 풀잎 하나 스치지 않고 뱀처럼 풀밭 속을 누빈다. 인디언들이 헤집고 지나가는 덤불숲은 마치 두더지가 뛰어든 모래밭처럼 소리 없이 닫힌

다. 인디언들이 감쪽같이 흉내 내는 코요테의 외로운 울음소리를 빼면 아무 소리도 들리지 않는다. 그 울음소리에 다른 용사들이 대답을 한다. 그중에 몇몇은 코요테보다 더 멋지게 울부짖는다. 사실 코요테들은 울부짖는 데 그리 능하지 않다. 그렇게 으스스한 시간이 계속되고 오랫동안 긴장이 지속되면 그걸 처음 접하는 백인들은 끔찍하게 괴로워한다. 하지만 익숙해진 자들에게 그런 소름 끼치는 울음소리나 정적은 그저 밤의 익숙한 모습일 뿐이다.

후크는 이것이 일반적인 전투 과정이라는 사실을 아주 잘 알았고, 그러니 몰라서 무시했다고 변명할 수는 없었다.

후크가 자기 명예를 지키리라고 굳게 믿었던 피커니니 부족은 그날 밤 후크와는 확연히 다르게 행동했다. 그들은 부족의 명성을 해칠 일은 조금도 하지 않았다. 문명화된 사람들에겐 경탄과 절망의 대상이 되곤 하는 특유의 민첩한 감각으로, 피커니니 부족은 해적 중 한 명이 마른 나뭇가지를 밟은 순간부터 해적들이 섬에 있다는 것을 알아차렸다. 그리고 정말로 깜짝 놀랄 만큼 순식간에 코요테 울음소리를 내기 시작했다. 모카신을 앞뒤로 뒤집어 신은 인디언 용사들은 후크가 부하들을 배에서 내려 준 장소부터 땅속의 집 사이의 모든 곳을 샅샅이 그리고 소리 없이 살펴보았다. 인디언들은 발치에 시내가 흐르는 낮은 언덕을 발견했고, 그런 언덕은 그곳이 유일했기에, 후크에게는 선택의 여지가 없었다. 후크는 바로 그곳에 자리 잡고 동틀 녘을 기다릴 터였다. 이제 악마처럼 교활하게 모든 준비를 마친 인디언의 주력 부대는 땅속의 집 주변에서 담요를 몸에 두른 채 아이들의 집 위에 쭈그리고 앉아 창백한 죽음에 맞서야 할 냉정한 순간을 기다렸다. 물론 침착한 태도였다. 이들에게는 침착한 태도야말로 용사다움의 정수였기 때문이다.

하지만 동틀 녘이 되면 후크에게 끔찍한 고통을 선사하겠다는 자신만만한 단꿈에 빠져 있던 인디언들은 거꾸로 비열한 후크에게 발각되었다. 대학살에서 살아남은 정찰병들이 나중에 한 이야기에 따르면, 후크는 어슴푸레한 빛 속에서 분명 낮은 언덕을 발견했음에도 걸음을 멈추지조차 않았다고 한다. 교활한 후크는 공격당할 때까지 기다리겠다는 생각은 처음부터 안 한 듯했다. 심지어 밤이 지날 때까지 시간을 끌며 기다리지도 않을 작정이었다. 후크는 전쟁 규칙 따위는 무시하고 곧장 공격을 했다. 그래서 온갖 교묘한 전쟁 수법을 다 알았지만 후크의 이런 방법은 알지 못했던 정찰병들은 당황할 뿐 할 수 있는 게 없었다. 정찰병들은 애처로운 코요테 울음소리를 내면서 위험천만하게 몸을 드러내고 어쩔 수 없이 후크의 뒤를 쫓을 수밖에 없었다.

용감한 타이거 릴리 주위에는 가장 건장한 전사 여남은 명이 있었고, 그들은 비겁한 해적들에게 갑작스레 기습당했다. 그리고 눈에서 콩깍지가 벗겨지며 자신들이 승리하리라던 환상이 깨졌다. 적을 말뚝에 묶고 벌하는 기쁨을 이제는 누릴 수 없었다. 그들이 꿈꾸던 행복한 사냥터 대신 이제 이곳에서 싸워야 했다. 그들은 그걸 알았다. 하지만 그들은 부족의 자손들답게 행동했다. 그때까지만 해도, 그들은 재빨리 일어서기만 하면 깨기 어려운 단단한 진형을 구축할 수 있었다. 하지만 그런 행동은 부족의 전통에 어긋났다. 고결한 인디언이라면 백인 앞에서 절대로 놀라서는 안 된다고 적혀 있었다. 그래서 그들은 갑작스럽게 들이닥친 해적들을 보고 깜짝 놀랐지만 잠시 동안 꼼짝도 하지 않고 가만히 있었다. 마치 적이 초대를 받아 왔다는 듯이 말이다. 그렇게 당당하게 전통을 지킨 뒤 전사들은 무기를 움켜쥐었고, 사방에서는 전투의 함성이 울려퍼졌다. 하지만 때는 너무 늦은 뒤였다.

싸움이 아니라 학살을 묘사하는 건 우리 몫이 아니다. 그러니 이 전투에서 피커니니 부족 중 수많은 꽃다운 젊은이들이 목숨을 잃었다고만 하자. 하지만 인디언들이 맥없이 죽은 것만은 아니었다. 린 울프는 카리브해를 휘젓던 알프 메이슨을 죽였고, 조지 스코리, 채스 털리, 알자스인 포게티 역시 인디언들의 손에 죽었다. 털리는 무시무시한 팬더의 토마호크에 맞아 죽었는데, 팬더는 타이거 릴리 및 몇 안 남은 인디언들과 함께 해적들의 포위를 뚫고 길을 내는 데 큰 역할을 했다.

이번 결투에서 후크의 작전이 어떤 비난을 받아야 하는가는 역사가들이 정할 일이다. 만약 인디언들의 공격이 시작될 때까지 언덕에서 기다렸다면, 후크와 그 부하들은 아마도 죽고 말았을 것이다. 그러므로 후크를 공정하게 평가하려면 이 사실을 고려해야 한다. 어쩌면 후크는 새로운 수법을 쓸 거라고 적들에게 미리 알려야 했을지도 모른다. 하지만 그렇게 하면 불시에 덮친다는 효과가 없어지므로 그의 수법은 쓸모가 없어지게 되고 결국 후크가 사악한지에 대한 질문 자체가 성립하기 어려워진다. 어쨌거나 그렇게 대담한 수법을 생각해 낸 후크의 지력과 그걸 행동으로 옮긴 잔인한 기질에는 박수를 보내지 않을 수 없다.

승리의 순간 후크는 과연 어떤 기분이었을까? 거칠게 숨을 몰아쉬며 단검을 닦던 부하들 역시 그걸 알고 싶어서, 그의 갈고리로부터 좀 떨어진 곳에 모여 그 비범한 인물을 족제비눈으로 흘긋거렸다. 후크의 마음은 한껏 부풀어 올랐겠지만, 얼굴에는 아무런 기색도 없었다. 음흉하고 고독한 수수께끼 같은 인물인 후크는 정신적으로나 물리적으로나 부하들과는 한참 거리가 있었다.

그날 밤의 전투는 아직 끝나지 않았다. 후크가 없애려는 건 인디언들이 아니었기 때문이다. 후크에게 있어 인디언들은 꿀을 얻기 위해 연기를 피워 쫓아내야 할 꿀벌들에 불과했다. 후크가 원한 건 피터 팬이었다. 피터 팬과 웬디, 소년들, 그중에서도 특히 피터 팬이었다.

피터는 작은 소년에 불과한데 어른인 후크가 왜 그리 피터를 싫어하는지 의아할 수도 있겠다. 물론 피터가 후크의 팔을 악어에게 던져 준 건 사실이지만, 그 사건 그리고 그 사건 이후로 자신을 끈질기게 쫓아다니는 악어 때문에 목숨이 위태로워졌다고 해도, 후크가 그렇게 가혹하고 악의에 찬 복수심에 불타오르는 건 이해하기 어렵다. 진실인즉, 피터에게는 이 해적 선장을 미쳐 날뛰게 하는 무언가가 있었다. 그건 피터의 용기도 아니고 사람의 마음을 끄는 외모도 아니고 또한 ── 변죽을 울릴 필요는 없다. 우린 그게 뭔지 잘 알며 이젠 말해야 할 때이다. 그건 바로 피터의 건방짐이었다.

바로 피터의 이런 건방짐이 후크의 신경을 건드린 것이다. 그 때문에 후크의 쇠갈고리 손이 경련을 일으켰고, 밤이면 벌레처럼 그를 괴롭혔다. 피터가 살아 있는 한, 후크는 참새가 귀찮게 달려드는 철창에 갇힌 사자 같은 느낌이었다.

이제 문제는 나무를 통해서 어떻게 내려가느냐, 아니 부하들을 나무를 통해서 어떻게 내려가게 하느냐였다. 후크는 가장 마른 부하를 찾기 위해 탐욕에 가득 찬 눈을 굴렸다.

불안해진 부하들은 이리저리 뒤척였다. 나무 속에서 빨리 내려가라고 후크가 자신들을 장대로 사정없이 쑤셔 댈 게 뻔했기 때문이다.

한편, 소년들은 무얼 하고 있을까? 무기들이 부딪치는 소리가 처음 들렸을 때, 소년들은 돌조각상처럼 꼼짝도 않은 채 벌린 입을 다물지 못하고 피터를 향해 애원하듯 팔을 벌리고 있었다. 하지만 이제 아이들은 입을 다물었으며 두 팔 역시 옆구리로 돌아와 있었다. 땅 위의 대혼란은 매서운 돌풍이 한바탕 휘몰아치고 가듯 시작과 동시에 끝이 나 있었다. 하지만 소년들은 그렇게 지나간 돌풍이 자신들의 운명을 결정했다는 걸 알았다.

어느 편이 이겼을까?

나무 구멍에 대고 귀를 기울이던 해적들은 누가 이겼을까 하고 소년들이 묻는 소리를 들었다. 그리고 아, 이런! 피터의 목소리 역시 들렸다.

「만약 인디언들이 이겼다면,」 피터가 말했다. 「둥둥 북을 칠 거야. 전투에서 이기면 언제나 그렇게 하거든.」

그때 스미는 북을 발견하고 그 위에 앉으려던 찰나였다. 「네놈들은 이제 다신 북소리를 듣지 못할 거야.」 스미는 중얼거렸다. 물론 아무도 듣지 못할 정도로 작은 목소리였다. 후크가 아무 소리도 내지 말라고 명령했기 때문이다. 그런데 놀랍게도 후크는 스미에게 북을 두드리라고 신호를 보냈다. 그리고 스미는 그게 얼마나 음흉하고 사악한 명령인지 서서히 알아채기 시작했다. 아마도 이 단순한 남자는 그때만큼 후크 선장을 우러러본 적이 없었을 것이다.

스미는 북을 두 번 두드리고는 신나서 귀를 기울였다.

「북소리다.」 악당들은 피터의 외침을 들었다. 「인디언들이 이겼어!」

죽을 운명도 모른 채 아이들은 함성을 질렀고, 그 소리는 땅 위에 있는 마음이 시커먼 무리들에게는 마치 음악처럼 들렸다. 소년들은 곧바로 피터에게 잘 있으라는 인사를 반복했다. 그 때문에 해적들은 어리둥절해졌지만, 적들이 곧 나무 위로 올라올 거란 생각에 들뜬 나머지 다른 생각들은 깨끗이 잊었다. 해적들은 서로를 향해 능글맞게 웃으며 손을 비벼 댔다. 후크는 소리 없이 잽싸게 명령을 내렸다. 후크의 명령에 따라 부하들은 나무 앞에 한 명씩 섰고 나머지는 2미터씩 간격을 두고 줄지어 섰다.

13
요정들을 믿나요?

이런 공포는 빨리 지나갈수록 좋다. 자기 나무에서 가장 먼저 나온 건 컬리였다. 컬리는 나무에서 나와 체코의 팔에 안겼고, 스미에게, 스타키에게, 빌 주크스에게, 누들러에게 그리고 계속해서 차례로 던져져 마침내 흑인 해적의 발치에 떨어졌다. 다른 소년 모두 이렇게 무자비하게 각자의 나무에서 뽑혀 나왔고, 몇 명은 짐짝처럼 휙휙 공중에 던져지기도 했다.

마지막에 나온 웬디는 다른 대우를 받았다. 후크는 비꼬듯 예의를 갖춰 모자를 들어 올려 정중히 인사한 뒤, 잡으라고 자기 팔을 내주며 부하들이 아이들에게 재갈을 물리고 있는 곳까지 데려갔다. 후크의 행동은 놀라울 정도로 품위가 있었기에 웬디는 그 태도에 마음을 뺏겨 우는 것도 잊었다. 웬디는 어린 소녀일 뿐이었다.

우리는 후크의 행동에 웬디가 잠시 마음을 빼았겼다는 사실을 확실하게 밝히고 넘어가야 할 듯하다. 그 이유는 웬디의 그런 행동으로 인해 결국 예상치 못한 일이 벌어졌기 때문이다. 만약 웬디가 후크의 손을 뿌리쳤다면(그랬다면 우린 신나서 그 이야기를 썼을 것이다), 웬디 역시 다른 소년들처럼 공중에 던져졌을 것이고, 그랬으면 후크는 아마도 아이들이 묶인 곳에 가지 않았을 터이고, 후크가 그곳에 가지 않았다면 슬라이틀리의 비밀도 발견하지 못했을 것이고, 그 비밀을 알지 못했다면 후크는 피터의 목숨을 가지고 비열한 시도를 펼치지 못했을 테니 말이다.

소년들은 날아서 도망치지 못하도록 무릎이 귀에 닿을 정도로 몸이 접힌 채 묶여 있었다. 그리고 소년들을 묶기 위해 흑인 해적은 밧줄을 똑같은 길이로 잘라 아홉 개를 만들었다. 슬라이틀리의 차례가 되기 전까진 모든 게 별문제가 없었지만, 슬라이틀리는 몸통을 묶느라 끈을 다 써버려 매듭을 묶을 수가 없는 골치 아픈 꾸러미 신세가 되었다. 해적들은 화가 나서 슬라이틀리를 진짜 꾸러미라도 되는 듯이 발로 차댔고(물론 공평하자면 끈을 차야겠지만), 그리고 묘하게 들리겠지만, 후크는 부하들에게 폭력을 자제하라고 말했다. 후크의 입술은 악의에 찬 승리감으로 뒤틀려 있었다. 불쌍한 슬라이틀리는 이쪽으로 묶으려 하면 저쪽으로 튀어나오길 매번 반복했고, 그 바람에 후크의 부하들은 땀만 뻘뻘 흘렸다. 하지만 후크의 교활한 마음은 슬라이틀리의 내면 깊숙한 곳을 들여다보면서 결과가 아닌 원인을 찾았다. 그리고 후크의 의기양양해진 모습은 그가 원하던 걸 찾아냈음을 뜻했다. 슬라이틀리는 후크가 자기 비밀을 찾아낸 것을 알고 얼굴이 창백해졌다. 그 비밀은 그렇게 뚱뚱한 소년이라면 장대로 쑤셔 넣어야 어른 남자 하나가 들어갈 만한 좁은 나무 속을 통과할 수 없다는 사실이었다. 가엾은 슬라이틀리, 이제는 소년들 중에 가장 비참해졌다. 피터에 대한 걱정으로 공포에 사로잡혔고, 자신이 한 일을 뼈저리게 후회했다. 더울 때마다 중독된 듯이 물을 마셔 댄 슬라이틀리는 그 결과 지금처럼 몸이 불었고, 자기 나무에 맞게 살을 빼는 대신 아무도 몰래 나무를 뚱뚱한 몸에 맞게 깎아 버린 것이다.

후크는 마침내 피터를 오롯이 자기 손아귀에 넣었다고 말하고 싶었지만, 자신의 마음속 지하 동굴에 막 떠오른 음흉한 계략에 대해서는 입도 벙긋하지 않았다. 후크는 묶은 아이들을 배로 옮기라는 신호만 보냈다. 그러면 후크는 혼자 있을 수 있었다.

아이들을 어떻게 옮겨야 할까? 아이들은 웅크린 채 밧줄에 묶여 있으니 언덕에서는 통처럼 굴려 내려보낼 수도 있었지만, 배까지 가는 대부분은 늪을 헤치고 가야 했다. 여기서 후크의 천재성이 또 한 번 빛을 발휘했다. 후크는 작은 집을 가리키며 그걸 써서 아이들을 옮기라고 했다. 아이들은 집 안으로 내팽개쳐졌고, 건장한 해적 네 명이 집을 어깨에 짊어지고 나머지는 그 뒤를 따랐다. 기묘한 행렬은 불쾌한 해적 노래를 부르며 숲속을 헤치고 나아갔다. 아이들 중 누군가가 울었는지 모르겠다. 설사 울었다 해도 그 소리는 해적들의 노래에 묻혀 버렸을 것이다. 하지만 작은 집은 숲속으로 사라지는 동안 후크에게 도전이라도 하듯이 굴뚝으로 작은 연기를 용감하게 피워 올렸다.

후크는 그걸 보았고, 그건 피터에게 좋지 못한 결과를 낳았다. 그걸 본 이후, 해적 선장의 분노한 가슴 속에 남아 있었을지도 몰랐던 피터에 대한 동정심이 단 한 방울도 남김없이 말라 버렸기 때문이다.

빠르게 밤이 내리는 가운데 홀로 남은 후크는 우선 슬라이틀리의 나무로 살금살금 다가가 그 안에 자신이 들어갈 만큼의 공간이 있는지를 확인했다. 그리고 후크는 한참 동안 생각에 잠겼다. 불길한 징조인 후크의 모자는 풀밭에 있었고, 따라서 부드러운 산들바람이라도 불어오면 그의 머리를 상쾌하게 쓸어 올릴 수 있었다. 후크의 생각은 음흉했고, 푸른 눈동자는 매일초의 잎처럼 부드러웠다. 후크는 지하 세계에서 무슨 소리가 들리는지 귀를 기울였지만, 땅 아래는 위만큼 조용했다. 땅속의 집은 그저 또 다른 텅 빈 집에 지나지 않는 듯이 느껴졌다. 그 소년은 잠들어 있을까? 아니면 슬라이틀리의 나무 발치에서 단검을 쥐고 선 채 기다리고 있을까?

내려가 보지 않고는 알 길이 없었다. 후크는 망토를 벗어 살며시 땅 위에 내려놓았고, 사악한 피가 배어날 때까지 입술을 깨물며 나무로 다가갔다. 후크는 용감했지만, 잠시 멈춰 이마에서 촛농처럼 떨어지는 땀을 닦아야만 했다. 이윽고, 조용히, 후크는 미지의 장소로 내려갔다.

후크는 나무 속을 따라 무사히 아래까지 내려가 가쁜 숨을 고르며 다시 멈춰 섰다. 어스레한 불빛에 눈이 익자 출입구 나무들 아래 집 안의 여러 가지 물건들이 제대로 보이기 시작했다. 하지만 후크의 탐욕스러운 눈길이 유일하게 머문 곳은 오랫동안 찾은 끝에 마침내 발견한 커다란 침대였다. 그 침대에는 피터가 곤히 잠들어 있었다.

위에서 어떤 비극이 벌어졌는지 알지 못한 채, 피터는 아이들이 떠난 뒤 한동안 신나게 피리를 불었다. 두말할 필요도 없이, 그건 혼자가 되어도 아무렇지 않다는 걸 보여 주기 위한 다소 애처로운 시도였다. 피터는 웬디를 슬프게 하려고 약을 먹지 않기로 했다. 그리고 웬디를 더욱 마음 아프게 하기 위해 이불을 덮지 않고 침대에 누웠다. 웬디는 한밤중이 되면 추울 수도 있다는 생각에 언제나 아이들에게 이불을 덮어 주었기 때문이다. 그리고 피터는 하마터면 울음을 터뜨릴 뻔했다. 하지만 우는 대신 웃으면 웬디가 약 올라 할 거라는 생각이 들었다. 그래서 피터는 거만하게 웃어 댔고, 그렇게 웃다가 잠이 들었다.

자주는 아니지만 가끔, 피터는 꿈을 꾸었고, 그 꿈은 다른 소년들의 꿈보다 더 고통스러웠다. 피터는 꿈속에서 몇 시간이고 애처롭게 울어 댔지만 꿈에서 벗어날 수 없었다. 내 생각에 그건 피터의 존재에 얽힌 수수께끼와 연관이 있는 듯하다. 그럴 때면 웬디는 피터를 침대에서 데리고 나와 무릎베개를 해주면서 자신만의 다정한 방식으로 달래 주었고, 피터가 좀 진정되면, 자신이 돌본 걸 피터가 알고 부끄러워하지 않도록 잠에서 완전히 깨기 전에 다시 침대로 돌려보냈다. 하지만 이번에 피터는 꿈도 꾸지 않고 즉시 잠이 들었다. 피터는 한 팔을 침대 밖으로 늘어뜨리고 한쪽 다리는 구부리고 있었다. 작은 진주알 같은 이를 드러낸 입에는 아직 가시지 않은 웃음이 머물러 있었다.

그렇게, 후크는 무방비 상태의 피터를 발견했다. 후크는 조용히 나무 발치에 서서 방 저편의 적을 바라보았다. 그렇다면 후크에게는 음산한 마음을 흔들어 놓을 연민의 감정 따윈 전혀 없었을까? 후크도 완전히 악마는 아니었다. 꽃(나는 그렇다고 들었다)과 달콤한 음악(하프시코드 연주 실력이 뛰어났다)을 사랑하는 이였다. 그리고 솔직히 말하자면, 눈앞에 펼쳐진 목가적인 광경에 상당히 동요되어 있었다. 그러므로 이대로라면 자신의 더 선한 본성에 이끌려 마지못해 나무 위로 올라갔을지도 모른다. 한 가지만 없었다면 말이다.

후크를 그 자리에 계속 있게 한 건 자고 있던 피터의 건방진 모습이었다. 헤벌린 입이며 축 늘어뜨린 팔, 구부러진 무릎 말이다. 그러한 모습들이 한데 모여 건방짐의 전형을 이루었고, 그런 불쾌한 모습에 민감한 사람에게 다시는 보고 싶지 않은 광경을 연출했다. 그 모습을 본 후크는 결심을 굳혔다. 만약 그가 분노로 폭발해서 백 개의 조각으로 산산이 부서졌다면, 방금 무슨 폭발이 있었든 말든 그 조각 하나하나는 잠자고 있는 적에게로 곧장 달려들었을 것이다.

등불 하나가 침대를 어슴푸레 비추었지만 후크는 어둠 속에 홀로 서 있었고, 살며시 발을 내딛다가 뭔가가 발에 걸려 보니 슬라이틀리의 나무에 난 문이었다. 문이 나무 구멍보다 작았던 덕분에, 후크는 지금까지 그 틈으로 방 안을 들여다보고 있었던 것이다. 후크는 문손잡이를 더듬어 찾았지만 너무 낮은 곳에 달려 있는 바람에 손이 닿질 않자 불같이 화를 냈다. 온통 혼란스러워진 후크의 머릿속에서는 신경을 거슬리게 하는 피터의 몸과 얼굴이 더 커보이기 시작했고, 그는 문을 흔들어 대다가 마침내 문을 몸으로 들이받았다. 결국 후크의 적은 그에게서 또다시 도망치고 마는 것인가?

그런데 저게 뭐지? 핏발 선 후크의 눈은 손 닿기 쉬운 선반 위에 놓인 피터의 약병을 발견했다. 후크는 그게 뭔지 금방 알아차렸고, 이제 잠든 소년이 자신의 손아귀에 들어온 것을 단번에 깨달았다.

후크는 산 채로 잡히지 않으려고 언제나 무시무시한 독약을 가지고 다녔다. 자기 손에 들어온 모든 맹독들을 직접 섞어 만든 것이었다. 그것들을 끓여 만든 노란 액체는 다른 이들에게는 알려지지 않았지만 아마도 세상에 존재하는 최고의 맹독일 것이다.

후크는 피터의 컵에 이 독약을 다섯 방울 떨어뜨렸다. 후크의 손이 떨렸지만, 그건 부끄러워서가 아니라 기뻐서였다. 독약을 타는 동안 후크는 잠자는 적을 힐긋거리지 않으려 애썼지만, 그건 동정심에 마음이 흔들릴까 봐서가 아니라 단지 독약을 엎지르지 않기 위해서였다. 이윽고 후크는 흡족한 눈으로 자신의 희생양을 한참 동안 바라본 뒤 몸을 돌려 꿈틀거리며 힘들게 나무 속을 타고 올라갔다. 나무 꼭대기에서 모습을 드러낸 후크는 마치 악의 구멍에서 나온 악마처럼 보였다. 후크는 가장 멋진 각도로 모자를 쓰고 망토를 두른 뒤 마치 밤으로부터 자신의 가장 어두운 부분을 감추려는 듯이 망토 한쪽 끝을 앞으로 끌어당겨 잡더니 이상스럽게 혼잣말을 하면서 나무들 사이로 사라졌다.

피터는 계속 잠을 잤다. 불빛이 약해지다가 꺼져 버렸고, 집은 어둠 속에 잠겼다. 하지만 피터는 여전히 잠을 잤다. 그러던 피터가 무엇인가에 잠이 깨서 벌떡 일어난 건 악어의 시계로 10시가 지난 뒤였다. 잠을 깨운 건 피터의 나무 문을 부드럽고 조심스레 두드리는 소리였다.

부드럽고 조심스러웠지만, 집 안을 감싼 정적 속에서 그 소리는 불길하게 들렸다. 피터는 단검을 더듬어 움켜쥐었다. 이윽고 피터가 말했다.

「거기 누구야?」

오랫동안 대답이 없었다. 이윽고 다시 문 두드리는 소리가 났다.

「누구야?」

답이 없었다.

피터는 가슴이 두근두근했고, 그런 느낌을 아주 좋아했다. 피터는 두 걸음으로 문에 다다랐다. 슬라이틀리의 문과 달리 피터의 문은 틈이 없었기에 피터는 문 너머를 볼 수 없었고, 문을 두드린 이 역시 피터를 볼 수 없었다.

「말 안 하면 문 안 열어 줄 거야.」 피터가 외쳤다.

마침내 방문객이 귀여운 방울 같은 목소리로 말했다.

「들여보내 줘, 피터.」

그건 팅크였고, 피터는 재빨리 문을 열어 팅크가 들어오게 했다. 흥분해 날아 들어온 팅크의 얼굴은 빨갛게 달아올라 있었고 드레스는 진흙으로 얼룩져 있었다.

「왜 그러는데?」

「오, 넌 상상도 못 할 거야!」팅크는 외치고 피터에게 알 아맞힐 기회를 세 번 주었다.「그냥 말해!」피터가 외쳤고, 그러자 팅크는 문법에 맞지 않는, 마술사들이 입에서 뽑아내 는 리본만큼이나 긴 단 하나의 문장으로 웬디와 소년들이 붙잡혔다는 걸 말했다.

팅크의 이야기를 듣는 동안 피터의 심장이 쿵쾅거렸다. 웬 디가 묶여 있다니, 그것도 해적선에. 모든 것에서 올바름을 바라 마지않는 웬디가!

「웬디를 구할 거야!」피터가 외치며 무기를 가지러 날쌔 게 움직였다. 그러면서 피터는 웬디를 기쁘게 할 수 있는 게 무엇인지 떠올렸다. 약을 먹는 일이었다.

피터의 손이 죽음에 이르게 하는 약을 쥐었다.

「안 돼!」팅커 벨이 날카롭게 외쳤다. 팅크는 후크가 숲을 지나가며 자신이 한 일에 대해 중얼거리는 것을 들었기 때문 이다.

「왜 안 되는데?」

「거기에는 독약이 들었어.」

「독약? 누가 독약을 탔는데?」

「후크.」

「농담하지 마. 후크가 어떻게 여기에 내려올 수 있다는 거야?」

아, 이런. 팅커 벨은 그걸 설명할 수 없었다. 팅크조차도 슬라이틀리의 나무에 얽힌 어두운 비밀을 알지 못했기 때문이다. 하지만 후크의 말에는 의심의 여지가 없었다. 컵에는 독약이 들어 있었다.

「게다가,」 피터가 아주 자신 있게 말했다. 「난 잠을 자지 않았어.」

피터는 컵을 들어 올렸다. 이제는 말을 할 틈이 없었다. 행동을 할 때였다. 그래서 팅크는 번개처럼 움직여 피터의 입술과 약 사이로 들어가 약을 남김없이 마셨다.

「뭐야, 팅크. 어떻게 네가 감히 내 약을 먹어?」

하지만 팅크는 대답하지 않았다. 팅크는 이미 공중에서 휘청이고 있었다.

「왜 그러는 거야?」 더럭 겁이 난 피터가 외쳤다.

「그 약에는 독이 들어 있었어, 피터.」 팅크가 조용히 말했다. 「그리고 이제 나는 죽을 거야.」

「오, 팅크. 날 구하려고 그걸 마신 거야?」

「응.」

「하지만 왜, 팅크?」

날갯짓에는 거의 힘이 빠져 있었지만, 팅크는 대답 대신 피터의 어깨에 내려 앉아 다정하게 피터의 코를 살짝 깨물었다. 팅크는 피터의 귀에 속삭였다. 「이 바보 멍청이.」 그리고 자기 방으로 들어가 침대에 누웠다.

걱정이 된 피터는 팅크 곁에 무릎을 꿇고 앉았고, 팅크의 작은 방 네 번째 벽은 거의 전부가 피터의 얼굴로 채워졌다.

팅크의 빛은 시시각각 희미해졌고, 피터는 그 빛이 사라지면 팅크 역시 죽으리란 걸 알았다. 팅크는 피터의 눈물이 너무 좋아서 아름다운 손가락을 내밀어 그 위로 눈물이 흐르게 했다.

팅크의 목소리는 너무 낮았고, 그래서 처음에 피터는 팅크가 하는 말을 알아들을 수 없었다. 하지만 피터는 마침내 팅크가 하는 말을 알아들었다. 팅크는, 아이들이 요정을 믿으면 다시 나을 수 있을 것 같다고 말하고 있었다.

피터는 두 팔을 벌렸다. 그곳에는 아이들이 없었고, 또한 밤 시간이었다. 하지만 피터는 네버랜드에 대한 꿈을 꾸고 있을, 그래서 여러분이 생각하는 것보다 피터에게 가까이 있는 모든 아이들에게 말을 했다. 잠옷 차림의 소년 소녀들, 나무에 매달린 바구니 안의 벌거벗은 갓난아기들에게 말이다.

「너희들은 믿니?」 피터가 외쳤다.

팅크는 자기 운명이 결정되는 걸 들으려고 간신히 기운을 내 침대에 일어나 앉았다.

팅크는 그렇다는 대답을 들었다고 생각했지만, 곧 다시 자신이 없어졌다.

「넌 어느 쪽이라고 생각해?」 팅크가 피터에게 물었다.

「만약 너희들이 믿는다면,」 피터가 아이들을 향해 외쳤다. 「손뼉을 쳐줘. 팅크를 죽게 하지 마.」

많은 아이들이 손뼉을 쳤다.

어떤 아이들은 치지 않았다.

못된 몇 명은 야유를 보냈다.

갑자기 손뼉 치는 소리가 멈췄다. 마치 수많은 엄마들이 아이들 방에 달려와 도대체 무슨 일인지 확인한 듯했다. 하지만 이미 팅크는 목숨을 구한 뒤였다. 처음에는 목소리에 힘이 생기더니 이윽고 침대에서 튀어나왔고, 마침내 그 어느 때보다도 명랑하면서도 건방지게 방 안을 날아다녔다. 팅크는 요정을 믿어 준 아이들에게 고마워할 생각은 안중에도 없었지만, 야유를 보낸 아이들은 찾아내고 싶었다.

「이제 웬디를 구하러 가자!」

위험한 모험을 할 참이었지만, 피터는 옷도 제대로 챙겨 입지 않고 무기들만 허리에 찬 채 자기 나무를 올라왔고, 밖에 나오니 구름 낀 하늘에는 달이 지나고 있었다. 평소라면 모험을 떠나지 않을 그런 밤이었다. 피터는 땅에 가깝게 날면서 뭔가 수상한 게 있는지 살펴보고 싶었다. 구름이 달을 간간이 가리는 이런 밤에 낮게 날다가는 그림자가 나무에 드리우게 되어 새들을 깨우게 되며 또한 경계심 많은 적에게 자신이 움직이는 걸 알리는 셈이 되었다.

그제야 피터는 자기가 섬의 새들에게 너무나 이상한 이름을 붙여 준 탓에 새들이 무척 사납고 가까이하기 어렵게 된 걸 후회했다.

이제는 인디언 방식대로 그냥 밀어붙이는 수밖에 없었고, 피터는 그런 방식에 아주 능했다. 하지만 어느 쪽으로 가야 하는 걸까? 피터는 아이들이 배로 잡혀갔는지조차도 확신할 수 없었다. 살짝 내린 눈 때문에 발자국은 모두 지워지고 없었다. 그리고 최근의 대학살을 보고 공포에 질린 대자연이 그 자리에 얼어붙었다는 듯이, 섬에는 죽음과 같은 정적이 가득했다. 피터는 타이거 릴리와 팅커 벨에게서 배운 숲속 생존법 일부를 아이들에게도 가르쳐 주었고, 끔찍한 상황에 처해서도 아이들이 그 지식을 잊지 않았으리란 걸 알았다. 가령, 만약 기회가 있었다면 슬라이틀리는 나무에 표시를 했을 테고, 컬리는 씨앗을 떨어뜨렸을 테고, 웬디는 어딘가 중요한 곳에 손수건을 떨어뜨렸을 것이다. 하지만 그런 흔적을 찾으려면 날이 밝아야 했고 피터는 그때까지 기다릴 수 없었다. 땅 위의 세계는 피터를 불러냈지만 아무런 도움도 주지 않으려 했다.

악어가 피터 곁을 지났지만, 그 외엔 어떤 생명체도, 소리도, 움직임도 없었다. 하지만 피터는 다음번 나무에서 갑자기 죽음과 마주치거나 아니면 죽음이 자기 뒤를 몰래 밟고 있을 수도 있음을 잘 알았다.

피터는 무시무시한 맹세를 했다. 「후크든 나든 이번엔 끝장을 보고 말겠어.」

이제 피터는 뱀처럼 기어 나갔고, 그러다가 다시 일어나 한 손가락을 입술에 대고 단검을 단단히 움켜쥔 채 달빛이 춤추는 땅 위를 쏜살같이 나아갔다. 피터는 대단히 행복했다.

14
해적선

해적강 어귀 근처의 키드만에 가늘게 드리워진 녹색 빛이 물 위에 낮게 뜬 쌍돛대 범선 졸리 로저호를 비추고 있었다. 날렵해 보이는 이 배는 선체 구석구석 어디를 보아도, 엉킨 깃털들이 흩어진 땅처럼 더럽고 지저분했다. 이 배는 바다의 식인종이었고, 배를 지키며 망을 볼 필요도 없었다. 그 섬뜩한 악명 때문에 그 누구도 접근하지 않았기 때문이다.

밤의 장막에 싸인 해적선은 그 안에서 어떤 소리가 흘러나와도 뭍까지 도달할 수 없었다. 배에서는 작게 소리가 들리긴 했지만, 해적선의 재봉틀이 윙윙대는 소리를 빼고는 어느 것 하나 유쾌하지 못했다. 재봉틀 앞에는 스미가, 언제나 부지런하고 상냥하고 평범함의 대명사인, 불쌍한 스미가 앉아 있었다. 스미가 왜 그렇게 불쌍해 보이는지는 나도 잘 모르겠다. 불쌍하게도 스미 자신이 그 사실을 모르기 때문이 아니라면 말이다. 하지만 제아무리 강인한 남자들도 스미를 보게 되면 서둘러 시선을 돌려야 했다. 그리고 스미는 여름날 밤에 후크의 눈물샘을 자극해 눈물을 쏟게 한 적이 여러

번 있었다. 그리고 거의 언제나 그렇듯, 스미는 이 일에 대해서도 잘 몰랐다

불길한 기운이 맴도는 밤, 해적 몇은 현장(舷牆)에 몸을 기댄 채 술을 마시고 있었다. 다른 이들은 술통들 옆에 널브러져 주사위와 카드 게임을 했다. 그리고 작은 집을 옮겨 오느라 녹초가 된 네 명은 갑판에 엎어져 자고 있었고, 자는 와중에도 후크를 피해 이리저리 재주 좋게 굴러다녔다. 후크의 갈고리 손에 혹시라도 찍히지 않기 위해서였다.

후크는 생각에 잠겨 갑판을 걸었다. 오, 속을 알 수 없는 남자. 이 순간은 후크에게 승리감을 만끽하는 시간이었다. 피터는 영원히 사라져 그의 앞길에서 더는 걸리적거리지 않았고, 배로 끌려온 다른 소년들은 곧 널빤지를 걸을 운명이었다. 이 모든 건 후크가 바비큐를 굴복시킨 이래 이룬 가장 잔혹한 업적이었다. 그리고 우리는 인간이 얼마나 허영심 많은 존재인지를 알기에, 후크가 지금 자신의 승리에 한껏 부풀어 갑판 위를 비틀비틀 오간다 해도 이상할 게 하나 없지 않을까?

하지만 후크의 음침한 마음과 늘 보조를 맞추는 그의 걸음걸이에는 들뜬 기색이 없었다. 후크는 무척이나 풀이 죽어 있었다.

후크는 고요한 밤에 배 위에서 생각에 잠길 때면 자주 그랬다. 지독히 외로웠기 때문이다. 이 수수께끼 같은 남자는 부하들에게 둘러싸여 있을 때가 가장 고독했다. 부하들은 후크보다 사회적으로 열등했다.

후크는 그의 진짜 이름이 아니었다. 만약 그가 진짜로 누구인지 알려진다면 지금이라도 온 나라가 발칵 뒤집힐 것이다. 행간을 읽은 독자들이라면 이미 짐작했겠지만, 후크는 유명한 기숙 학교에 다녔다. 그 학교의 전통은 마치 옷처럼 그에게 여전히 달라붙어 있었는데, 실제로도 그 학교는 복장을 중요시했다. 그러다 보니 지금도 후크는 적의 배를 공격할 때 입었던 옷 그대로 그 배에 오르는 걸 무례하게 여겼고, 또한 아직까지도 그 학교 특유의 자세인, 앞으로 수그려 걷는 버릇이 있었다. 그리고 무엇보다도 그는 올바른 품행에 대한 열정을 간직하고 있었다.

올바른 품행! 제아무리 타락했다 할지라도, 후크는 품행이야말로 가장 중요하다는 것을 여전히 알고 있었다.

후크는 자신의 내면 깊숙한 곳에서 삐걱이며 녹슨 문이 열리더니 그 틈에서 잠 못 이루는 밤의 망치 소리처럼 단호하게 탕탕탕 하고 두드리는 소리가 나는 걸 들었다. 「자넨 오늘 올바른 품행을 지켰나?」 그 안에선 언제나 이런 질문이 들려왔다.

「명예, 명예, 그 반짝이는 장식, 그건 내 거야!」 후크가 소리쳤다.

「뭔가로 유명해지는 게 올바른 품행인가?」 후크가 다닌 학교의 탕탕 소리가 대꾸했다.

「난 바비큐가 유일하게 두려워한 사람이야.」 후크가 다그쳤다. 「그리고 플린트는 바비큐를 두려워했어.」

「바비큐, 플린트 — 어떤 가문 소속이지?」 날카로운 질문이 들려왔다.

무엇보다도 가장 마음을 어지럽히는 생각은, 〈올바른 품행에 대해 생각하는 건 나쁜 품행이 아닐까?〉였다.

이 문제가 후크의 마음을 잔인하게 괴롭혔다. 이 문제는 그의 내면에서 쇠갈고리 손보다 더 날카로운 갈고리가 되었고, 그 갈고리가 후크를 잡아 찢을 때면 그의 번들거리는 얼굴에서는 땀이 줄줄 흘러내려 더블릿 재킷에 얼룩을 남기곤 했다. 종종 그는 소매로 얼굴을 닦았지만, 흐르는 땀을 멈출 수는 없었다.

아, 후크를 부러워하지는 말자.

후크는 자신이 일찍 죽으리라는 불길한 예감이 들었다. 마치 피터의 무시무시한 맹세가 해적선에 닿은 것만 같았다. 후크는 나중에 시간이 없을까 봐 지금 유언을 남기고 싶다는 침울한 느낌이 들었다.

「후크의 야심이 좀 작았더라면 좋았을 텐데!」 후크가 외쳤다. 후크는 가장 우울한 순간에만 자신을 제3자로 칭했다.

「어린아이들은 아무도 날 사랑하지 않아!」

이런 생각을 하다니, 이상했다. 전에는 이런 생각으로 심란한 적이 한 번도 없었던 것이다. 아마도 재봉틀 때문인 모양이었다. 후크는 오랫동안 스미를 바라보면서 혼자 중얼거렸다. 스미는 아이들이 죄다 자신을 무서워하고 있다는 확신 속에 만족스럽다는 듯이 옷단을 박고 있었다

스미를 무서워한다니! 스미가 무섭다니! 그날 밤 배로 끌려온 아이들은 이미 스미를 몹시 좋아하고 있었다. 스미는

아이들에게 끔찍한 말을 하고 손바닥으로 때리기도 했다(주먹으로 때릴 순 없었기 때문이다). 하지만 그럴수록 아이들은 스미에게 더욱더 매달렸다. 마이클은 그의 안경까지 써보려 했다.

아이들이 그를 사랑스러워한다고 가엾은 스미에게 말해준다면! 후크는 그러고 싶어 미칠 지경이었지만 그건 너무 잔인해 보였다. 대신 후크는 이 수수께끼에 대해 곰곰 생각해 보았다. 아이들은 왜 스미를 사랑스럽다고 여길까? 그는 사냥개처럼 이 문제를 끈덕지게 물고 늘어졌다. 만약 스미가 사랑스럽다면 그 이유는 무엇일까? 불현듯 끔찍한 대답이 돌아왔다. 「올바른 품행 때문에?」

만약 갑판장이 자신도 모르는 사이에 올바른 품행을 보인다면, 그거야말로 품행 중에서도 최고로 올바른 품행이 아니던가?

후크는 팝[2]에 가입할 자격이 되려면 자신이 의식하지 않고도 올바른 품행을 실천해야 한다는 사실이 떠올랐다.

격노한 후크는 고함을 치며 스미의 머리 위로 쇠갈고리 손을 쳐들었다. 하지만 스미를 찢어발기지는 않았다. 후크를 단념시킨 건 바로 다음과 같은 생각이었다.

〈누가 올바른 품행을 지킨다고 해서 그 사람을 찢어발기면 그건 대체 뭐지?〉

〈나쁜 품행이지!〉

불행해진 후크는 땀을 흘리면서 기운이 빠졌고, 꺾인 꽃처

2 영국의 명문 사립 학교 이튼 칼리지의 사교 토론 클럽.

193

럼 고꾸라졌다.

후크가 잠시 딴생각에 빠져 있다고 생각한 부하들은 곧바로 규율이 문란해지더니 술에 취해 흥청거리며 춤을 추었다. 하지만 그 소리에 후크는 물벼락을 맞은 사람처럼 제정신으로 돌아왔고, 인간의 나약함은 사라져 버렸다.

「조용히 해, 이 멍청이들아.」 후크가 외쳤다. 「안 그러면 네 놈들에게 닻을 내려 버리겠어.」 그러자 왁자지껄하던 소리가 순식간에 잦아들었다. 「아이들이 날지 못하도록 모두 사슬로 묶었지?」

「네.」

「그러면 놈들을 끌고 올라와.」

불쌍한 포로들은 웬디를 빼고 모두 짐칸에서 갑판으로 끌려나와 후크 앞에 줄지어 세워졌다. 한동안 후크는 아이들의 존재를 알아차리지 못한 듯했다. 후크는 편한 자세로 삐딱하게 기댄 채 이따금 상스러운 노래를 멋지게 흥얼거리며 카드 한 벌을 만지작거렸다. 후크가 피우는 시가의 불빛이 가끔씩 그의 얼굴에 화색을 더했다.

「어이, 꼬맹이들」 후크가 기운차게 말했다. 「너희 여섯은 오늘 밤에 널빤지 위를 걸을 거야. 하지만 선실 급사 자리가 둘 있는데, 원하는 사람 있어?」

「필요 없이 후크를 자극하지 마.」 웬디는 짐칸에 있을 때 이렇게 지시했다. 그래서 투틀스는 공손하게 앞으로 나왔다. 투틀스는 그런 사람 밑에서 일하긴 싫었지만 여기 없는 사람에게 책임을 돌리는 게 가장 안전하다는 걸 본능적으로 깨달았다. 투틀스는 다소 멍청하기는 했지만 엄마들은 언제나 기꺼이 아이들의 방패막이가 되어 주려 한다는 사실을 잘 알았다. 아이들은 모두 엄마의 이런 점을 알았고 그 점을 싫어했지만 언제나 그걸 써먹었다.

그래서 투틀스는 신중하게 설명했다. 「선장님도 알다시피, 제 엄마는 제가 해적이 되는 걸 좋아하지 않아요. 네 엄마는 네가 해적이 되는 걸 좋아하니, 슬라이틀리?」

투틀스는 슬라이틀리에게 윙크를 해보였고, 슬라이틀리가 구슬픈 목소리로 말했다. 「싫어하실 거야.」 슬라이틀리는 마치 그 반대였으면 좋겠다는 듯이 말했다. 「너희 엄마는 너희가 해적이 되는 걸 좋아하니, 쌍둥이야?」

「싫어하실 거야.」 다른 소년들만큼 똑똑한 쌍둥이 맏이가 말했다. 「닙스, 너희 엄마 —」

「잡담은 집어치워.」 후크가 으르렁거렸고, 이야기하던 아이들은 뒤로 끌려갔다. 「너, 꼬마.」 후크가 존을 가리키며 말했다. 「넌 좀 용기가 있어 보이는군. 해적이 되고 싶다는 생각을 한 번도 안 해봤니, 애야?」

존은 산수 공부를 할 때면 가끔 그런 생각을 한 적이 있었다. 그리고 후크가 자기를 지목했다는 사실에 감동받았다.

「내 이름이 피투성이 손 잭이면 좋겠다고 생각해 봤어요.」 존이 망설이며 말했다.

「그것도 괜찮은 이름이군. 네가 해적이 된다면 그렇게 불러 주지.」

「넌 어떻게 생각해, 마이클?」 존이 물었다.

195

「내가 해적이 되면 뭐라고 부를 건가요?」마이클이 캐물었다.

「검은 수염 조.」

당연히 마이클은 마음이 끌렸다.「어떻게 생각해, 존?」마이클은 존이 결정하기를 원했고, 존은 마이클이 결정하기를 원했다.

「우리가 해적이 되어도 여전히 왕의 충실한 백성인가요?」존이 물었다.

후크의 잇새로 답이 나왔다.「넌〈왕을 타도하라〉라고 맹세해야 해.」

어쩌면 지금까지 존의 행동이 아주 좋지는 않았다고 할 수 있었겠지만, 이제 존은 올바르게 행동했다.

「그러면 거절하겠어요.」존은 후크 앞에 있는 술통을 차며 외쳤다.

「그리고 나도 거절하겠어요.」마이클이 외쳤다.

「지배하라, 영국이여!」컬리가 끼익거리는 목소리로 외쳤다.

격분한 해적들은 아이들 입을 틀어막았고, 후크가 고함을 쳤다.「그 말로 너희들 운명은 결정됐어. 놈들 엄마를 데려와. 널빤지를 준비해.」

포로들은 아직 어린 소년들일 뿐이었기에 주크스와 체코가 죽음의 널빤지를 준비하는 모습을 보자 얼굴이 새하얘졌다. 하지만 아이들은 웬디가 끌려 나올 때는 용감해 보이려 애썼다.

웬디가 해적들을 얼마나 경멸했는지는 말로 다 설명할 수가 없다. 적어도 소년들에게는 해적이라는 직업이 어느 정도 매력적이었다. 하지만 웬디가 본 건 몇 년 동안이나 청소를 안 해서 더러운 해적선뿐이었다. 배의 때 묻은 현창은 손가락으로 〈더러운 돼지〉라고 쓰고 싶은 생각이 들 정도로 지저분했고, 웬디는 이미 여러 현창에 그렇게 썼다. 그러나 소년들이 자기 주위에 모이자 당연히 웬디는 그 아이들 생각뿐이었다

「자, 우리 예쁜이.」 후크가 시럽을 바른 듯한 목소리로 말했다. 「이제 네 아이들이 널빤지 위를 걷는 모습을 볼 시간이야.」

비록 후크는 훌륭한 신사였지만 방금 전 지나치게 생각에 잠기는 바람에 주름 옷깃이 더러워졌고, 지금 후크는 웬디가 그걸 바라보고 있음을 문득 깨달았다. 후크는 서둘러 옷깃을 감추려 했지만 때는 이미 늦은 뒤였다.

「아이들이 죽나요?」 웬디는 후크가 거의 기절할 정도로 무시무시한 경멸이 담긴 눈으로 보며 물었다.

「그래.」 후크가 으르렁댔다. 「모두 조용.」 후크가 고소해하며 외쳤다. 「엄마가 아이들에게 마지막 말을 남겨야 하니까.」

이 순간 웬디는 당당했다. 「이제 너희에게 마지막 말을 남길게, 사랑하는 아이들아.」 웬디가 꿋꿋하게 말했다. 「난 너희의 진짜 엄마들이 너희에게 하려는 말이 무엇인지 알아. 그건 바로 이거야. 〈우리는 우리 아들들이 영국의 신사답게

죽음을 맞이하길 바란단다.〉」

그 말에 해적들조차 외경심이 들었고, 투틀스는 발작을 하듯 외쳤다. 「난 우리 엄마가 원하는 일을 할 거야. 넌 어때, 닙스?」

「난 우리 엄마가 원하는 일을 할 거야, 넌 어때, 쌍둥이야?」

「난 우리 엄마가 원하는 일을 할 거야, 존 넌 어 ─」

하지만 후크가 다시 목소리를 찾았다.

「여자애를 묶어!」 후크가 외쳤다.

웬디를 돛대에 묶은 건 스미였다. 「이봐.」 스미가 속삭였다. 「내 엄마가 되어 준다고 약속하면 구해 줄게.」

하지만 아무리 스미라 해도 웬디는 그런 약속을 할 수 없었다. 「그럴 바에는 아예 아이들이 없는 게 나아.」 웬디는 경멸을 담아 말했다.

안타깝게도, 스미가 웬디를 돛대에 묶는 동안 소년들은 아무도 그 광경을 보지 않았다. 소년들의 시선은 모두 널빤지에, 곧 자신들이 걷게 될 마지막 몇 걸음에 가 있었다. 소년들은 저 위를 남자답게 걷겠다는 생각을 더는 하지 못했다. 생각할 여유조차 사라졌기 때문이다. 소년들은 그저 널빤지를 바라보며 벌벌 떨 뿐이었다

후크는 이를 악다문 채 소년들에게 웃어 보이며 웬디를 향해 한 걸음 다가갔다. 후크는 웬디의 고개를 돌려 아이들이 하나 둘 널빤지 위를 걷는 걸 보게 할 생각이었다. 그러나 후크는 웬디가 있는 곳까지 가지 못했으며, 그리고 후크가 원하던 웬디의 고통스러운 비명도 듣지 못했다. 대신 다른

소리를 들었다.

그것은 악어의 소름 끼치는 째깍째깍 소리였다.

해적들, 소년들, 웬디 모두가 그 소리를 들었고, 동시에 모든 머리가 한 방향으로 쏠렸다. 시계 소리가 들려오는 물속이 아니라 후크 쪽이었다. 모두가 후크 혼자에게만 어떤 일이 벌어질지 알았고, 순식간에 배우에서 관객으로 처지가 바뀌었다.

그 소리에 후크가 바뀌는 모습은 정말로 끔찍했다. 후크는 마치 몸의 관절이 전부 부러진 사람 같아 보였다. 후크는 그 자리에서 무너져 내렸다.

소리는 계속해서 가까워졌다. 그리고 그에 앞서 이런 섬뜩한 생각이 떠올랐다. 「악어가 곧 배로 올라올 거야!」

이제는 후크의 쇠갈고리 손마저도 적이 원하는 건 자신이 아니라는 걸 안다는 듯이 꼼짝 않고 매달려 있었다. 그렇게 홀로 벌벌 떨면서 남겨진 상황에서 다른 사람이라면 쓰러진 그 자리에 눈을 질끈 감고 누워 버렸을 것이다. 하지만 후크의 뛰어난 머리는 여전히 획획 돌아갔고, 그 머리의 지시에 따라 후크는 갑판을 기어 시계 소리로부터 가능한 한 먼 곳으로 향했다. 해적들은 후크가 지나갈 수 있도록 정중하게 길을 비켜 주었고, 그는 현장(舷牆)에 도착해서야 입을 열었다.

「날 숨겨!」 후크가 쉰 목소리로 외쳤다.

해적들은 모두 배를 올라오는 물체로부터 시선을 돌린 채 후크를 둘러쌌다. 해적들은 그것과, 운명과 싸울 생각이 없었다.

후크가 부하들에게 둘러싸여 보이지 않게 되자, 그제야 호기심 덕분에 굳은 몸이 풀린 소년들은 악어가 올라오는 모습을 보려고 뱃전으로 몰려갔다. 그러고는 이 밤 중의 밤을 통틀어 가장 기묘한 광경을 보았다. 소년들을 도와준 것은 악어가 아니었기 때문이다.

그건 바로 피터였다.

피터는 의심을 불러일으키지 않도록 탄성을 내뱉지 말라고 아이들에게 신호를 보냈다. 그리고 계속해서 째깍거리는 소리를 냈다.

15
후크든 나든 이번엔 끝장을 보고 말겠어

살다 보면, 이상한 일이 벌어지고 있는데 한참을 그런지도 모른 채로 지나칠 때가 있다. 예를 들면, 얼마 동안인지 꼭 집어 말할 수는 없어도, 대충 한 30분 정도 한쪽 귀가 들리지 않았다는 걸 갑자기 깨닫는 때가 있다. 그날 밤 피터도 그런 경험을 했다. 우리가 마지막으로 보았을 때, 피터는 한 손가락을 입술에 대고 단검을 쥔 채 남몰래 섬을 가로지르고 있었다. 피터는 악어가 지나가는 걸 보았을 때는 평소와 다른 특별한 점을 못 느꼈지만, 얼마 지나지 않아 악어에게서 째깍대는 소리가 나지 않았다는 걸 문득 깨달았다. 처음에 피터는 으스스한 기분이 들었지만, 곧 시계가 멈춘 거라는 결론을 내렸다.

가장 가까운 동반자를 갑작스레 잃은 동료의 마음이 어떨지는 안중에도 없이, 피터는 어떻게 하면 이 불행을 잘 이용할 수 있을까 궁리하기 시작했다. 피터는 자기가 직접 째깍째깍 소리를 내기로 했다. 그러면 사나운 들짐승들이 자신을 악어라 생각하고 무사히 지나가게 해줄 터이기 때문이다. 피터는 아주 그럴싸하게 째깍째깍 소리를 냈지만, 그로 인해 뜻밖의 일이 벌어졌다. 그 소리를 들은 악어가 피터를 따라온 것이다. 악어가 잃어버린 시계 소리를 되찾기 위해 피터를 따라온 건지, 아니면 그저 시계가 다시 째깍거린다고 믿고서 친구로서 반가워 따라온 건지는 확실히 알 수 없다. 고정 관념에 사로잡힌 노예들처럼, 악어 역시 멍청한 짐승에 불과하기 때문이다.

피터는 무사히 물가에 도착했고, 곧장 앞으로 나아갔다. 피터의 다리는 새로운 곳에 들어간다는 느낌도 없이 곧장 물 속으로 들어갔다. 물론 많은 동물들이 그렇게 육지에서 물로 들어가지만, 난 피터 말고 다른 사람이 그렇게 하는 건 본 적이 없다. 피터는 헤엄을 치면서 오로지 이 생각만 했다. 〈후크든 나든 이번에는 끝장을 보고 말겠어.〉 피터는 하도 오랫동안 째깍째깍 소리를 내다 보니 이젠 자신도 모르게 그 소리를 내고 있었다. 아마 자기가 그러고 있는 걸 알았다면 멈췄을 것이다. 기발한 발상이기는 했지만, 피터는 시계 소리의 도움을 받아 배에 오르겠다는 생각은 못했기 때문이다.

사실, 피터는 자기가 생쥐처럼 살그머니 뱃전에 올라왔다고 생각했다. 그리고 피터는 해적들이 저편에서, 마치 악어 소리를 들은 것처럼 겁에 질린 후크를 둘러싸고 있는 걸 보고 놀랐다.

악어! 피터가 그 생각을 하자마자 시계 소리가 들렸다. 처음에 피터는 그 소리가 악어에게서 나는 줄로 알고 재빨리 뒤돌아봤다. 이윽고 자신이 그 소리를 내고 있다는 걸 깨달은 피터는 순식간에 상황을 이해했다. 〈난 정말 똑똑하단 말이야!〉 피터는 곧바로 그렇게 생각했고, 소년들에게 박수를 치지 말라는 신호를 보냈다.

그때 조타수인 에드 테인트가 선원실에서 나와 갑판으로 나왔다. 독자들이여, 이제 여러분의 손목시계를 보고 시간을 재보시라. 피터는 정확하고도 깊숙이 조타수를 찔렀다. 존은 이 비운의 해적이 죽어 가며 내는 신음을 가리기 위해 그의 입을 두 손으로 막았다. 해적은 고꾸라졌다. 네 명의 소년들은 바닥에 부딪치는 소리가 나지 않게 그를 붙잡았다. 피터가 신호를 보내자 소년들은 시체를 배 밖으로 던졌다. 풍덩 하는 소리가 들리더니 조용해졌다. 지금까지 시간이 얼마나 흘렀을까?

「하나!」 (슬라이틀리가 숫자를 세기 시작했다.)

때맞춰 피터는 까치발을 하고 선실로 사라졌다. 몇몇 해적들은 주위를 둘러보기 위해 용기를 쥐어짜 내고 있었다. 이제 해적들은 서로의 괴로운 숨소리를 들을 수 있었고, 그건 그보다 더 끔찍한 소리가 지나갔음을 뜻했다.

「악어가 갔어요, 선장님.」 스미가 안경을 닦으며 말했다. 「이젠 다시 조용해요.」

옷깃에 파묻었던 얼굴을 슬며시 내민 후크는 하도 열심히 귀를 기울인 나머지 시계 소리의 메아리까지 들을 정도였다. 이제 아무 소리도 들리지 않자 후크는 다시 몸을 쭉 펴고 일어났다.

「자, 그러면 널빤지를 걸을 시간이다!」 후크가 뻔뻔하게 외쳤다. 후크는 소년들이 그 어느 때보다도 더욱 미웠다. 자신의 약한 모습을 보았기 때문이다. 후크는 극악무도한 노래를 부르기 시작했다.

「어기영차, 어기영차, 쾌활한 널빤지,
너는 저기를 걸어야 해,
널빤지가 풍덩, 너도 풍덩
저 아래 바다의 악령을 만나거라!」

포로들을 더 겁먹게 하기 위해 후크는 체면이 좀 구겨지는 것도 감수하고 험악한 표정으로 널빤지 위를 걷는 시늉을 하며 춤을 추고 노래를 했다. 그리고 노래가 끝나자 외쳤다. 「널빤지를 걷기 전에 꼬리가 아홉 달린 고양이 채찍 맛을 좀 볼 테냐?」

그 소리에 아이들은 무릎을 꿇었다. 「싫어, 싫어!」 아이들이 애처롭게 울부짖자 모든 해적이 싱긋 웃었다.

「채찍을 가져와, 주크스.」 후크가 말했다. 「선실에 있어.」

선실! 선실에는 피터가 있었다! 아이들은 서로를 바라보았다.

「예, 선장님.」 주크스는 기운차게 말하고 선실로 성큼성큼 걸어갔다. 아이들은 주크스를 바라보았다. 아이들은 후크가 노래를 다시 부르고 있고 부하들이 따라 부른다는 것도 알아차리지 못했다.

「어기영차, 어기영차, 할퀴어 대는 고양이

꼬리는 아홉 개, 너도 알겠지

그리고 그 꼬리가 네 등짝을 후려치면—」

하지만 그 노래의 마지막 소절이 무엇인지는 절대 알 수 없으리라. 갑자기 선실에서 무시무시한 비명이 들려온 탓에 노래가 끊겼기 때문이다. 그 비명은 배를 휘감으며 울려 퍼지다가 잦아들었다. 이윽고 꼬끼오 하는 소리가 들렸다. 그 소리는 소년들에게는 익숙했지만 해적들에게는 비명보다 더 해괴했다.

「저게 뭐야?」 후크가 외쳤다.

「둘.」 슬라이틀리가 엄숙하게 말했다.

이탈리아인 체코는 잠시 머뭇거리다가 선실 안으로 들어갔다. 그리고 겁에 질린 얼굴로 비틀거리며 나왔다.

「빌 주크스는 어떻게 됐지?」 체코를 굽어보며 후크가 다그쳐 물었다.

「어떻게 됐냐면요, 죽었어요. 칼에 찔려서요.」 힘없는 목소리로 체코가 말했다.

「빌 주크스가 죽다니!」 해적들이 깜짝 놀라 외쳤다.

「선실은 칠흑처럼 깜깜했어요.」 체코가 거의 더듬거리며 말했다. 「하지만 그 안에 뭔가 끔찍한 게 있어요. 그 꼬끼오 하는 소리를 내는 거요.」

후크는 환희에 찬 아이들 표정과 어두워지는 해적들의 표정을 모두 보았다.

「체코,」후크가 더할 수 없이 냉혹한 목소리로 말했다. 「다시 가서 그 닭을 내게 데려와.」

체코는 누구보다도 용감한 사람이었지만, 선장 앞에서 위축되어 울며 말했다. 「싫습니다, 싫어요.」 하지만 후크는 은근한 목소리로 쇠갈고리 손을 향해 속삭이고 있었다.

「가겠다고 말한 거지, 체코?」 후크가 생각에 잠겨 물었다.

체코는 자포자기했다는 듯이 팔을 흔들어 보이더니 선실로 갔다. 이제 더는 노래를 부르지 않았고, 모두가 귀를 기울였다. 그리고 또다시 죽음의 비명이 들렸고, 또다시 꼬끼오 소리가 들렸다.

슬라이틀리 외에는 아무도 말하지 않았다. 「셋.」 슬라이틀리가 말했다.

후크는 부하들에게 삿대질을 하며 조롱했다. 「꼴값을 떠는구먼.」 후크가 고함을 질렀다. 「누가 저 꼬끼오를 내게 데려오겠나?」

「체코가 나올 때까지 기다리지요.」 스타키가 큰 소리로 말했고, 다른 해적들이 그 외침에 찬성했다.

「네가 자진해서 가겠다고 말한 거 같은데, 스타키?」 후크가 다시 즐거움이 묻어나는 목소리로 말했다.

「아니에요, 천만에요!」 스타키가 외쳤다.

「내 쇠갈고리 손은 그렇다고 생각하는데?」 후크가 스타키에게 다가가며 말했다. 「쇠갈고리 손에게 소일거리를 던져 주는 게 과연 현명한 생각일까, 스타키?」

「저길 가느니 차라리 목을 매달겠어요.」 스타키가 완강히 대답했고, 선원들은 다시 한번 스타키 편을 들었다.

「이거 반란이야?」 후크가 더없이 유쾌하게 물었다. 「스타키가 주동자로군!」

「선장님, 자비를!」 이제 스타키는 부들부들 떨며 흐느꼈다.

「악수를 해라, 스타키.」 쇠갈고리 손을 내밀며 후크가 말했다.

스타키는 도움을 얻으려 주위를 두리번거렸지만 모두들 그 시선을 외면했다. 스타키가 한 걸음 물러서자 후크가 한 걸음 나아갔다. 이제 후크의 눈에서는 새빨간 불꽃이 이글거렸다. 결국 스타키는 절망 가득한 비명을 지르며 대포 위로 뛰어올라 바다에 곤두박질쳤다.

「넷.」 슬라이틀리가 말했다.

「자, 이제,」 후크가 상냥하게 말했다. 「또 반란에 대해 이야기하실 신사분이 계신가?」 등불을 들고 쇠갈고리를 위협적으로 치켜든 후크는 〈내가 직접 저 악마를 잡아 오지〉라고 말하고는 선실로 재빨리 들어갔다.

「다섯.」 슬라이틀리는 이 말을 얼마나 외치고 싶었을까? 슬라이틀리는 준비를 하기 위해 입술을 적셨다. 그러나 후크는 등불 없이 비틀거리며 밖으로 나왔다.

「뭔가가 등불을 꺼버렸어.」 후크가 약간 떨리는 목소리로 말했다.

「뭔가라니요!」 멀린스가 되풀이해 말했다.

「체코는요?」 누들러가 물었다.

「체코도 주크스처럼 죽었어.」 후크가 간단히 대답했다.

후크는 선실에 다시 들어가길 꺼려했고, 그 모습을 본 해적들은 불길한 생각이 들었고 다시금 반항심이 담긴 소리들이 들리기 시작했다. 해적들은 미신을 믿었고, 쿡슨은 이렇게 말했다. 「배 안의 사람 수가 설명할 수 있는 것보다 한 명 더 많으면 그 배는 확실하게 저주받은 거래.」

「나도 그 말 들었어.」 멀린스가 중얼거렸다. 「그자는 언제나 해적선에 제일 마지막으로 탄대. 꼬리도 있나요, 선장님?」

「또 누가 그러는데,」 누군가가 후크를 악의에 찬 눈으로 보며 말했다. 「그자는 배에서 가장 사악한 사람으로 둔갑해서 나타난대.」

「그자에게 갈고리가 있나요, 선장님?」 쿡슨이 무례하게 물었다. 이어서 해적들이 하나둘 외치기 시작했다. 「이 배는 저주받았어!」 그 모습에 신난 아이들은 와 소리를 지르지 않을 수가 없었다. 포로들을 거의 잊고 있던 후크는 몸을 획 돌려 아이들을 보고는 다시금 환한 표정을 지었다.

「어이.」 후크가 부하에게 외쳤다. 「좋은 수가 떠올랐어. 선실 문을 열고 이놈들을 처넣는 거야. 녀석들이 목숨을 걸고 그 꼬끼오와 싸우게 하는 거지. 만약 녀석들이 꼬끼오를 죽이면 우리에게는 잘된 일이고 설사 꼬끼오가 녀석들을 죽인다 해도 우린 손해 보는 거 없잖아.」

마지막으로 부하들은 진심으로 후크를 우러러보았고 열심히 선장의 명령을 따랐다. 해적들은 안 끌려가려고 발버둥 치는 척하는 소년들을 선실로 밀어 넣고 문을 잠갔다.

「이제 소리를 들어 보자!」후크가 외쳤고, 모두들 귀를 기울였다. 하지만 누구도 감히 선실 문을 똑바로 보지는 못했다. 아니, 한 명은 선실을 보았다. 그건 지금까지 내내 돛대에 묶여 있던 웬디였다. 웬디가 기다리는 건 비명도, 꼬끼오 소리도 아니었다. 웬디는 피터가 다시 나타나길 기다리고 있었다.

웬디는 오래 기다리지 않았다. 선실에서 피터는 찾고 있던 것을 발견했다. 소년들의 수갑을 풀 열쇠였다. 이제 소년들은 각자 적당한 무기를 찾아 쥐고 몰래 선실을 빠져나왔다. 피터는 우선 소년들에게 숨으라고 신호한 뒤 웬디의 결박을 잘라 냈다. 이젠 다 함께 날아가기만 하면 끝이었고, 그건 식은 죽 먹기였다. 그러나 한 가지 걸리는 게 있었다. 그건 〈후크든 나든 이번엔 끝장을 보고 말겠어〉라는 맹세였다. 그래서 피터는 웬디를 풀어 주면서 다른 소년들과 함께 숨어 있으라고 속삭였고, 자신은 웬디처럼 보이기 위해 웬디의 망토를 두르고 대신 돛대에 섰다. 그리고 피터는 숨을 한 번 크게 들이마신 뒤 꼬끼오 소리를 냈다.

해적들에게 그 소리는 소년들이 모두 선실에서 죽었음을 알리는 소리였다. 해적들은 공황 상태에 빠졌다. 후크가 기운을 북돋으려 애썼지만, 부하들은 개처럼 후크를 향해 송곳니를 드러냈다. 후크는 만약 잠시라도 한눈을 팔면 부하들이 자신에게 당장 덤벼들 것을 알았다.

「제군들.」후크는 필요에 따라 구슬리든지 아니면 한 대 후려칠 준비를 하고 말했지만, 단 한순간도 움츠러들지 않왔다. 「생각해 봤는데, 이 배에는 요나가 타고 있어.」

「아.」 부하들이 으르렁댔다. 「쇠갈고리 손을 가진 남자 말이군요.」

「아니, 아니야. 저 계집애 말이야. 여자가 해적선에 타면 재수가 없잖아. 그러니까 저 여자애를 없애면 배는 다시 괜찮아질 거야.」

해적 몇 명은 플린트가 같은 말을 했던 것을 기억해 냈다. 「해 볼 만한데.」 해적들은 미심쩍어하며 말했다.

「저 여자애를 배 밖으로 던져.」 후크가 소리쳤다. 해적들은 망토를 뒤집어쓰고 있는 아이에게 달려갔다.

「이제 널 구해 줄 사람은 아무도 없어, 아가씨.」 멀린스가 놀리며 말했다.

「한 명 있는데.」 망토를 뒤집어쓴 아이가 말했다.

「그게 누군데?」

「복수의 화신 피터 팬이지!」 끔찍한 답이 돌아왔다. 그리고 그렇게 말하며 피터는 망토를 벗어던졌다. 비로소 해적들은 지금까지 선실에서 동료들을 죽인 게 누군지 알게 되었다. 후크는 두 번이나 입을 열었지만 두 번 다 말문이 막혔다. 내 생각에, 이 끔찍한 순간에 후크는 분노에 차다 못해 억장이 무너졌을 듯하다.

마침내 후크가 외쳤다. 「저놈을 가슴속까지 찢어발겨!」 하지만 목소리에는 자신감이 없었다.

「내려와, 얘들아. 놈들을 공격해!」 피터의 목소리가 울려 퍼졌고, 다음 순간, 무기들이 부딪치는 소리가 배 안에서 메아리쳤다. 해적들이 뭉쳤더라면 분명히 이 싸움에서 이겼겠지만, 여전히 기가 꺾이고 준비가 안 된 상태에서 공격을 당했기 때문에, 해적들은 자신이 마지막 남은 선원이라고 생각해서 이리저리 정신없이 뛰어다니면서 미친 듯이 무기를 휘둘렀다. 일대일로 보자면 해적들이 더 강했지만, 지금은 방어하는 데 급급했기 때문에 소년들은 2인 1조로 사냥감을 찾아다니며 고를 수 있었다. 어떤 해적은 바다로 뛰어들거나 어둡고 후미진 곳에 숨기도 했다. 그럴 때면, 직접 싸우지는 않는 슬라이틀리가 등불을 들고 달려가서 숨은 해적들의 얼굴에 들이댔고, 그러면 등불 때문에 눈이 반쯤 먼 악당들은 다른 소년들이 휘두르는 피투성이 칼에 쉽게 찔렸다. 배 안에서는 무기들이 부딪치는 소리, 이따금 비명이나 물속에 빠지는 소리, 그리고 슬라이틀리가 단조롭게 다섯, 여섯, 일곱, 여덟, 아홉, 열, 열하나 하고 숫자를 세는 소리뿐이었다.

사나운 소년 무리가 후크를 둘러쌌을 때 그의 부하들은 아무도 남아 있지 않았다고 나는 생각한다. 하지만 이글거리는 불을 휘두르듯 격렬하게 공격하며 적을 막아 내는 후크는 마법을 부리는 것만 같았다. 소년들은 후크의 부하들을 모두 해치웠지만 후크는 소년 전부가 덤벼들어도 대적할 수 있을 것 같았다. 소년들이 매번 후크와 거리를 좁힐 때마다 후크는 다시금 소년들과 거리를 벌리며 공간을 확보했다. 후크는 한 소년을 쇠갈고리 손으로 들어 올려 방패로 삼고 있었다. 그때 방금 막 멀린스를 칼로 관통시킨 다른 소년이 싸움에 끼어들었다.

「칼을 치워, 애들아.」 끼어든 소년이 외쳤다. 「이자는 내 몫이야.」

그렇게 해서 갑자기 후크는 피터와 정면으로 맞서게 되었다. 다른 소년들은 물러서서 둘을 둥그렇게 에워쌌다.

원수인 둘은 오랫동안 서로를 바라보았고, 후크는 살짝 떨었고, 피터는 야릇한 웃음을 머금고 있었다.

「자, 팬.」 마침내 후크가 말했다. 「이건 다 네가 벌인 짓이지.」

「맞아, 제임스 후크.」 매서운 답변이 돌아왔다. 「모두 내가 한 거야.」

「건방지고 버릇없는 놈.」 후크가 말했다. 「죽을 준비나 해라.」

「어둡고 사악한 인간.」 피터가 대답했다. 「죽여 주마.」

더는 말을 주고받지 않고 둘은 결투를 시작했고, 한동안은 백중세였다. 일류 검사(劍士)인 피터는 눈부시도록 재빠르게 공격을 받아넘겼고, 이따금 속임수 공격과 함께 찌르기를 해 상대의 방어를 뚫기도 했지만, 팔이 짧은 탓에 불리했고, 후크를 제대로 찌르지 못했다. 반면, 후크는 검술은 절대 뒤지지 않지만 손목 놀림이 잽싸지 못했고, 무게감 있는 공격으로 피터를 압박했다. 후크는 리우데자네이루에서 바비큐에게 배웠던, 자신이 가장 좋아하는 공격법인 세게 찌르기로 모든 걸 한 번에 끝내려 했다. 그러나 후크의 예상과 달리, 그의 칼은 자꾸만 빗나갔다. 그래서 그는 거리를 좁혀, 지금까지 계속 허공만 긁어 대던 자신의 쇠갈고리 손으로 최후의 일격을 가하려 했지만, 피터는 쇠갈고리 손 밑으로 몸을 웅크리면서 그의 갈비뼈를 있는 힘껏 찔렀다. 여러분도 기억하겠지만, 후크의 피는 독특한 색이고, 자기 피를 보고 놀란 후크는 칼을 떨어뜨리고 말았다. 후크의 목숨은 피터의 손아귀에 놓인 것이다.

「지금이야!」 소년들이 일제히 외쳤지만, 피터는 품위 있는 몸짓으로 적에게 다시 칼을 집어들 것을 청했다. 후크는 잽싸게 칼을 집어들었지만, 피터가 올바른 품행을 보였다는 사실에 비참한 느낌이 들었다.

지금까지 후크는 자기 적을 그저 지독한 악마쯤으로 여겼다. 하지만 이제 불길한 예감이 그를 엄습했다.

「팬, 너는 누구이며 어떤 존재냐?」 후크가 쉰 목소리로 외쳤다.

「나는 젊음이자 기쁨이야.」 피터가 되는대로 대답했다. 「나는 알에서 깨어난 작은 새야.」

물론 이건 터무니없는 말이었다. 하지만 비참한 후크에게 그 말은 피터가 자신이 누구인지 또는 어떤 존재인지 전혀 모르고 있음을 보여 주는 증거였으며, 그건 올바른 품행의 절정 그 자체였다.

「다시 싸우자.」 후크가 절망적으로 외쳤다.

이제 후크는 도리깨질하듯 싸웠으며, 칼을 휘두를 때마다 앞을 가로막는 이는 어른 남자든 소년이든 가리지 않고 두 동강이 날 것만 같았다. 하지만 피터는 후크가 일으키는 칼바람에 떠밀려 사정거리를 벗어난다는 듯이 후크의 주위를 훨훨 날아다녔다. 피터는 계속해서 쏜살같이 달려들어 후크를 찔렀다.

후크는 이제 아무 희망도 없이 싸우고 있었다. 열정에 타오르던 가슴은 더는 목숨을 원하지 않았다. 하지만 가슴속에는 간절한 바람이 하나 있었다. 후크는 가슴이 영원히 식기 전에 피터가 잘못된 품행을 저지르는 걸 꼭 보고 싶었다.

후크는 결투를 포기하고 갑자기 화약고로 달려가 그곳에 불을 붙였다.

「2분 뒤,」 후크가 외쳤다. 「이 배는 산산조각이 날 거야.」

지금이야, 지금이야. 후크는 생각했다. 놈의 본색이 드러날 거야.

하지만 피터는 화약고에서 포탄을 들고 나와 침착하게 배 밖으로 던져 버렸다.

후크는 대체 어떤 품행을 보인 것일까? 비록 후크는 잘못된 길로 들어섰지만, 우리는 후크를 동정하는 대신 그가 결국 자신이 속한 집단의 전통에 충실했다는 사실에 기뻐해야 할지도 모른다. 이제 다른 소년들은 조롱과 야유를 퍼부으며 후크의 주위를 날고 있었다. 그리고 후크는 갑판 위를 비틀거리며 소년들을 향해 무기력하게 칼을 찔러 댔지만, 마음은 이미 딴 데 가 있었다. 후크는 오래전 운동장에서 수그려 걷던 일과 착한 일을 해서 교장 선생님께 칭찬을 받았던 일과 유명한 담장에서 월게임[3]을 보았던 일을 생각하고 있었다. 그의 신발은 옳았고 조끼도 옳았고 넥타이도 옳았고 양말도 옳았다.

오롯이 비겁하지만은 않았던 제임스 후크, 이제 안녕.

후크의 마지막 순간이 다가왔기 때문이다.

단검을 들고 천천히 날아오는 피터를 본 후크는 바다에 몸을 던지기 위해 현장(舷牆) 위로 뛰어올랐다. 후크는 악어가 자신을 기다리고 있다는 걸 몰랐다. 우리가 악어 배 속의 시계를 멈추어 놓아서 그가 이 사실을 모르게 했기 때문이다. 이건 마지막으로 후크의 체면을 지켜 주기 위한 우리의 사소한 배려이다.

그래도 후크는 최후의 순간에 하나의 승리를 거뒀다. 하지만 그 점에 대해 우리가 아쉬워할 필요는 없다고 생각한다. 후크는 현장 위에 선 채, 바람을 가르며 자신에게로 날아오는 피터를 어깨 너머로 바라보더니 피터에게 발을 쓰라는 몸짓을 했다. 그리고 그걸 본 피터는 후크를 칼로 찌르는 대신 발로 차버렸다.

마침내 후크는 그토록 원하던 소원을 푼 것이다.

「잘못된 품행.」 후크는 조롱하듯 외치더니 떨어져 악어를 기쁘게 했다.

그렇게 제임스 후크는 사라졌다.

「열일곱.」 슬라이틀리가 말했다. 하지만 슬라이틀리는 계산을 잘못했다. 그날 밤 죗값을 치른 이는 열다섯 명이었고 두 명은 해안으로 도망쳤다. 스타키는 인디언들에게 붙잡혀 아기들을 돌보는 보모가 되었다. 전직 해적으로서는 슬픈

3 이튼 칼리지에서 하는 럭비와 유사한 경기. 담장 옆에서 열리기에 월게임이라고 불린다.

몰락이라 할 수 있겠다. 그리고 스미는 안경을 쓴 채 온 세상을 떠돌아다녔는데, 자신이 제임스 후크가 유일하게 두려워한 사람이라고 떠들고 다니면서 위태로운 삶을 살았다.

물론 웬디는 해적들과의 싸움에 참여하지 않았지만, 눈을 반짝이며 계속해서 피터를 지켜보았다. 하지만 이제 모든 것이 끝나자 웬디는 다시 활발히 자기 몫을 했다. 웬디는 소년들을 골고루 칭찬해 주었고. 마이클이 자기가 해적을 죽인 곳을 보여 주자 즐거워하며 몸을 떨었다. 그리고 웬디는 후크의 선실로 아이들을 데려가더니 후크가 못에 걸어 둔 시계를 가리켰다. 시계는 〈1시 반!〉이었다.

그렇게 늦은 시간까지 잠을 안 잔 건 모험 중에서도 거의 최고의 모험이었다. 그리고 짐작하겠지만, 웬디는 서둘러 아이들을 해적들의 2단 침대에 재웠다. 하지만 피터는 예외였다. 피터는 뽐내며 갑판 위를 왔다 갔다 하다가 마침내 대포 옆에서 잠들었다. 그날 밤 피터는 자주 꾸던 그 꿈을 꾸며 오랫동안 울었고, 웬디는 그런 피터를 꼭 안아 주었다.

16
집에 돌아오다

그날 아침, 종이 세 번 울렸을 때 모두가 잠에서 깨어 있었다. 거센 파도가 일었기 때문이다. 갑판장인 투틀스는 채찍을 손에 들고 담배를 씹고 있었다. 배가 흔들리는 와중에도 소년들은 무릎 길이로 자른 해적 옷을 입고 말끔하게 면도를 했고, 진짜 뱃사람들처럼 휘청거리는 걸음걸이로 바지를 추어올리며 급히 갑판에 모여들었다.

누가 선장인지는 말할 필요도 없다. 닙스와 존이 각각 일등과 이등 항해사였다. 여자도 한 명 타고 있었다. 그리고 나머지는 일반 선원들로 선원실에서 지냈다. 피터는 이미 키를 잡았지만 호각을 불어 모두 갑판으로 집합시킨 뒤 짧게 연설을 했다. 피터는 소년들에게 용감한 선원이 되어 맡은 바 임무를 다하기를 바란다고 말했다. 그러면서도 너희가 리우데자네이루와 황금 해안의 못된 놈들임을 알고 있으므로 괜히 선장에게 덤벼들었다간 찢겨 죽을 줄 알라고 말했다. 피터의 허풍 섞인 위협은 뱃사람들만 이해할 수 있는 감성을 자극했고, 선원들은 선장을 향해 힘차게 함성을 질렀다. 잠시 후 선장이 날카로운 목소리로 명령을 내리자 선원들은 뱃머리를 돌려 본토를 향해 천천히 나아갔다.

해도를 참고해 계산을 해본 팬 선장은 이런 날씨가 계속된다면 6월 21일쯤에 아조레스 제도에 다다를 것이라 생각했다. 그러면 덜 날아도 될 터였다.

선원들 가운데에는 이 배를 평범한 배로 바꾸고 싶어 하는 아이들도, 원래처럼 해적선으로 두고 싶어 하는 아이들도 있었다. 하지만 선장이 선원들을 거칠게 다룬 터라 선원들은 후크 선장 때와 달리 사발통문에조차도 자신의 바람을 감히 쓰지 못했다. 즉각적인 복종만이 살 길이었다. 슬라이틀리는 수심을 재라는 명령에 어리둥절한 모습을 보였다고 매를 열두 대나 맞기도 했다. 대체로 선원들은 피터가 웬디의 의심을 잠재우기 위해 착하게 굴고 있다고 여겼지만, 새 옷이 완성되면 그 태도는 바뀔 수도 있었다. 웬디는 지금 본의 아니게 후크 선장의 옷 중에서 가장 흉물스러운 옷들로 피터의 옷을 만들고 있었다. 나중에 소년들이 수군거린 바에 따르면, 이 옷을 입은 첫날 밤에 피터는 선실에서 후크의 시가 파이프를 입에 문 채 오랜 시간 앉아 있었으며, 한 손은 집게손가락만 빼고는 주먹을 쥐고 있었는데, 집게손가락은 마치 갈고리처럼 꼬부린 채 위협적으로 치켜들고 있었다고 한다.

하지만 배를 지켜보는 대신, 우리는 이제 아주 오래전에 우리의 세 주인공이 매정하게 떠나온 황량한 집으로 돌아가야만 한다. 지금까지 이 14번지를 까맣게 잊고 있었다니 참 면목이 없다. 하지만 달링 부인이 우리를 나무라지는 않을 것 같다. 우리가 좀 더 빨리 돌아가 슬픔과 동정이 가득 어린 표정으로 달링 부인을 바라보았다면 부인은 이렇게 외쳤으리라.「쓸데없는 생각 말아요. 저한테 관심 끄고 돌아가서 우리 애들이나 잘 지켜봐 줘요.」엄마들이 이런 식으로 나오는 한, 아이들은 그 점을 이용할 것이다. 그리고 아이들은 아마도 엄마들이 그러리라 확신할 것이다.

이제 그 방의 주인들이 집으로 돌아오는 중이니, 낯익은 아이들 방으로 들어가 보자. 그냥 우리는 미리 서둘러 가서 아이들의 침대에 신선한 공기를 쏘였는지, 그리고 달링 부부가 혹시 저녁 외출 중이지는 않은지 살펴보려는 것이다. 우리는 기껏해야 심부름꾼에 불과하니까. 그런데 배은망덕하게 부모를 버리고 서둘러 떠나간 아이들을 위해 과연 침대에 신선한 공기를 쏘여야 할 필요가 있을까? 세 남매가 집으로 돌아와 보니 부모님은 교외로 주말 나들이 가셔서 집에 없으셔야 마땅한 대접이 아닐까? 이런 결말이야말로 우리가 세 남매를 만난 이래로 이 아이들에게 필요한 도덕적인 교훈이라 할 수 있다. 그러나 우리가 일을 이런 식으로 꾸민다면 달링 부인이 우릴 절대 용서하지 않을 것이다.

내가 지금 무척이나 하고 싶은 일 한 가지는, 아이들이 돌아오고 있으며 실제로 다음 주 목요일에 도착할 것이라고, 작가들이 하는 방식으로 달링 부인에게 귀띔해 주는 것이다.

하지만 그렇게 되면 부모님을 놀라게 하려는 웬디와 존과 마이클의 계획은 완전히 망쳐지게 된다. 세 남매는 배에서 그런 계획을 짜두었다. 엄마가 뛸 듯이 기뻐하고, 아빠가 즐거워 비명을 지르고, 나나가 제일 먼저 세 남매와 포옹하려 풀쩍 뛰어들게 하기 위해서는 잘 숨어야 했다. 그런데 소식을 미리 알려서 이 계획을 완전히 망쳐 버린다면 얼마나 통쾌할까. 그래서 셋이 당당히 집에 들어섰는데 달링 부인은 웬디에게 입맞춤을 위해 입을 내밀지도 않고 달링 씨는 퉁명스럽게, 〈제기랄, 녀석들이 다시 왔군〉이라고 투덜대는 것이다. 그러나 아이들이 온다는 소식을 알려 줘도 우리는 고맙다는 말 한마디 못 들을 것이다. 이제야 우리가 조금씩 알게 된 달링 부인은 아이들의 작은 기쁨을 빼앗는다고 우리를 나무랄 테니까.

「하지만 달링 부인, 목요일까진 앞으로 열흘 남았어요. 그러니 우리가 알려 드리면 부인은 열흘 동안 맘고생 하지 않아도 되시잖아요.」

「맞아요, 하지만 대가가 너무 커요! 아이들에게서 10분 동안의 기쁨을 빼앗아야 하니까요.」

「아, 부인이 그렇게 생각하신다면요!」

「그럼 달리 어떻게 생각하겠어요?」

보다시피, 달링 부인은 제정신이 아닌 것 같다. 난 원래 부인의 아주 좋은 점들만을 이야기하려 했다. 하지만 이젠 부인이 혐오스러워졌고, 좋은 점 따윈 한 가지도 말하고 싶지 않다. 사실, 아이들을 맞을 준비를 하라고 달링 부인에게 미리 말해 줄 필요도 없다. 모든 건 다 준비되어 있기 때문이다. 침대는 공기를 쐬어 두었고, 달링 부인은 한시도 집을 비우지 않고 열린 창문을 지켜본다. 우리가 달링 부인에게 도움이 되는 일이라곤 배로 돌아가는 것밖에 없을 것이다. 하지만 기왕 여기에 와 있으니, 머물면서 집 안을 들여다보는 것도 괜찮을 것이다. 그게 우리 구경꾼들의 할 일이니까. 이젠 아무도 우릴 필요로 하지 않는다. 그러니 구경이나 하면서 상대가 마음 아파하길 기대하면서 가시 돋친 말이나 던지면 될 것이다.

아이들 방에 생긴 유일한 변화는 이제 아침 9시부터 저녁 6시까지는 개집이 방에 없다는 점이다. 아이들이 날아가고 난 뒤 달링 씨는 나나를 묶어 놓았던 자신에게 모든 책임이 있으며 나나는 처음부터 끝까지 자신보다 더 현명했음을 뼈저리게 느꼈다. 이미 보아서 알지만, 물론 달링 씨는 꽤 단순한 사람이었다. 머리만 벗어지지 않았다면 소년처럼 보인다 해도 무방할 정도였다. 하지만 정의에 대한 숭고한 의식과 자신이 옳다고 믿는 일은 무조건 밀어붙이는 사자 같은 용기가 있었다. 아이들이 떠난 후 자신의 잘못에 대해 심각하게 고민하던 달링 씨는 네발로 기어서 개집 안으로 들어가 버렸다. 제발 밖으로 나오라는 달링 부인의 간곡한 부탁에도 그는 슬프지만 단호하게 대답했다.

「안 돼요, 여보, 여기가 내가 있을 곳이에요.」

뼈저리게 후회를 한 달링 씨는 아이들이 돌아올 때까지 절대로 개집 밖으로 나가지 않겠다고 맹세했다. 물론 이건 측은한 일이었다. 하지만 달링 씨는 무슨 일을 하든 도를 넘어서 하든지 금세 포기하든지 둘 중 하나인 사람이었다. 매일 저녁 개집에 들어앉은 채 아내와 함께 아이들의 사랑스러운 행동들에 대해 이야기를 나눌 때면, 한때 자부심 넘치던 조지 달링은 그렇게 겸손해 보일 수가 없었다.

그리고 무척이나 감동적인 일은 달링 씨가 나나를 존중한 다는 사실이었다. 달링 씨는 나나가 개집으로 들어오는 건 막았지만 다른 모든 일에 대해서는 나나의 의견에 전적으로 따랐다.

매일 아침 달링 씨는 개집에 든 채로 마차를 타고 사무실로 갔고 6시가 되면 같은 방법으로 집에 돌아왔다. 이웃들의 의견에 달링 씨가 얼마나 민감했는지를 떠올려 본다면, 달링 씨가 상당히 강인한 사람이란 걸 알 수 있을 것이다. 그의 행동 하나하나는 사람들의 굉장한 관심을 끌었다. 속으로야 엄청난 괴로움에 시달렸겠지만, 어린애가 그의 작은 집을 보고 비웃었을 때조차도 달링 씨는 아무 내색도 하지 않았다. 그리고 숙녀가 개집 안을 들여다볼 때면 언제나 정중하게 모자를 들어 보였다.

달링 씨의 행동은 터무니없을진 몰라도 한편으론 위대했다. 얼마 안 있어 그가 개집에 들어가게 된 사정이 알려지자, 많은 사람들이 큰 감동을 받았다. 사람들은 마차를 따라오며 힘차게 응원을 보냈고, 어여쁜 소녀들은 개집까지 올라와 사인을 받아 갔다. 권위 있는 신문에 그를 인터뷰한 기사가 실리고, 사교계에서 그를 만찬에 초대하기도 했으며, 초대장에는 이런 말이 덧붙었다. 〈개집 안에 든 채로 오십시오.〉

그 운명의 목요일, 달링 부인은 아이들 침실에서 남편의 퇴근을 기다렸다. 부인의 눈에는 슬픔이 가득했다. 이제 부인의 얼굴을 자세히 들여다보니 옛 시절의 명랑함이 떠오른다. 그러나 아이들을 잃은 뒤로 그런 명랑함은 모두 사라졌다. 결국 나는 부인에 대한 험담을 할 수 없을 것 같다. 부인이 그 말썽꾸러기 아이들을 그토록 사랑한다는데 그걸 어쩌겠는가. 의자에 잠든 부인을 한번 보자. 가장 먼저 눈길이 가는 부인의 입꼬리는 시들어 말라 버리다시피 했다. 부인의 손은 가슴에 통증이라도 있는지 쉴 새 없이 가슴께에서 움직인다. 누구는 피터를 가장 좋아하고 누구는 웬디를 가장 좋아한다지만, 나는 달링 부인이 가장 좋다. 그렇다면 부인을 기쁘게 해주기 위해, 지금 아이들이 오고 있다고 잠든 부인에게 속삭여 주면 어떨까. 정말로 아이들은 창밖 3킬로미터 거리에서 힘차게 날아오는 중이다. 우린 그냥 아이들이 오는 중이라고 속삭이기만 하면 된다. 자, 그렇게 해보자.

우리는 그렇게 했지만 오히려 마음만 아플 뿐이다. 달링 부인은 깜짝 놀라 일어나 아이들 이름을 불렀지만 방에는 나나 말고는 아무도 없었기 때문이다.

「오, 나나, 아이들이 돌아오는 꿈을 꾸었어.」

나나는 눈물이 앞을 가렸지만 주인의 무릎에 살며시 앞발을 올려놓는 것 말고는 달리 할 수 있는 일이 없었다. 그렇게 부인과 나나가 앉아 있을 때 개집이 돌아왔다. 달링 씨는 부인에게 입맞춤하려고 개집에서 얼굴을 내민다. 그의 얼굴이 예전보다 훨씬 늙었지만 표정은 한결 부드러워졌다.

달링 씨는 리자에게 모자를 건넸고, 리자는 경멸 가득한 태도로 그걸 받았다. 상상력이라곤 전혀 없는 리자는 달링 씨가 왜 그렇게 행동하게 되었는지 도무지 이해할 수 없었기 때문이다. 밖에서는 마차를 따라 집까지 온 많은 사람들이 아직도 열렬히 응원하고 있었고, 달링 씨는 당연히 가슴이 뭉클해졌다.

「저 사람들 소리 좀 들어 봐.」 달링 씨가 말했다. 「정말 마음이 따뜻해지는걸.」

「그냥 어린 소년들이에요.」 리자가 코웃음을 쳤다.

「오늘은 어른도 몇 있었어.」 달링 씨는 살짝 얼굴을 붉히며 리자에게 단언했지만 리자가 고개를 돌려 버리자 뭐라고 나무랄 말이 한마디도 떠오르지 않았다. 그는 유명해졌지만, 그 때문에 거만해지는 대신 더욱 겸손해졌다. 얼마 동안 그는 개집에서 얼굴을 내민 채 아내와 함께 이런 유명세에 대해 이야기했고, 좀 유명해졌다고 해서 사람이 바뀌지 않았으면 좋겠다고 아내가 이야기하자 달링 씨는 안심하라는 듯 아내의 손을 꼭 잡았다.

「하지만 내가 만약 약한 남자였다면, 아, 내가 만약 약한 남자였다면!」 달링 씨가 말했다.

「그리고, 조지,」 달링 부인이 머뭇거리며 말했다. 「당신 지금 많이 뉘우치는 거죠?」

「엄청나게 뉘우치고 있어요, 여보! 지금 내가 벌받는 거 봐요. 개집에서 살잖아요!」

「하지만, 이건 벌이에요, 그렇죠, 조지? 즐기고 있는 게 아닌 거 맞죠?」

「여보!」

짐작했겠지만, 달링 부인은 남편에게 용서를 구했다. 그리고 졸음이 몰려온 달링 씨는 개집 안에서 몸을 말았다.

「내가 잠들게 연주를 해주겠어요?」 달링 씨가 부탁했다. 「아이들 놀이방에 있는 피아노로요.」 그리고 달링 부인이 놀이방으로 가는 동안 달링 씨는 무심코 덧붙여 말했다. 「그리고 저 창문 좀 닫아 줘요. 외풍이 드는 거 같아요.」

「오, 조지, 다시는 그런 말 하지 말아요. 아이들을 위해 창문은 늘 열어 둬야 해요. 늘, 늘.」

이제 달링 씨가 아내에게 용서를 구해야 할 차례였다. 달링 부인은 아이들의 놀이방으로 가서 피아노를 쳤고, 달링 씨는 금세 잠이 들었다. 달링 씨가 자는 동안 웬디와 존과 마이클이 방으로 날아들어 왔다.

오, 이런, 이를 어째. 우리는 이렇게 말할 수밖에 없다. 우리가 배를 떠나오기 전, 아이들은 훌륭한 계획을 짰는데, 그후 무슨 일이 벌어진 게 분명하다. 방으로 날아들어 온 건 세 남매가 아니라 피터와 팅커 벨이었으니까.

피터의 첫마디가 모든 걸 말한다.

「어서, 팅크.」 피터가 속삭였다. 「창문을 닫아. 걸쇠를 걸어! 잘했어. 이제 우리는 문으로 나가면 돼. 곧 웬디가 오면 닫힌 창문을 보고 엄마가 자길 내쫓았다고 생각할 거야. 그럼 웬디는 나와 다시 돌아갈 수밖에 없을 거야.」

이제야 수수께끼가 풀린다. 피터가 해적들을 처치한 후에도 왜 네버랜드로 돌아가지 않았는지, 왜 팅크더러 아이들을 육지로 안내하라고 하지 않았는지 말이다. 피터는 이 계획을 줄곧 생각하고 있던 것이다.

피터는 자기가 나쁜 짓을 했다고 생각하기는커녕 신이 나서 춤을 췄다. 이윽고 피터는 누가 피아노를 연주하는지 아이들 놀이방을 들여다보았다. 피터는 팅크에게 속삭였다. 「웬디의 엄마야! 아름답기는 하지만 우리 엄마만큼은 아니야. 웬디 엄마 입에도 골무가 가득하지만 우리 엄마만큼 많진 않아.」

물론 피터는 자기 엄마에 대해 아무것도 알지 못했다. 하지만 가끔 엄마에 대해 자랑을 해대곤 했다.

피터는 지금 달링 부인이 연주하는 「즐거운 나의 집」을 몰랐다. 하지만 그 노랫말이 〈돌아와, 웬디, 웬디, 웬디〉라는 건 알아들었다. 피터는 신이 나서 외쳤다. 「절대로 웬디를 만나지 못할 거예요, 아주머니. 창문이 닫혀 있거든!」

피터는 연주가 왜 멈췄는지 보려고 방 안을 들여다보았다. 피터는 피아노에 고개를 대고 있는 달링 부인을 보았다. 부인의 눈에는 눈물이 두 방울 맺혀 있었다.

「아주머니는 내가 창문 빗장을 풀어 두길 바라는 거야.」 피터가 생각했다. 「하지만 나는 안 그럴 거야. 안 할 거야!」

피터는 다시 방 안을 들여다보았고, 눈물은 여전히 그곳에 있었다. 아니면 새로운 눈물이 다시 맺힌 것일 수도 있었다.

「정말 끔찍이도 웬디를 좋아하는걸.」 피터가 혼잣말을 했다. 피터는 달링 부인에게 화가 났다. 부인이 왜 웬디를 되찾을 수 없는지 잘 모르는 것 같았기 때문이다.

이유는 무척이나 단순했다. 「나도 웬디를 좋아해요. 우리 둘 다 웬디를 가질 수는 없어요, 아주머니.」

하지만 달링 부인은 웬디를 단념하지 않을 터였고, 피터는 불행했다. 피터는 달링 부인에게서 눈을 뗐지만, 부인은 피터를 놓아주지 않았다. 피터는 깡충깡충 뛰면서 우스꽝스러운 표정들을 지어 보였지만, 표정 짓길 그만두자마자 부인이 마음속에 들어와 문을 두드리는 것 같은 기분이 들었다.

「그래, 알았다니까.」 피터가 마침내 말하고 침을 꿀꺽 삼켰다. 그리고는 창문 빗장을 풀었다. 「가자, 팅크.」 피터는 대자연의 법칙을 대놓고 깔보며 외쳤다. 「우린 시시한 엄마 따윈 필요없어.」 그리고 피터는 날아가 버렸다.

이윽고 웬디와 존과 마이클은 자신들을 위해 창문이 열려 있는 것을 보았다. 물론 그건 셋에게 과분했다. 하지만 세 남매는 미안한 기색도 없이 방 안에 내려앉았다. 막내인 마이클은 이미 여기가 자기 집인 것조차도 잊었다.

「존.」 마이클이 주위를 의심스레 둘러보며 말했다. 「나 전에 여기 와본 거 같아.」

「당연히 그랬지, 이 바보야. 저게 네가 옛날에 쓰던 침대잖아.」

「그러네.」 마이클이 말했지만 별로 자신 없는 목소리였다.

「여기 봐.」 존이 외쳤다. 「개집이야!」 그리고 존은 개집을 살펴보려고 달려갔다.

「아마도 안에 나나가 있을 거야.」 웬디가 말했다.

하지만 존은 휘파람을 불었다. 「어럽쇼.」 존이 말했다. 「개집 안에 어른이 있어.」

「아빠다!」 웬디가 외쳤다.

「나도 아빠 볼래.」 마이클이 애원하더니 개집 안을 유심히 살폈다. 「내가 죽인 해적보다 덩치가 작네.」 마이클의 말투에 실망하는 기색이 너무나도 역력했고, 그래서 나는 달링 씨가 잠들어 있는 게 정말 다행이라고 생각한다. 달링 씨가 막내아들에게서 제일 먼저 들은 게 이 말이었다면 무척 섭섭했으리라.

웬디와 존은 아빠가 개집에 있는 걸 보고 다소 당황했다.

「분명히,」 존은 자기 기억을 믿지 못한다는 듯이 말했다. 「전에는 아빠가 개집에서 자지 않았지?」

「존.」 웬디가 더듬거리며 말했다. 「어쩌면 우린 생각만큼 옛날 일을 기억 못 하는 걸지도 몰라.」

아이들은 갑자기 오싹해졌다. 그리고 그래도 싸다.

「엄마가 너무하네.」 어린 말썽꾸러기 존이 말했다. 「우리가 돌아왔는데도 여기에 없고 말이야.」

그때 달링 부인이 피아노를 다시 치기 시작했다.

「엄마다!」 웬디가 놀이방을 들여다보며 외쳤다.

「그러네.」 존이 말했다.

「그러면 웬디가 우리 진짜 엄마가 아닌 거야?」 졸린 게 분명한 마이클이 물었다.

「오, 맙소사!」 웬디가 가출한 것에 대해 처음으로 양심의 가책을 느끼며 말했다. 「우리가 정말 오래 떠나 있었구나!」

「우리, 살금살금 다가가서 손으로 엄마 눈을 가리자.」 존이 제안했다.

하지만 웬디는 이 기쁜 소식을 좀 더 부드럽게 알려야 한다고 느꼈고, 더 나은 생각을 해냈다.

「모두 침대에 누워서 엄마가 올 때까지 기다리자. 우리가 아무 데도 가지 않았던 것처럼 말이야.」

그래서 남편이 잠들었는지 보려고 달링 부인이 아이들 침실로 들어왔을 때, 침대들은 모두 차 있었다. 아이들은 엄마가 기뻐서 소리 지르기만을 기다렸지만 아무 일도 일어나지 않았다. 부인은 아이들을 봤지만 아이들이 진짜로 거기에 있는 것이라고 믿지 않았다. 달링 부인은 아이들이 침대에 누워 있는 꿈을 하도 자주 꿨던 터라 그 광경 역시 자신이 꿈을 꾸는 것이라 생각했다.

부인은 벽난로 앞 의자에 앉았다. 부인이 아이들을 돌보던 곳이었다.

아이들은 엄마의 행동을 이해할 수 없었고, 셋 다 등줄기가 서늘해졌다.

「엄마!」 웬디가 외쳤다.

「쟤는 웬디네.」 부인은 말을 하면서도 여전히 이게 꿈이라고 생각했다.

「엄마!」

「쟤는 존이고.」 부인이 말했다.

「엄마!」 마이클이 외쳤다. 이제 마이클은 엄마를 알아보았다.

「쟤는 마이클이고!」 그러면서 부인은 다시는 품에 안지 못할 이기적인 세 아이들을 향해 팔을 벌렸다. 그런데, 아이들이 정말로 품에 들어왔다. 웬디, 존, 마이클이 침대를 나와 달려오더니 정말로 부인의 품에 안긴 것이다.

부인은 놀라 잠시 말문이 막혔고, 다시 말문이 열린 부인이 소리쳤다. 「조지, 조지!」 그리고 잠에서 깨어난 달링 씨는 이 놀라운 축복의 순간을 함께했고, 나나도 급히 달려왔다. 세상에 그보다 더 아름다운 광경은 없으리라. 하지만 세상에서 그 광경을 본 사람은 창문으로 방 안을 지켜본 작은 소년 단 한 명뿐이었다. 피터는 그동안 다른 소년들은 절대로 알지 못하는 황홀한 기쁨들을 많이 느껴 봤다. 그러나 창문을 통해 바라보는 그 행복한 광경은 피터 자신이 영원히 누릴 수 없는 것이었다.

17
웬디가 어른이 되었을 때

　나는 여러분들이 다른 소년들은 어떻게 되었는지 알고 싶기를 바란다. 소년들은 웬디가 아빠 엄마에게 자신들을 설명할 시간을 주기 위해 밑에서 기다렸고, 5백까지 숫자를 센 다음 위로 올라갔다. 소년들은 계단으로 걸어 올라갔는데, 그러는 편이 더 좋은 인상을 주리라 생각했기 때문이다. 소년들은 지금 해적 옷차림이 아니라면 좋았을 텐데 하고 생각하면서 모자를 벗고 달링 부인 앞에 한 줄로 섰다. 소년들은 말이 없었지만, 눈으로는 자신들을 받아 달라고 부탁했다. 소년들은 달링 씨 역시 그렇게 바라봤어야 하지만 그에 대해서는 잊고 있었다.
　물론 달링 부인은 소년들을 당장에 받아들이겠노라고 말했다. 하지만 달링 씨의 표정은 묘하게 어두웠고, 소년들은 그가 여섯 명은 다소 많다고 생각하는 걸 알았다.
　「내 분명히 말하는데 일을 어중간하게 해선 안 돼.」 달링 씨가 웬디에게 말했다. 쌍둥이는 달링 씨가 자신들을 꺼려해서 이렇게 말했다고 생각했다.

쌍둥이 중 자존심 센 첫째가 얼굴을 붉히며 물었다. 「저희가 너무 골칫거리라고 생각하시나요? 그러면 저희는 돌아갈게요.」

「아빠!」 충격을 받은 웬디가 외쳤지만 달링 씨의 얼굴은 여전히 그늘이 드리워져 있었다. 자신이 못나게 군다는 걸 알았지만 어쩔 수 없었다.

「저희는 몸을 웅크리고 잘 수 있어요.」 닙스가 말했다.

「쟤네 머리는 늘 제가 깎아 준다고요.」 웬디가 말했다.

「조지!」 달링 부인은 사랑하는 남편이 부정적인 걸 보다 못해 외쳤다.

달링 씨는 결국 울음을 터트렸고 비로소 진실이 밝혀졌다. 그는 소년들을 받아들이게 되어 달링 부인만큼이나 기뻤지만 아이들이 부인뿐 아니라 자신에게서도 허락을 구해야 했다고 말했다. 자신을 이 집 안에서 있으나 마나 한 사람으로 취급하지 않고 말이다.

「전 아저씨가 있으나 마나 한 사람이라고 생각하지 않아요」 투틀스가 곧장 외쳤다. 「넌 아저씨가 있으나 마나 한 사람이라고 생각하니, 컬리?」

「아니, 넌 아저씨가 있으나 마나 한 사람이라고 생각하니, 슬라이틀리?」

「전혀 그렇지 않아. 쌍둥이야, 너희는 어떻게 생각하니?」

이렇게 해서 소년들 중 누구도 달링 씨를 있으나 마나 한 사람이라고 생각하지 않는다는 사실이 밝혀졌다. 달링 씨는 터무니없을 정도로 만족해했고, 소년들이 다 들어갈 수 있다면 응접실에 모두를 위한 공간을 마련해 보겠다고 말했다.

「저희는 다 들어갈 수 있어요.」 소년들이 달링 씨를 안심시켰다.

「그러면 이제 대장을 따라오렴.」 달링 씨가 쾌활하게 말했다. 「사실 우리 집에 응접실이 있다고 할 수 있을지 모르겠어. 하지만 있다고 치자. 어떻든 마찬가지니까, 이야호!」

달링 씨는 춤을 추며 집 안을 돌아다니기 시작했고, 소년들도 모두 〈이야호!〉라고 외친 뒤 그 뒤를 따라 춤을 추며 응접실을 찾으러 다녔다. 그들이 진짜 응접실을 찾았는지는 기억이 나지 않지만 어쨌든 소년들은 집 안 구석구석에 저마다 자리를 잡았다.

한편 피터는 날아가기 전에 웬디를 한 번 더 만났다. 정확히 창문까지 오지는 않았지만 창문을 스치듯 지나쳤다. 만약 웬디가 원한다면 자신을 부를 수 있도록 말이다. 그리고 웬디는 피터를 불렀다.

「갈게, 웬디. 잘 지내.」

「오, 이런. 가는 거야?」

「응.」

「피터.」 웬디가 머뭇거리며 말했다. 「우리 부모님에게 뭔가 좋은 주제로 하고 싶은 말 없어?」

「없어.」

「나에 대해서는, 피터?」

「없어.」

그때 바짝 긴장하고 웬디를 지켜보던 달링 부인이 창가로

다가왔다. 부인은 다른 소년들을 모두 입양했으니 피터 역시 입양하고 싶다고 말했다.

「날 학교에 보낼 건가요?」 피터가 교활하게 물었다.

「그래.」

「회사에도요?」

「그렇겠지.」

「내가 금방 어른이 될까요?」

「아주 금방.」

「나는 학교에 가고 싶지도 않고 심각한 걸 배우고 싶지도 않아요.」 피터가 열을 내며 말했다. 「나는 어른이 되고 싶지 않아요. 오, 아주머니, 만약 잠에서 깨어났는데 수염이 나 있으면 어떻게 해요!」

「피터.」 웬디가 달래듯 말했다. 「네가 수염이 나도 난 널 좋아할 거야.」 그리고 달링 부인은 피터를 향해 두 팔을 벌렸지만 피터는 부인을 뿌리쳤다.

「물러서요, 아주머니. 누구도 날 잡아서 어른으로 만들지는 못해요.」

「하지만 어디서 살 거니?」

「웬디를 위해 지은 집에서 팅크랑 살 거예요. 요정들은 자기들이 잠자는 나무 꼭대기에다 집을 올려 줄 거예요.」

「정말 멋져.」 웬디가 너무 황홀해하며 말하는 바람에 달링 부인은 딸을 잡은 손에 힘을 주었다.

「난 요정들이 다 죽은 줄 알았는데.」 달링 부인이 말했다.

「어린 요정들은 언제나 많아요.」 요정에 대해 이제는 꽤 잘 알게 된 웬디가 설명했다. 「왜냐하면 아기가 태어나서 처음으로 까르륵 웃으면 요정이 태어나거든요. 그러니까 새로운 아기들이 계속 태어나면 늘 새로운 요정들도 있는 거죠. 요정들은 나무 꼭대기 둥지에 살아요. 그리고 자주색 요정은 남자애, 흰색 요정은 여자애이고, 파란색 요정은 자신이 누군지 모르는 약간 바보 같은 애들이에요.」

「난 재미있게 살 거야.」 웬디를 보며 피터가 말했다.

「저녁에 벽난롯가에 혼자 앉아 있으면 외로울 거야.」 웬디가 말했다.

「팅크와 같이 있을 거야.」

「팅크는 집안일을 20분의 1만큼도 할 수 없어.」 웬디는 살짝 날카롭게 피터에게 상기시켰다.

「비열한 고자질쟁이!」 팅크가 구석 어딘가에서 외쳤다.

「상관없어.」 피터가 말했다.

「오, 피터, 정말론 상관없지 않잖아.」

「그럼 나랑 같이 작은 집으로 가자.」

「그래도 돼요, 엄마?」

「절대 안 되지. 이제 네가 집에 돌아왔으니, 다신 널 잃지 않을 거야.」

「하지만 피터에게는 정말로 엄마가 필요해요.」

「나 역시 네가 필요하단다.」

「오, 괜찮아요.」 피터는 그저 예의상 웬디에게 제안했다는 듯이 말했다. 그러나 피터의 입이 실룩거리는 걸 본 달링 부인은 후한 제안을 했다. 1년에 한 번씩 일주일 동안 웬디가 피터와 함께 가서 봄맞이 대청소를 해주는 것이었다. 웬디라면 아예 날짜를 확실히 잡아 정해 주는 편을 더 좋아했을 것이다. 그리고 웬디 생각에 봄이 오려면 한참 남은 듯한 느낌이었다. 하지만 이 약속으로 피터는 다시 표정이 밝아졌다. 사실 피터는 시간 감각이 없었고, 어찌나 많은 모험을 하는지 지금까지 내가 말한 모험들은 아주 일부에 지나지 않았다. 내 생각에, 웬디는 이런 사실을 알았기 때문에 피터에게 다음처럼 다소 애처로운 마지막 인사를 건넸다.

「봄맞이 대청소 때가 되기 전에 날 잊으면 안 돼, 피터, 알았지?」

물론 피터는 약속을 했다. 그런 뒤 날아갔다. 피터는 달링 부인의 키스도 가져갔다. 이전까지 그 누구도 갖지 못했던 키스였지만, 피터는 손쉽게 그 키스를 가져갔다. 묘한 일이다. 하지만 달링 부인은 만족한 듯했다.

당연히, 소년들은 모두 학교에 갔다. 소년들은 대부분 3반에 들어갔지만, 슬라이틀리는 처음에는 4반에 갔다가 나중에 5반으로 옮겨졌다. 제일 수준 높은 반은 1반이다. 학교에 들어간 지 일주일도 안 되어, 소년들은 왜 섬에 남지 않았을까 하고 후회했다. 그러나 이미 때는 늦었고, 소년들은 금세 여러분이나 나, 혹은 어린 젠킨스같이 평범해지는 것에 익숙해졌다. 그리고 이런 말을 해서 슬프지만, 소년들은 날 수 있는 능력을 조금씩 잃어 갔다. 처음에 나나는 아이들이 밤에 날아가지 못하도록 발을 침대 기둥에 묶어 놓았다. 그리고 낮이면 소년들은 2층 버스에서 떨어지는 척하는 놀이를 하곤 했다. 하지만 시간이 갈수록 소년들은 침대에 묶인 발을 당기는 일이 줄어들었고, 버스에서 떨어지면 다친다는 것도 알게 되었다. 그리고 머지않아, 바람에 벗겨져 날아가는 모자를 쫓아 날아갈 수도 없었다. 소년들은 그걸 연습 부족이라고 둘러댔다. 하지만 그건 소년들이 더는 날 수 있는 능력을 믿지 않는다는 증거였다.

놀림받기는 했지만, 마이클은 자신이 날 수 있다는 걸 다른 소년들보다 오래 믿었다. 그래서 첫 번째 해가 끝나 갈 무렵 피터가 웬디를 데리러 왔을 때, 마이클 역시 둘을 따라갔다. 웬디는 옛날에 네버랜드에서 나뭇잎과 열매를 엮어 만든 원피스를 입고 피터와 함께 날아갔다. 웬디는 자신의 옷이 작아졌다는 걸 피터가 알아챌까 봐 마음을 졸였지만 피터는 눈치채지 못했다. 피터는 자기 이야기만 하느라 정신이 없었다.

웬디는 피터와 옛날 일들을 신나게 이야기하길 기대했지만, 피터의 마음속에서는 옛날 모험들이 밀려나 새로운 모험들이 가득 차 있었다.

「후크 선장이 누구야?」 웬디가 그 무시무시한 적에 대해 이야기하자 피터가 궁금해하며 물었다.

「네가 후크를 죽이고 우리 모두를 구해 줬는데, 기억이 안나는 거야?」 웬디가 깜짝 놀라 물었다.

「난 누군가를 죽이고 나면 다 잊어 버려.」 피터는 아무렇지도 않다는 듯이 대답했다.

게다가 웬디가 팅커 벨이 자길 보고 반가워했으면 좋겠다며 가능성이 희박한 소망을 말하자 피터는 이렇게 말했다. 「팅커 벨이 누군데?」

「오, 피터!」 충격을 받은 웬디가 소리쳤다. 그러나 웬디가 설명을 해줘도 피터는 팅커 벨을 기억하지 못했다.

「그런 요정들은 엄청나게 많아.」 피터가 말했다. 「아마도 갠 죽었을 거야.」

아마도 피터가 맞을 것이다. 요정들은 그리 오래 살지 못하니까. 그럼에도, 요정들은 하도 작아서 짧은 시간이라도 꽤 길게 느껴질 것이다.

피터에게는 지난 한 해가 마치 어제 하루와도 같다는 걸 알게 된 웬디는 마음이 아팠다. 웬디에게는 피터를 기다리던 지난 한 해가 너무나 긴 시간이었다. 하지만 피터는 변함없이 매력이 넘쳤고 그들은 나무 꼭대기에 있는 작은 집에서 성공적으로 봄맞이 대청소를 했다.

이듬해에 피터는 오지 않았다. 웬디는 원피스가 너무 작아져서 새 원피스를 입고 기다렸지만, 피터는 오지 않았다.

「아마도 아픈가 봐.」 마이클이 말했다.

「피터는 절대로 아프지 않는 거 알잖아.」

마이클은 웬디에게 다가와 몸을 떨며 속삭였다. 「어쩌면 피터라는 존재는 세상에 없을지도 몰라, 웬디!」 만약 마이클이 그 말을 하며 울음을 터뜨리지 않았더라면 웬디가 울음을 터뜨렸을 것이다.

피터는 이듬해 봄맞이 대청소 때 왔다. 이상하게도 피터는 자기가 한 해를 건너뛰고 온 걸 전혀 몰랐다.

그때가 소녀 웬디가 피터를 본 마지막이었다. 웬디는 좀
더 오랫동안 피터를 위해 성장통을 겪지 않으려고 노력했다.
그리고 상식 대회에서 상을 타자 웬디는 자신이 피터에게 충
실하지 못하다고 느꼈다. 그러나 무심한 소년은 몇 년이 지
나도록 웬디를 찾지 않았다. 그러다 둘이 다시 만났을 때, 웬
디는 결혼을 한 여인이 되어 있었고 웬디에게 피터는 추억의
장난감 상자에 내려앉은 작은 먼지에 불과했다. 웬디는 자
라서 어른이 되었다. 그러나 그런 웬디를 딱하게 여길 필요
는 없다. 웬디는 어른이 되고 싶어 하는 그런 아이였으니까.
결국 웬디는 자신의 의지로, 다른 소녀들보다 하루 더 빨리
어른이 되었다.

소년들 역시 모두 자라서 어른이 되었고, 그러니 그 아이
들 이야기는 더 할 필요가 없을 듯하다. 어느 날 여러분은 작
은 가방과 우산을 들고 사무실로 가는 쌍둥이와 닙스와 컬
리를 볼지도 모른다. 마이클은 철도 기관사가 되었고, 슬라
이틀리는 신분이 높은 여자와 결혼해서 귀족이 되었다. 그리
고 저기 가발을 쓴 재판관이 철문을 나오는 게 보이는지?
바로 투틀스다. 그리고 자기 아이들을 위한 재미난 이야기
하나 모르는, 수염이 난 남자는 존이다.

웬디는 하얀 드레스에 분홍색 장식띠를 두르고 결혼을 했
다. 피터가 교회로 날아와 결혼에 이의를 제기하지 않은 게
신기할 뿐이었다.

또다시 세월이 흘렀고, 웬디에게는 딸이 생겼다. 이 일은
그냥 잉크가 아니라 황금색 잉크로 화려하게 써야 할 만한

일이다.

딸의 이름은 제인이었고, 그 아이는 언제나 묘하게 호기심 어린 표정을 하고 있었다. 마치 이 세상에 태어난 순간부터 꼬치꼬치 묻고 싶었다는 듯이 말이다. 그리고 질문을 할 나이가 되자 대부분은 피터 팬에 대한 질문을 했다. 제인은 피터 팬 이야기를 무척 좋아했고, 웬디는 최대한 기억을 되살려 모두 이야기해 주었다. 그 유명한 비행이 시작된 아이들 방에서 말이다. 지금 그곳은 제인의 방이었다. 달링 씨는 나이가 들어 더는 계단을 좋아하지 않게 되었고, 그래서 제인의 아빠가 3퍼센트 이자로 돈을 빌려 달링 씨에게서 그곳을 사들였다. 그리고 달링 부인은 이미 세상을 떠나 기억에서 잊혀졌다.

이제 그 방에는 제인의 침대와 보모의 침대 두 개만이 있었다. 나나 역시 세상을 떠났기에 개집은 없었다. 나나는 늙어 죽었는데, 죽을 무렵에는 함께 지내기가 좀 어려웠다. 자기 말고는 아무도 아이들을 돌볼 줄 모른다고 너무나도 확고히 믿었기 때문이다.

제인의 보모는 일주일에 한 번 저녁 시간을 쉬었고, 그럴 때에는 웬디가 대신 제인을 재웠다. 그때가 제인에게 이야기를 들려주는 시간이었다. 제인은 엄마와 함께 이불을 머리 끝까지 뒤집어쓰고 텐트를 만든 뒤 칠흑 같은 어둠 속에서 속삭였다.

「지금 뭐가 보여요?」

「밤이라 아무것도 안 보이는데.」 웬디는 지금 나나가 있었더라면 대화를 곧장 중단시켰을 텐데 하고 생각하며 대답한다.

「아니에요, 엄마는 보고 있어요.」제인이 말한다. 「엄마가 어린 소녀였을 때를 보고 있어요.」

「그건 아주 오래전 일이란다, 애야.」웬디가 말한다. 「아아, 세월 참 빠르네!」

「세월은 엄마가 어렸을 때 날았던 것처럼 빨라요?」아이가 교활하게 묻는다.

「내가 날았던 것처럼? 제인, 그거 아니? 나는 가끔 내가 정말 날긴 했었나 하는 생각이 든단다.」

「맞아요, 엄마는 날았어요.」

「그렇게 날았던 옛날이 좋았는데!」

「왜 지금은 날지 못해요, 엄마?」

「어른이 되었거든. 사람들은 어른이 되면 나는 법을 잊어요.」

「왜 잊는데요?」

「어른들은 더 이상 쾌활하지도 순수하지도 매정하지도 않으니까. 오직 쾌활하고 순수하고 매정한 사람만이 날 수 있단다.」

「쾌활하고 순수하고 매정한 게 뭔데요? 저도 쾌활하고 순수하고 매정했으면 좋겠어요.」

웬디는 문득 뭔가를 봤다는 생각이 든다.

「이 방이 시작이었던 것 같아.」웬디가 말한다.

「그럴 줄 알았어요.」제인이 말한다. 「이야기해 주세요.」

웬디는 피터가 그림자를 찾기 위해 날아온 바로 그날 밤의 대모험에 대해 이야기를 시작한다.

「그 바보 같은 애는,」 웬디가 말한다. 「비누로 그림자를 붙이려다가 잘 안 되자 울음을 터뜨렸어. 그 소리에 난 잠에서 깼고 그 아이의 그림자를 꿰매어 주었단다.」

「조금 빼먹은 게 있어요.」 이제는 엄마보다 이야기를 더 잘 아는 제인이 끼어든다. 「피터가 바닥에 앉아 우는데 엄마가 뭐라고 말했죠?」

「나는 침대에서 일어나 앉아 〈애, 왜 그렇게 울고 있니?〉라고 말했지.」

「맞아요, 그거예요.」 제인이 만족해 크게 숨을 내뱉으며 말한다.

「그리고 피터는 우리를 네버랜드로 데려갔고, 우리는 요정들, 해적들, 인디언들, 인어의 석호, 땅속의 집, 작은 집을 보았어.」

「맞아요! 엄마는 그중에서 뭐가 제일 좋았어요?」

「엄마는 땅속의 집이 제일 좋았단다.」

「네, 저도요. 피터가 엄마에게 마지막으로 한 말은 뭐예요?」

「피터가 나에게 마지막으로 한 말은 〈항상 날 기다려 줘. 어느 날 밤 꼬끼오 소리를 듣게 될 거야〉였어.」

「맞아요.」

「하지만 안타깝게도 피터는 날 완전히 잊었단다.」 웬디는 싱긋 웃으며 말했다. 웬디는 그만큼 어른이 되어 있었다.

「피터의 꼬끼오 소리는 어떻게 들려요?」 어느 날 저녁 제인이 물었다.

「이렇게 들린단다.」 웬디는 그 소리를 흉내 내려 애쓰며 대답했다.

「아니에요, 그렇지 않아요.」 제인이 진지하게 말했다. 「그 소리는 이렇단 말이에요.」 제인은 엄마보다 훨씬 더 흉내를 잘 냈다.

웬디는 조금 놀랐다. 「애야, 그 소리를 네가 어떻게 아니?」

「꿈속에서 가끔 들었어요.」 제인이 대답했다.

「오, 그래. 꿈속에서 피터의 꼬끼오 소리를 들은 소녀들은 많지. 하지만 나는 깨어 있을 때 그 소리를 들어 본 유일한 소녀였단다.」

「엄만 정말 운이 좋아요.」 제인이 말했다.

그러던 어느 날 밤 비극이 찾아왔다. 봄이었고, 제인은 엄마가 해주는 이야기를 다 듣고 침대에서 자고 있었다. 웬디는 방에 다른 불빛이 없었던 터라 벽난롯가 가까운 바닥에 앉아 바느질을 하고 있었다. 그렇게 바닥에 앉아 바느질을 하다가 웬디는 꼬끼오 소리를 들었다. 그러더니 옛날처럼 창문이 열리고 피터가 바닥으로 내려왔다.

피터는 변한 게 하나도 없었고, 웬디는 피터가 아직도 젖니를 고스란히 갖고 있는 걸 단번에 알아봤다.

피터는 어린 소년이었고 웬디는 어른이었다. 웬디는 벽난롯가에서 감히 움직일 생각도 못 하고 몸을 웅크렸다. 무기력하고 죄책감을 느끼는, 다 자란 여인이 되었기 때문이다.

「안녕, 웬디?」 피터는 뭐가 달라졌는지 눈치도 못 채고 인사를 건넸다. 피터는 오롯이 자기 생각만 했기 때문이다. 어쩌면 어슴푸레한 불빛에서 웬디의 흰 드레스는 웬디가 피터를 처음 보았을 때 입은 잠옷으로 보였을 수도 있다.

「안녕, 피터?」 웬디가 되도록 몸을 작게 웅크리며 들릴 듯 말 듯 하게 대답했다. 웬디의 안에서 뭔가가 이렇게 외치고 있었다. 「어른아, 어른아, 내게서 좀 사라져 버려.」

「존은 어딨어?」 침대 하나가 안 보이자 피터가 물었다.

「존은 이제 여기 없어.」 웬디가 숨 가빠하며 대답했다.

「마이클은 자는 거야?」 피터가 제인을 무관심한 눈으로 힐끗 보며 물었다.

「응.」 웬디는 대답했다. 그러나 자신이 피터는 물론 제인에게도 솔직하지 못하다는 걸 느꼈다.

「쟤는 마이클이 아냐.」 웬디는 나쁜 짓을 했다고 비난받지 않도록 재빨리 고쳐 말했다.

피터가 바라보았다. 「그럼 새로운 아이야?」

「응.」

「남자애야, 여자애야?」

「여자애.」

여러분은 이제 피터도 상황을 이해하겠지 생각했겠지만, 전혀 아니었다.

「피터」 웬디가 더듬거리며 말했다. 「내가 너랑 함께 날아가기를 원하는 거야?」

「당연하지. 그래서 이렇게 왔잖아.」그러면서 피터는 다소 엄격한 표정으로 덧붙였다.「지금이 봄맞이 대청소 때라는 걸 잊은 거야?」

웬디는 피터가 수도 없이 봄맞이 대청소 때를 잊었다는 걸 말해 봤자 소용없다는 걸 알았다.

「난 갈 수 없어.」웬디가 미안해하며 말했다.「난 나는 법을 잊었어.」

「금방 다시 가르쳐 줄 수 있어.」

「오, 피터, 쓸데없이 요정 가루를 나에게 뿌리지 마.」

웬디는 일어섰다. 피터는 마침내 두려움에 사로잡혔다.「어떻게 된 거야?」피터가 움츠러들며 소리쳤다.

「이제 불을 켤 거야.」웬디가 말했다.「그러면 날 똑똑히 볼 수 있을 거야.」

내가 아는 한, 태어나서 처음으로 피터는 공포에 질렸다.「제발 불을 켜지 마.」피터가 외쳤다.

웬디는 비참해진 소년의 머리카락을 두 손으로 어루만졌다. 웬디는 이제 피터 때문에 상처받는 어린 소녀가 아니라 미소를 짓는 성인 여자였다. 하지만 그 미소는 슬픔에 젖어 있었다.

이윽고 웬디는 불을 켰고 피터는 웬디를 보았다. 피터는 고통스러운 비명을 질렀다. 키가 크고 아름다운 여인이 자기를 팔로 안아 올리려 하자 피터는 잽싸게 뒤로 물러섰다.

「어떻게 된 거야?」피터가 또 외쳤다.

웬디는 피터에게 사실을 말해야 했다.

「난 어른이 되었어, 피터. 난 스무 살하고도 한참 더 나이를 먹었는걸. 오래전에 어른이 되었어.」

「안 그러겠다고 약속했잖아!」

「어쩔 수 없었어. 난 결혼도 했어, 피터.」

「아니야, 그렇지 않아.」

「맞아. 저기 침대에서 자는 여자애가 내 딸이야.」

「아니야, 그렇지 않아.」

하지만 피터는 웬디 말이 맞다는 걸 알았다. 피터는 잠자는 아이를 향해 단검을 치켜들고 한 걸음 다가갔다. 물론 제인을 찌르지는 않았다. 그 대신 피터는 바닥에 앉아 흐느껴 울었고, 웬디는 그런 피터를 어떻게 달래야 할지 몰랐다. 옛날에는 무척이나 쉽게 피터를 달랬건만. 이제 성인 여자에 불과한 웬디는 생각을 가다듬기 위해 방을 뛰쳐나갔다.

피터는 계속해서 울었고, 곧 제인이 그 소리에 잠에서 깼다. 침대에 일어나 앉은 제인은 금세 호기심이 일었다.

「얘,」 제인이 말했다. 「왜 그렇게 울고 있니?」

피터는 일어나 제인에게 허리 숙여 인사를 했고, 제인도 침대에서 피터에게 허리 숙여 인사했다.

「안녕.」 피터가 말했다.

「안녕.」 제인이 말했다.

「내 이름은 피터 팬이야.」 피터가 제인에게 말했다.

「응, 알아」

「난 우리 엄마를 찾으러 왔어.」 피터가 설명했다. 「엄마랑 함께 네버랜드에 가려고.」

「응, 알아.」 제인이 말했다. 「난 널 기다리고 있었어.」

그리고 축 처진 채 돌아온 웬디는 피터가 침대 기둥에 앉아 의기양양하게 꼬끼오 소리를 내는 걸 보았다. 그리고 제인은 잠옷 차림으로 황홀한 듯 방 안을 날아다니고 있었다.

「제인은 내 엄마야.」 피터가 설명했다. 그리고 제인은 내려와 피터 옆에 섰다. 숙녀들이 피터를 볼 때면 짓곤 하는, 피터가 좋아하는 그 표정으로 말이다.

「피터에게는 엄마가 꼭 필요해요.」 제인이 말했다.

「그래, 안단다.」 다소 쓸쓸하게 웬디가 대답했다. 「나만큼 그걸 잘 아는 사람은 없단다.」

「잘 있어.」 피터는 웬디에게 말했다. 그리고 피터가 공중으로 날아오르자 제인 역시 뻔뻔하게 피터를 따라 날아올랐다. 제인에겐 이미 하늘을 나는 것이 가장 쉬운 이동 방법이 되었다.

웬디가 창가로 급히 달려갔다.

「안 돼, 안 돼.」 웬디가 소리쳤다.

「봄맞이 대청소만 하고 올 거예요.」 제인이 말했다. 「피터가 저보고 매년 봄맞이 대청소를 도와 달래요.」

「내가 너희와 함께 갈 수만 있다면!」 웬디가 한숨을 쉬었다.

「엄만 이제 못 날잖아요.」 제인이 말했다.

물론 웬디는 결국 둘을 날아가게 그냥 두었다. 우리가 마지막으로 봤을 때, 웬디는 창가에 서서 날아가는 아이들이 별처럼 작아질 때까지 바라보고 있었다.

지금 여러분이 보는 웬디는 머리가 하얗게 세고 몸집이 다시 작아져 있다. 앞서 한 이야기들은 모두 오래전에 일어났기 때문이다. 제인 역시 평범한 어른이 되어 마거릿이라는 딸을 두고 있다. 그리고 깜빡 잊을 때를 빼고는 매년 봄맞이 대청소 때마다 피터가 와서 마거릿을 데리고 네버랜드로 간다. 그곳에서 피터는 자신에 대해 마거릿이 해주는 이야기를 열심히 듣는다. 그리고 마거릿이 어른이 되면 딸이 생길 것이고, 그 딸이 피터의 엄마가 될 것이다. 아이들이 쾌활하고 순수하고 매정한 한, 언제나 그럴 것이다.

끝

요정을 믿나요?

분명히 읽었다고 생각하지만 곰곰이 생각해 보면 사실은 읽지 않은 소설들이 있다. 그리고 그중 첫 손가락에 꼽힐 만한 책으로 제임스 매슈 배리의 『피터 팬』(원제는 1911년 발표한 『피터와 웬디*Peter and Wendy*』)이 있다. 피터 팬은 어른이 되지 않는 아이라는 독특한 캐릭터로 유명하지만, 정작 배리가 쓴 소설 『피터 팬』을 읽은 이는 그리 많지 않다. 우리는 주로 연극, 디즈니의 애니메이션, 각종 상품, 영화들을 통해 피터 팬과 그 관련 인물들을 접하게 된다. 아마도 아이들이 보기에 내용이 쉽지만은 않고 분량도 많은 데다가, 어른이 되어서는 아이들 책이라고 생각해 읽지 않기 때문일 것이다. 게다가, 내용을 다 안다고 생각하는 책을 읽기란 실로 쉽지 않다.

피터 팬이 처음으로 등장한 때는 1902년, 배리가 어른들을 위해 쓴 소설인 『조그만 흰 새*The Little White Bird*』에서였다. 이 소설에서 화자는 켄싱턴 공원에서 데이비드라는 남자아이와 함께했던 일들을 이야기하는데, 그중 피터 팬과 관련된 내용들은 1906년에 아동 소설인 『켄싱턴 공원의 피터 팬*Peter Pan in Kensington Gardens*』에 포함되어 다시 출간 되었다. 그 뒤 배리는 어린이들을 위한 희곡 「피터 팬」의 초 고를 1904년에 완성해 그해 11월 런던에서 초연했다. 연극 「피터 팬」은 이후 매년 크리스마스에 런던에서 상영되었지 만, 배리는 연극 대본을 출간하지 않고 계속 수정했으며, 최 종판인 『피터 팬, 자라지 않는 소년*Peter Pan, or The Boy Who Wouldn't Grow Up*』이 출간된 1928년에는 대본의 종류 가 스무 가지가 넘었다. 이듬해인 1929년, 배리는 피터 팬으 로 인해 발생하는 모든 저작권 수입을 그레이트 오몬드 스트 리트 아동 병원에 넘겼다. 배리는 또한 1908년에 「웬디가 자 랐을 때When Wendy Grew Up」라는 희곡을 써 그해에 초 연을 했고(대본이 출간된 건 배리 사후인 1957년), 이 부분 을 각색해 소설 『피터 팬』의 마지막 장에 포함해 발표했다.

배리의 소설이자 희곡인 『피터 팬』은 발표된 후 가장 인기 있는 어린이 소설과 어린이 연극으로 자리 잡아 왔다. 『피터 팬』에서 아이들은 하늘을 날아다니고 요정과 해적과 인어와 인디언, 그리고 모험으로 가득한 섬에서 생활하고, 현실 세 계 아이들은 자신들이 하늘을 날고 함께 모험에 참가하는 상상을 하며 자란다. 하지만 피터 팬을 단순히 〈유쾌하고 모 험을 즐기는 소년〉으로 보기에는 무리가 있다. 무엇보다도, 『피터 팬』의 탄생에는 형인 데이비드의 죽음이 큰 영향을 미 쳤기 때문이다. 배리가 6살 때, 14살 생일을 하루 앞두고 죽 은 데이비드는 배리의 어머니 마거릿 오길비가 가장 아끼던

아들이었다. 마거릿 오길비는 그 충격을 평생 극복하지 못했으며, 배리는 어머니를 위로하기 위해 데이비드의 흉내를 내며 살았다. 하지만 어머니는 늘 데이비드를 찾았고, 배리는 유년에 대한 집착과 죽음에 대한 불안, 어머니의 사랑에 대한 갈증을 가슴에 품고 성년이 되었다. 이런 배리의 의식은 〈너는 누구이며 어떤 존재냐?〉는 후크의 질문에 〈나는 젊음이자 기쁨이야〉라고 하는 피터 팬의 대답에서 잘 드러난다. 또한 피터 팬은 〈죽는 건 정말 짜릿한 모험이 될 거야〉라고 말하며 죽음에 대해 아무런 두려움도 보이지 않는데 이는 배리가 품었던 죽음에 대한 불안을 역설적으로 드러낸다. 배리의 유년에 대한 집착은 피터 팬을 자라지 않는 소년으로 설정한 것, 소년과 소녀와 관계에 대한 피터 팬의 무감각에서 드러난다. 결혼한 달링 부인을 제외한 『피터 팬』에 등장하는 모든 여성들, 즉 웬디, 타이거 릴리, 팅커 벨 (그리고 명확하게 묘사되지는 않지만 웬디의 딸인 제인까지도 아마도) 피터 팬에게 이성으로서의 감정을 느끼고 요구하지만, 피터 팬은 그런 감정을 전혀 이해하지 못한다. 피터 팬에게 여성은 단지 어머니라는 존재로만 존재할 뿐이며 그는 그 외의 관계는 알지 못한다. 그 때문에 〈넌 나에 대해 진짜로 어떤 감정을 갖고 있어?〉라는 웬디의 질문에 피터 팬은 〈충실한 아들의 감정이야〉라고 대답하고, 그 대답은 웬디가 네버랜드를 떠나게 되는 결정적 구실을 하게 된다. 또한 피터 팬과 잃어버린 아이들, 그리고 심지어 어른인 후크와 해적들이 계속해서 어머니를 원하고 해적들이 아이들에게서 어머니인 웬디를 빼앗으려 하는 건 어린 시절의 배려가 갈구했으나 끝내 충족하지 못한 어머니의 사랑을 나타낸다.

『피터 팬』은 환상과 모험이 가득한 동화적 세계를 다루고 있지만, 동시에 작가가 살던 20세기 초반 영국 런던의 실상 역시 구체적으로 담고 있다. 특히 작품의 초반과 말미에는 산업 사회로 급변하던 당시 영국의 모습이 달링 부부를 통해 묘사된다. 작품에서 달링 가족은 영국의 중산층으로 나온다. 하지만 좀 더 자세히 들여다보면 중상층이라기보다는 중하층 계급에 더 가까운 듯이 묘사된다. 가령, 웬디를 비롯해 아이들이 태어날 때 기뻐하기보다는 앞으로의 생활비 걱정에 예산을 짜는 달링 씨 모습에서 20세기 초의 풍족해져 가는 영국 중산층이 아닌, 경제적인 문제로 힘들어하는 분위기가 더 강하게 풍긴다. 그리고 이렇게 넉넉하지 못한 재정 상태는 아이들을 돌보는 데 진짜 보모 대신 개인 나나를 쓰는 것으로도 유머러스하게 묘사된다. 또한 근대 영국의 중상류층은 일반적으로 하인을 여러 명 쓴 것에 반해 달링 가족은 단 한 명의 하인만을 쓴다. 그러면서도 달링 부부는 그 한 명의 하인을 거론할 때 〈하인들〉이라고 칭함으로써 자신들이 갈망하는 경제적 지위를 드러냄과 동시에 자신들이 중산층이라는 자기만족적 심리 상태를 유지하기도 한다.

『피터 팬』에서 달링 씨의 직업이 구체적으로 무엇인지는 나오지 않지만, 생활비를 걱정하는 모습을 통해 고임금을 받는 직업은 아니라고 유추할 수 있고, 달링 씨는 그러한 자신의 모습에서 가장으로서의 나약함을 느끼고, 그래서 권위

주의적인 모습을 보이며 자신의 위치를 가족들에게 끊임없이 확인받으려 한다.

경고하는데, 여보, 내가 넥타이를 매지 못하면 우리는 오늘 밤 저녁 식사 자리에 가지 않을 거고, 내가 저녁 식사 자리에 안 가면 앞으로 다시는 사무실에 출근 안 할 거고, 내가 다시는 출근을 안 하면 당신과 나는 굶어 죽고, 우리 아이들은 길거리에 나앉게 될 거예요. (26면)

이처럼 『피터 팬』에서 달링 씨는 위엄 있어 보이고 싶어 하지만 정작 하는 행동은 아이들과 다름없다. 달링 씨는 약을 먹지 않기 위해 핑계를 대며 아이들과 다투다가 삐치고, 아이들이 네버랜드로 떠난 뒤에는 개집에 들어가 사는 모습으로 등장한다. 그가 그토록 원하던 모습, 즉 당시 중산층 영국 남자들의 모습과는 완전히 동떨어진 광경이다. 달링 부인이 당시 사회가 요구하고 인정하던 이상적인 어머니상 그대로 묘사되는 것과는 상당한 차이가 있다. 달링 씨가 자신의 권위를 요구하며 또한 자신 없어 하는 모습은 나나가 자신을 존경하지 않는다고 투덜거릴 때나 잃어버린 아이들을 받아들이겠노라고 달링 부인이 말했을 때도 잘 드러난다.

달링 씨는 결국 울음을 터트렸고, 비로소 진실이 밝혀졌다. 그는 소년들을 받아들이게 되어 달링 부인만큼이나 기뻤지만 아이들이 부인뿐 아니라 자신에게서도 허락을

구해야 했다고 말했다. 자신을 이 집 안에서 있으나 마나 한 사람으로 취급하지 않고 말이다. (232면)

이렇듯 『피터 팬』은 달링 씨를 통해, 한 가정을 부양해야 하는 가장으로서 당시 중산층 남성이 받던 심리적 압박감을 잘 드러내고 있다. 한편, 배리는 「피터 팬」 연극을 상연할 때 달링 씨와 후크 선장을 한 명의 배우가 해야 한다고 주장했고, 이후 이런 설정은 전통이 되었다. 자신감 없고 주변 인물에 불과한 달링 씨와 그와 정반대인 후크 선장을 같은 배우에게 맡긴 건 연극을 보러 온 중산층의 남성들에게 강인한 후크 선장을 통해 대리 만족을 얻게 하려는 의도였다고 보아도 과하지 않다.

『피터 팬』은 또한 근대 영국의 중산층이 생각하는 여성상도 잘 드러내고 있다. 당시 영국은 여성, 특히 어머니를 〈가정의 천사〉라고 묘사하며 여성의 역할은 오로지 주부로서 가사를 돌보고 아이를 기르고 남편을 내조하는 일이라고 여겼다. 『피터 팬』에 등장하는 달링 부인은 당시의 이런 이상적인 여성상을 그대로 따르고 있다. 작품 속에서 달링 부인은 늘 인자한 어머니인 동시에 남편에게 다정하고, 변덕스럽고 어린아이처럼 잘 삐치는 남편을 지혜롭게 위로하는 모습으로 묘사된다. 특히 잠든 아이들 곁에서 아이들 마음과 생각을 정리하는 모습은 빨래를 정리하는 모습과 유사하게 묘사되며 당시 시대가 원하는 어머니의 완벽한 이미지를 보여준다. 웬디 역시 이러한 여성상과 부합하게 묘사된다. 웬디는 그림자가 떨어진 피터 팬에게 바느질로 그림자를 붙여 주고, 저녁 외출을 하는 부모 대신 동생들을 재우고, 네버랜드에서는 아이들의 어머니 역할을 한다.

한편 또 다른 여성 등장인물인 팅커 벨과 타이거 릴리는 아주 독특하게 묘사된다. 웬디와는 상반된 이미지인 이 둘은 아주 적극적으로 자신의 감정을 드러내고, 질투한다. 팅커 벨은 피터 팬을 좋아하는 웬디에게 욕을 하고 질투심에 죽이려 들기까지 하는 등 웬디에 대한 증오를 서슴없이 드러내고 자기감정에 솔직하다. 동시에 배리는 팅커 벨을 굉장히 육감적이고 관능적이게 묘사하며, 팅커 벨의 방 역시 굉장히 호화로우면서 어딘가 천박한 분위기로 연출한다.

팅커 벨이라는 이름의 이 소녀는 잎맥만 남은 나뭇잎으로 목 부분을 사각형으로 깊이 파 만든 아름다운 옷을 입고 있었는데, 덕분에 훨씬 날씬해 보였다. 사실 팅커 벨은 통통한 모래시계 체형으로 좀 건강해 보이는 편이었다. (35~36면)

이보다 더 아름답고 호화로운 거실 겸 침실을 가진 여자는 세상에 아무도 없었다. 팅크가 늘 소파라 부르는 의자는 사실 곤봉 모양 다리가 달린 진품 〈퀸 매브〉였다. 그리고 팅크는 철이 바뀔 때마다 그 계절의 과일 꽃에 맞춰 침대보도 바꾸었다. 거울은 〈장화 신은 고양이〉였는데, 요정 상인들 사이에서 이 거울은 이가 나가지 않은 것이

단 세 개뿐이라고 알려져 있다. 세면대는 〈파이 껍질〉인데 뒤집어서도 쓸 수 있었고, 서랍장은 진짜 〈차밍 왕자 6세〉였고, 카펫과 깔개는 〈마저리 앤드 로빈〉의 전성기였던 초기 제품이었다. 샹들리에는 아름답기로 소문난 〈티들리윙크스〉였지만, 당연히 팅크는 자신이 빛을 내서 방을 밝혔다. 팅크는 자기 방 말고 집 안의 다른 곳은 완전히 무시하며 거들떠보지도 않았고, 사실 자기 방이 아름다우니 그건 당연할지도 몰랐지만, 그래도 팅크의 방은 코를 치켜들고 거들먹거리는 것처럼 보였다. (107~108면)

하지만 피터 팬은 그런 팅커 벨을 예의가 없고 평범한 보잘것없는 요정이라고 말한다. 이를 통해 자신의 감정을 드러내는 여성은 예의가 없고 하층 계급이라는 당시의 여성 인식이 잘 드러난다.

인디언으로 나오는 타이거 릴리 역시 오롯이 남성의 관음증적 시각에서 묘사되어 있다. 타이거 릴리는 〈피부가 검은 숲의 여신들 가운데 가장 아름답고, 피커니니 부족 최고의 미인이며, 교태를 부리는가 하면 어느새 냉정해졌다가 다시 상냥하다. 용사들은 하나같이 이 변덕스럽고 고집불통인 여자를 아내로 삼고 싶어〉한다. 이러한 묘사는 당시 남성이 원하는 여성상일 뿐이다. 그리고 이렇게 대단한 타이거 릴리가 백인인 피터 앞에서는 고분고분하고 애정을 원하는 모습은 당시 영국 사회가 생각하는 동양인들 그리고 그들에게 바라는 행동을 그대로 드러냄과 동시에 당시의 독자와 관객들에게 제국주의 영국의 위상을 일깨우는 역할을 한다.

또한, 『피터 팬』에는 다른 성차별적인 모습도 확실히 드러난다. 네버랜드에서 웬디는 음식을 하고 바느질을 하고 아이들을 돌보는 반면, 마이클과 존은 다른 남자아이들과 모험을 즐긴다. 악당마저도 모두 남자이다. 그런 면에서 볼 때, 『피터 팬』은 남자아이들만의 소설이며, 네버랜드는 남자아이들만을 위한 공간이다.

지금의 시각으로 보면, 『피터 팬』은 제국주의 시절 영국인의 편견 가득한 눈으로 본 동양인의 모습, 남녀 간의 성차별, 계급 간 차별 등이 그대로 읽히는 작품이다. 이는 현실을 벗어나 요정과 함께 하늘을 날고 해적을 물리치고 모험으로 가득한 즐거운 세상을 그리려 했던 작가 역시 그 당시의 전형적인 영국인이었다는 증거라 할 수 있다. 하지만, 그 어떤 소설도 그 시대에 주어진 제약을 완전히 뛰어넘기란 불가능하다. 『피터 팬』이 그러한 제약에 구속되었다고 폄하하는 것은 불공평하다. 작가가 독자에게 원했던 건 그런 차별적인 시선으로 세상을 보는 것이 아니었기 때문이다. 작가는 이 책을 통해 독자들에게 멋진 모험을 선사했고, 요정을 믿게 했고, 하늘을 나는 꿈을 꾸게 했다. 「피터 팬」 연극에서는 요정을 믿느냐는 피터의 질문이 나오기도 전에 어른 아이 할 것 없이 모두 〈네!〉라고 외치며 손뼉을 치게 되었다. 그러면 되었다.

최용준

J. M. 배리 연보

1860년 출생 5월 9일 스코틀랜드 앵거스의 키리뮤어에서 데이비드 배리와 마거릿 오길비의 아홉 번째 아이이자 셋째 아들로 출생.

1878년 18세 에든버러 대학 입학.

1882년 22세 에든버러 대학에서 문학 석사 취득.

1885년 25세 런던으로 이주.

1888년 28세 첫 작품 『올드 리히트의 목가*Auld Licht Idylls*』로 인기 작가로 발돋움.

1889년 29세 『스럼스의 창문*A Window in Thrums*』 출간.

1891년 31세 『어린 성직자*The Little Minister*』 출간.

1892년 32세 희곡 「워커, 런던Walker, London」 발표.

1894년 34세 키리뮤어에서 배우 메리 앤셀과 결혼.

1896년 36세 『마거릿 오길비*Margaret Ogilvy*』, 『감상적인 토미*Sentimental Tommy*』 출간.

1900년 40세 『토미와 그리즐*Tommy and Grizel*』 출간.

1902년 42세 피터 팬이 처음 등장하는 소설인 『조그만 흰 새*The Little*

White Bird』를 영국에서 출간, 희곡 「퀄리티 스트리트Quality Street」
와 「훌륭한 크라이튼The Admirable Crichton」 발표.

1903년 ⁴³세   희곡 「어린 메리Little Mary」 발표.

1904년 ⁴⁴세   12월 27일 「피터 팬Peter Pan」을 처음으로 무대에서 공연.

1906년 ⁴⁶세   『켄싱턴 공원의 피터 팬*Peter Pan in Kensington Gardens*』
출간.

1908년 ⁴⁸세   희곡 「모든 여자들이 아는 것What Every Woman Knows」
발표.

1909년 ⁴⁹세   10월 이혼.

1910년 ⁵⁰세   희곡 「삶의 단편A Slice of Life」 발표.

1911년 ⁵¹세   피터 팬 이야기를 『피터와 웬디*Peter and Wendy*』란 제목
의 소설로 출간.

1913년 ⁵³세   6월 14일 조지 5세에 의해 준남작으로 서임.

1919년 ⁵⁹세   세인트 앤드루스 대학의 3년직 학장으로 선출됨.

1920년 ⁶⁰세   희곡 「메리 로즈Mary Rose」 발표.

1922년 ⁶²세   메리트 훈장 받음.

1928년 ⁶⁸세   영국 작가 협회 회장 역임.

1929년 ⁶⁹세   4월 『피터 팬』의 저작권을 런던의 아동 병원인 〈그레이
트 오몬드 스트리트 병원〉에 넘김.

1930년 ⁷⁰세   6월 7일 고향 키리뮤어에 크리켓 선수용 대기소인 파빌
리온과 카메라 오브스쿠라를 기증하고, 키리뮤어에서 처음이자 유일하
게 명예시민 지위를 받음. 에든버러 대학의 명예 학장이 되어 그 후 7년
간 재직.

1936년 ⁷⁶세　희곡 「다윗이라는 소년The Boy David」 발표.

1937년 ⁷⁷세　6월 19일 폐렴으로 영국 런던 웨스트엔드의 요양원에서
별세, 키리뮤어에 가족들과 함께 묻힘.

열린책들 세계문학 240 피터 팬

옮긴이 최용준 대전에서 태어나 서울대학교 천문학과를 졸업했으며, 미국 미시간 대학에서 이온 추진 엔진에 대한 연구로 항공 우주 공학 박사 학위를 받았다. 플라스마를 연구한다. 옮긴 책으로 루이스 스티븐슨의 『보물섬』, 루이스 캐럴의 『이상한 나라의 앨리스』, 세라 워터스의 『핑거스미스』 등이 있다. 헨리 페트로스키의 『이 세상을 다시 만들자』로 제17회 과학 기술 도서상 번역 부문을 수상했다. 시공사의 〈그리폰 북스〉, 열린책들의 〈경계 소설선〉, 샘터사의 〈외국 소설선〉을 기획했다.

지은이 J. M. 배리 옮긴이 최용준 발행인 홍예빈·홍유진
발행처 주식회사 열린책들 **주소** 경기도 파주시 문발로 253 파주출판도시
전화 031-955-4000 **팩스** 031-955-4004 **홈페이지** www.openbooks.co.kr
Copyright (C) 주식회사 열린책들, 2019, *Printed in Korea.*
ISBN 978-89-329-1240-0 04840 **ISBN** 978-89-329-1499-2 (세트)
발행일 2019년 6월 20일 세계문학판 1쇄 2022년 5월 20일 세계문학판 2쇄

이 도서의 국립중앙도서관 출판예정도서목록(CIP)은 서지정보유통지원시스템 홈페이지(http://seoji.nl.go.kr)와 국가자료공동목록시스템(http://www.nl.go.kr/kolisnet)에서 이용하실 수 있습니다.(CIP제어번호:CIP2019022130)

열린책들 세계문학
Open Books World Literature

각 권 8,800~15,800원